Drei Männer, zwei Boote, ein Fluss und der Blues

Peter Siefermann

Drei Freunde, beheimatet in der deutsch-schweizerischen Grenzregion um Basel, die sich dem Mississippi-Blues verbunden fühlen, müssen ihrem Wunsch, an die Wiege des Blues in die USA zu reisen, wegen Flugangst eines Mitglieds des Trios eine Absage erteilen. Alternativ entschließen sie sich, stattdessen mit dem Auto an den naturbelassenen Fluss **Saône** in Ostfrankreich zu fahren und dort mit einem Hausboot den Fluss hinunterzuschippern. Trotz anfänglicher Schwierigkeiten beim Umgang mit dem ungewohnten Vehikel, verlieren sie ihren Spaß keineswegs und erfahren bereits in der ersten Woche auf dem Wasser ihr persönliches Blues-Feeling. Von der Reise angetan, buchen sie für das Jahr darauf eine weitere, zweiwöchige Hausboot-Tour auf der **Saône** und lassen sich erneut von dem speziellen Flair des Flussreviers einnehmen. So unterschiedlich die drei Männer charakterlich sein mögen, so finden sie stets in ihrer Art, den Blues zu spielen, einen gemeinsamen Nenner, auch dann, als eine zweifelhafte Befreiungsaktion einer französischen Stopf-Gans die Freundschaft auf eine unerwartete Probe stellt. Doch zum Schluss: Ente, beziehungsweise Gans gut, alles gut.

Für Ilse

Impressum

Twentysix – der Self-Publishing-Verlag

Eine Kooperation zwischen der Verlagsgruppe **Random House**
und **BoD – Books on Demand**

© Peter Siefermann

Herausgeber und Verlag

BoD – Books on Demand, Norderstedt
ISBN: 9783740712952

Kapitel 1

Weil am Rhein, Mai 2002
Renatostüble, 22.00 Uhr

Das „Renatostüble" war mal wieder proppenvoll, wie immer an jedem zweiten Mittwochabend, aber unsere Plätze im *Aquarium* waren reserviert. Auch wie immer. Es hatte schon Tradition, dass wir dort saßen.

Die Sitzplätze wurden deswegen im *Aquarium* genannt, weil sie in einer Ecke des Restaurants lagen und man von außen von zwei Seiten her durch raumhohe Fenster nach innen schauen konnte. Natürlich konnte man von innen genauso gut nach draußen sehen. Von der Decke wucherten Grünlilien und an den Fenstern standen Farne auf steinernen Säulen, was diesem Teil des Raumes mit etwas Fantasie einen leicht tropischen Eindruck verlieh. Es gab nur einen Tisch in dieser Ecke, etwas abseits von den anderen Tischen im Lokal, weswegen die Plätze eigentlich ziemlich begehrt waren. Aber jeden zweiten Mittwochabend, wie gesagt, gehörten sie uns. Es war eine stillschweigende Übereinkunft zwischen Renato, dem Wirt, seines Zeichens Italiener, und uns, von der sowohl er als auch wir profitierten.

Zum Lokal „Renatostüble" gehörte ein kleines Nebenzimmer, das aber nur zu besonderen Anlässen bewirtet wurde. Ansonsten waren Tische und Stühle auf die Seite geräumt. Seit etwa eineinhalb Jahren trafen wir uns dort regelmäßig alle vierzehn Tage mittwochabends zum Spielen; besser gesagt zum Proben. Wir, das sind Herbert, Gerd und ich, genannt Pit.

Wir spielten seit drei Jahren zusammen. Anfangs allerdings nur gelegentlich in Gerds Wohnung in *Weil am Rhein*, was aber von den meisten Bewohnern seines Hauses nicht gut geheißen wurde. Gerd musste als Vermieter Rücksicht nehmen, hatte er immerhin sieben Mietparteien unter Vertrag. So war er es dann folgerichtig auch, der mit dem Wirt des „Renatostüble" übereingekommen war.

Es war der „*Blues*", der uns zusammengeführt hatte. Unkomplizierte, erdige Musik, mit der man zur Not auch als Solist ganz gut zurechtkommen konnte. Musik, die nicht wir, sondern die uns gefunden hatte und die im Laufe der Zeit eine immer passendere Rolle für unsere persönlichen Situationen einnehmen sollte. Musik, die von Dramen und von Traurigkeit handelte, die vor Melancholie nur so triefte. Die von verlorener Liebe erzählte, von sklavischer Arbeit, von Trostlosigkeit, Whiskey und Bier, aber auch von Trotz und Aufbegehren. Wir wählten hauptsächlich Songs aus, die unserer Instrumentierung entgegenkamen, als wir auf zwei Gitarren (Holz-Resonator-Gitarre von Gerd, akustische Konzertgitarre von Pit), sowie Blues-Harp (Mundharmonika), Snare-Drum und Querflöte von Herbert zurückgreifen konnten. Songs von *Muddy Waters, Charley Patton, Bukka White* und *John Lee Hooker*, um die wichtigsten Interpreten zu nennen. Gerds Vater, der nach seinem abgeschlossenen Studium viele Jahre in den USA lebte, hatte von dort eine ansehnliche Sammlung alter Tonträger mitgebracht, die in Deutschland Raritätenstatus besaß. Für uns eine wahre Schatzgrube. Wir interpretierten die entdeckten Songs auf unsere Art und Weise, und Herbert schnodderte mit seiner großartigen Rumpelstimme die Texte hinzu. Bald schrieben wir im Stile des „*Delta Blues*" eigene Stücke, die beinahe authentisch klangen. Es hatte sich mit der Zeit so eingespielt, dass wir nur noch zu Beginn unserer Proben einen oder zwei der Klassiker anstimmten, quasi als Huldigung an die alten Meister, den Rest der Abende aber aus unseren eigenen Kompositionen gestalteten. Den Schluss bildete aber stets eine Nummer der *Rolling Stones,* um Gerds Slide Guitar zu hören. Wir erweiterten unser Repertoire jedoch spaßeshalber um entsprechende Country- oder Rock-Titel.

Nach einigen Wochen Probe im Nebenzimmer des „Renatostüble" stellte sich heraus, dass das Lokal an unseren Probeabenden immer besser besucht war als an anderen Tagen. Renato nun wäre ein schlechter Geschäftsmann gewesen, wenn er den Grund dieses Gästezulaufs erstens nicht erkannt, und zweitens nicht zu nutzen gewusst hätte. Er bot uns folgenden Deal an: Ihr kriegt die Getränke (in der Regel Bier) den ganzen Abend gratis, dazu ab zehn Uhr den Tisch im *Aquarium*, und er darf im Gegenzug die Tür zum Nebenzimmer offenstehen lassen.

„Dann können wir ja gleich im Lokal spielen", hatte Gerd gemeint.

„Eben nicht", lächelte Renato. „Wenn ihr im Lokal spielen würdet, müsste ich als Veranstalter eines öffentlichen Konzerts GEMA-Gebühren abführen und die Liste der Musiktitel angeben. Capito? Nein, bleibt ihr mal schön im Nebenzimmer, und ich lasse aus Versehen die Tür offen stehen. Die Gäste hören euch auch so bestens. Basta."

Dabei ließen wir es bewenden. Wir bekamen unser Gratisbier und Renato seine volle Hütte. Er und seine Bedienung wussten mittlerweile, dass wir mit dem Titel

Sister Morphine von den *Rolling Stones* jeweils unser Programm beendeten. Dann war es in der Regel zweiundzwanzig Uhr, für Renato das Zeichen, drei Biere auf den Tisch im *Aquarium* zu stellen. Wie gesagt: Wir profitierten alle.

Herbert und ich wohnten und arbeiteten in *Basel* in der Schweiz, keine fünf Kilometer von *Weil am Rhein* entfernt. Ich stand gerade ein Jahr vor dem fünfzigsten Geburtstag und Herbert war ungefähr gleich alt. Was sind schon ein paar Tage mehr oder weniger.

Herbert leitete die Küche in einem Alters- und Pflegeheim in der *Basler* Innenstadt, war verantwortlicher Chefkoch und hatte, seinen Worten nach, seinen Traumjob gefunden. Nicht damit einverstanden war hingegen seine Lebensgefährtin Pia, mit der er eine Tochter hatte, Noemi, gerade fünfzehn Jahre alt geworden.

Wichtig für Herbert war, mit seiner Arbeit anderen Menschen helfen zu können. Er hatte den Ehrgeiz, mit seiner Kochkunst *seinen* Gästen, wie er die alten und behinderten Menschen nannte, etwas besonders Gutes, etwas Gesundes, etwas Schmackhaftes auf den Teller zu bringen, und die mannigfaltigen begeisterten Rückmeldungen von Seiten der Gäste gaben ihm Recht. Er liebte seinen Job, auch wenn er von der Bezahlung her nicht gerade der Ausreißer nach oben war und er wegen des vielen Stehens unter Rücken- und Gelenkschmerzen litt.

Pia wollte mehr. Sie sah in ihm den Sternekoch par excellence und versuchte, anfänglich noch mit sanftem Druck, später auch mit systematischer Erpressung, ihn in die Selbstständigkeit zu drängen. Sie wollte ein eigenes Restaurant mit gediegenem Ambiente, und sah sich selbst als *Souschefin* repräsentativ das Regiment über Personal und Restaurant führen.

Es war zum unausweichlichen Eklat gekommen. Pia hatte Herbert praktisch ein Ultimatum gestellt. Entweder kündige er seine Stelle im Alters- und Pflegeheim, oder er könne ausziehen. Selbstverständlich würde *sie*, Pia, mit Noemi in der bisherigen Wohnung verbleiben.

Herbert war vor vier Wochen ausgezogen und hatte sich eine wirklich kleine Ein-Zimmer-Wohnung in *Basel* genommen. Er war ziemlich am Boden zerstört, denn Noemi war sein Augenstern, sein Ein und Alles.

Kein Riese von Statur, war Herbert mit ein Meter dreiundachtzig doch vier Zentimeter größer als ich. Er ähnelte im Aussehen dem deutschen Schauspieler Charly Hübner, brachte aber sicher einige Kilos mehr auf die Waage. Aber er wirkte keinesfalls plump. Zudem hatte Herbert das Gemüt eines Teddybären und strahlte eine unerschütterliche Ruhe aus, was nicht bedeutete, dass er unangreifbar war.

Gerd war mit sechsundvierzig Jahren der Jüngste von uns dreien. Er wohnte mit seiner Mutter im eigenen Mehrparteienhaus in *Weil am Rhein*. In früheren Jahren hatte er als Repräsentant einer global agierenden Kosmetikfirma praktisch die ganze Welt bereist. Er sprach fließend Englisch, Französisch, Italienisch und Spanisch. Nach dem Tod seines Vaters kehrte er nach Hause zurück und unterstützte die Mutter bei der Verwaltung des Hauses, wobei er zugab, dass seine Mama auch gut ohne ihn zurechtkommen würde. Er hatte jedoch einfach ein besseres Gefühl, für die Mutter ständig verfügbar zu sein und organisierte stets, für die Zeiten, an welchen er selber längere Zeit nicht zugegen sein konnte, seinen Bruder aus Wiesbaden als Vertretung. Das funktionierte zu seiner vollsten Zufriedenheit.

Gerd war eine Nachteule. Viel seiner Zeit verbrachte er abends und nachts in Bars und Kneipen, um morgens und mittags ausgiebig zu schlafen. Traf man ihn tagsüber nicht zu Hause an und war er nicht gerade als Natur- und Tierschützer unterwegs, hielt er sich in der Regel im Wochenendhaus der Familie außerhalb von *Todtmoos* im Schwarzwald auf.

Er war nie fest mit einer Partnerin liiert gewesen und ging auch nur sporadisch lockere Verbindungen mit dem weiblichen Geschlecht ein, was ihn nicht daran hinderte, fleißig und häufig zu flirten. Der Ausdruck *Womanizer* traf jedoch nicht auf ihn zu, denn dafür war er viel zu sehr ein *Gentleman*. Er war eine richtige Charmeschleuder, schaute unter seiner bolzengeraden Karottenfrisur stets vergnügt aus den kleinen Knopfaugen, und für mich war er das ungewürdigte Vorbild für *Smiley* Grinsgesicht. Darüber hinaus war er der hilfreichste Mensch der Welt.

Was ihn ferner auszeichnete, war sein Einsatz gegen das Unrecht an Tieren, im Besonderen für die gefiederten Arten, was sich unter anderem darin ausdrückte, dass er als führendes Mitglied der kleinen Naturschutzorganisation „Weiße Feder" des Bereichs Markgräfler Land fungierte. Seiner Meinung nach vertrug sich sein Engagement hierfür ausgezeichnet mit seinem Hobby, dem Angeln, wobei sich mir persönlich die angeblich dahintersteckende Logik entzog. Für mich bedeutete Tierschutz, dass man die Tiere am Leben ließ anstatt sie zu töten. Gerd konterte in aufkommenden Diskussionen zu diesem Thema stets mit: „Aber du isst gerne Fisch und Fleisch. Also erzähl mir keine Stories von Logik." Ende der Debatte.

„Weiße Feder" hatte es sich zur Aufgabe gemacht, Kampagnen gegen Massentierhaltungen von Hühnern, Truthähnen, Enten und Gänsen zu lancieren und, gemeinsam mit der französischen Schwesterorganisation „Plume Blanche", das gewaltsame Stopfen von Gänsen zur Herstellung von Gänseleberpastete, der „Foie Gras", anzuprangern. Die Verbreitung von heimlich aufgenommen Filmen im Internet über die Käfig- und Batteriehaltung von Geflügel und von der Praxis des Gänsestopfens war eine der schärfsten Waffen. Aber auch gezielte Plakataktionen unter namentlicher Nennung von Produzenten und Verbrauchern gehörten dazu. Gegen beide Tierschutz-Gruppierungen waren aktuell Unterlassungsklagen vor Gericht anhängig, angestrengt von den Gänsestopfleber herstellenden Betrieben und den Restaurants, die diese sogenannten „Spezialitäten" auf ihrer Speisekarte anboten, und zwar zu beiden Seiten des Rheins. Gerd indes schreckte dies nicht, im Gegenteil, betrachtete er die Gerichtsverfahren doch als die perfekte Bühne für ihre Anliegen. „Bessere Werbung können wir nicht kriegen", sagte er. Und: „Wir haben unser Pulver noch lange nicht verschossen", und konnte dabei hintergründig lächeln.

Ich arbeitete seit fünfundzwanzig Jahren als Zolldeklarant bei einer der großen *Basler* Speditionsfirmen. Der geographischen Lage und der politischen Situation der Schweiz war es gedankt, dass mein Beruf einer der krisensichersten im Lande war. Die Schweiz war eine Insel im weiten EU-Raum, und alle Waren, ob ein- oder ausgeführt, mussten an der Grenze deklariert werden. Die schweizerische Bevölkerung lehnte regelmäßig, gottseidank, kategorisch einen EU-Beitritt ab.

Was Herbert gerade an privater Tragödie bevorzustehen drohte, hatte ich im Groben und Ganzen hinter mir.

Vor ungefähr einem halben Jahr ging eine langjährige Partnerschaft mit einer ehemaligen Kollegin in die Brüche, und noch immer verbrachte ich viel Zeit mit Anstrengungen, verloren gegangene Kraft und Energie wieder zu gewinnen, Wunden zu lecken und Vertrauen wieder herzustellen, besonders zu mir und meinem Urteilsvermögen selbst. Schluss zu machen war die Konsequenz aus einer sich abzuzeichnen beginnenden Schieflage von Werten. Schleichend erst, dann konkreter werdend, nahm das „Wie viel" zunehmend den Platz ein, den die Gleichberechtigung vorher innehatte. Reziproke Zweifel an der Aufrichtigkeit ergaben keine lösenden Gespräche mehr, sondern gebaren nur neue Vorwürfe. Vorwürfe, die in der gegenseitigen Erkenntnis gipfelten, dass der jeweils andere in Wirklichkeit gar nicht der war, von dem man so lange ausgegangen war, er sei es. Verschenkte Jahre, betrogene Jahre im Prinzip. Fehlinvestiert, um es nüchtern auszudrücken, obwohl das viel zu monetär und zu technisch klingt.

Aber war da auch nicht mal etwas gut gewesen? Konnte man sich so getäuscht haben?

Nein, war es nicht; und ja, man konnte.

Es war eine vorhersehbare Entwicklung mit den üblichen, nicht mal besonders kryptischen Warnsignalen gewesen, die ich geflissentlich zu überhören und zu übersehen pflegte, als ich das Streichholz bereits in den Fingern hielt, scheinbar unaufhaltsam in seinem Vorwärtsdrang. Aber es gehörte zum Drehbuch, zu reizen, wie weit ich gehen konnte, bis ich mir die Finger verbrenne. Unversehens stand das Herz in Flammen, und geblendet vom gleißenden Feuer, einhergehend mit der Ignoranz gegenüber allen Gefahrenhinweisen und Warnungen und jeden besseren Wissens, gab ich immer noch reichlich Öl hinzu. Es dauerte seine Zeit, aber alles folgte einer unabwendbaren, stringenten Logik, wonach es nicht ausbleiben konnte, dass das ganze Haus in Brand geriet und, allen Löschversuchen zum Trotz, als kümmerlichen Rest ein unscheinbares Häufchen grauer Asche hinterließ.

Hatte ich wirklich löschen wollen, wo alles so schön brannte?

Davor war ich einmal verheiratet gewesen und habe aus jener Ehe zwei mittlerweile erwachsene Kinder, eine Tochter und einen Sohn. Die Scheidung lag schon lange zurück und aus den Wunden waren Narben geworden. Mit den Kindern verstand ich mich ganz gut und so ist es heute noch.

Ich wohnte nun in einer hübschen Wohnung an der Peripherie der Stadt. Selbstzweifel plagten mich noch immer, und dennoch war ich irgendwie froh, als wäre ich aus einer Falle entkommen. Meine Devise im Umgang mit Frauen hieß seither „Vorsicht", und ich fühlte mich am wohlsten, wenn ich das Thema Frauen erst gar nicht in Betracht zu ziehen brauchte. Das gäbe doch wieder nur Verwirrung.

Herbert, Gerd und ich planten einen gemeinsamen Urlaub. Mal raus aus dem Trott, raus aus der Mühle. Eine Woche mal was anderes machen und sehen.

Zwei Wochen vorher, gleicher Ort, gleiche Zeit.

Zwei gelungene Stunden Musik lagen hinter uns. Renato hatte eben die zweite Runde Bier an unseren Tisch im *Aquarium* gebracht. Wir beobachteten, wie wir von den Gästen beäugt wurden; lauschten, was über uns hinter vorgehaltenen Händen getratscht wurde.

„Wir sollten mal hinfahren", sagte Herbert so daher, mit Bierschaum auf der Oberlippe.

„Was meinst du damit?", stutzte Gerd wohl darüber, dass es Herbert war, der ein Gespräch begann, was man von ihm sonst nicht gewohnt war.

„Emaijesesaijesesaipipiai", buchstabierte Herbert im Stakkato. „Mississippi. Wir sollten mal hinfahren."

„Und wie kommst du auf diese glorreiche Idee", fragte Gerd mit hochgezogenen Augenbrauen.

„Na hör' mal. Wir spielen den *Blues,* als wären wir dort geboren. In unseren Adern fließt Mississippiwasser. Wir spielen ihn schwärzer als die Schwarzen in *New Orleans*. Drei – vier Wochen. Mindestens."

„Da schau sich mal einer diesen Phönix an", sagte Gerd mit gespielter Hochachtung. „Kaum hat er seine Ehe in Schutt und Asche gelegt, will er frei wie ein Vogel über den *Großen Teich* fliegen. Und dann gleich für einen Monat."

„Red' keinen Stuss", wehrte sich Herbert. „Ich hab' meine Ehe nicht in Schutt und Asche gelegt. Ich bin nur aus der gemeinsamen Wohnung ausgezogen."

„Das kommt doch aufs Gleiche raus", meinte Gerd. „Und jetzt, da du dich endlich von deiner Frau befreit hast, findest du den Mut für weitere Schritte."

Es wurde Zeit, dass ich mich in die Kabbelei zwischen den beiden einmischte. Gerd konnte manchmal so sensibel sein wie ein Nashorn beim Mikado-Spiel. Herbert hatte echt eine harte Zeit hinter und bestimmt noch einige schwarze Tage vor sich. Wer wie Gerd noch nie in einer festen Beziehung gesteckt hatte, konnte davon keine Ahnung haben. „Daraus wird sowieso nichts", intervenierte ich also. „Ich meine aus USA und Mississippi. Weder für vier, noch für drei, noch für zwei Wochen."

Beide schauten mich mit großen Augen an, dicke Fragezeichen als Pupillen.

„Es liegt über den Atlantik", sagte ich. „Ich fliege nicht."

„Ja wie?", fragte Herbert. „Hast du keine Zeit oder kriegst du keinen Urlaub?"

„Nein, ich fliege nicht. Ich steige in kein Flugzeug", erklärte ich.

„Versteh´ ich nicht. Verstehst du das, Gerd?"

Ich rang mit den Händen: „Ich habe Flugangst. Ich fliege nicht. Nicht dorthin und auch nicht irgendwo anders hin."

„Jetzt brauch ich einen Schnaps", schnappte Gerd. „Herbert, du auch? Und du, Pit? Renato, bring´ bitte mal drei Schnäpse. Doppelt."

Das war vor zwei Wochen.

Trotzdem waren wir überein gekommen, dass wir gemeinsam eine Woche Ferien machen wollten. Herberts Vorschlag mit dem Mississippi hatte mich auf eine Idee gebracht.

Jeder hatte sein Glas Bier geleert und wir bestellten bei Renato drei neue. Ich hatte einen Katalog der Firma *Crown Blue Line* über Hausbootferien in Frankreich mitgebracht. Keiner von uns hatte schon jemals ein Hausboot gesteuert. Der einzige, der einigermaßen Erfahrung mit Wasserfahrzeugen hatte, war Gerd. Er besaß einen Segelschein. Nach der Beschreibung im Katalog müsste es ein Kinderspiel sein, mit einem Motorboot zu fahren. Auf den Hochglanzfotos waren nur fröhliche, glückliche Menschen an Bord zu sehen.

Gerd hatte sich im Voraus bei seinem Bruder erkundigt, wann dieser die Vertretung bei Mutter übernehmen könnte. Es stand die Woche vom sechzehnten bis zweiundzwanzigsten September zur Debatte, das heißt, er könnte am vierzehnten bereits Gewehr bei Fuß stehen. Für Herbert und mich günstig, weil wir vierzehn Tage Ferien im September angemeldet hatten.

Wir entschieden uns im Katalog für einen Bootstyp der preisgünstigsten Klasse. Ein Boot namens „Riviera". Buchbar ab sofort, für dreizehnten September bis einschließlich zwanzigsten. Gerd meinte, seine Mutter würde einen Tag auch mal alleine über die Runden kommen. Ab vierzehnten wäre dann der Bruder da.

Wir einigten uns dahingehend, dass ich die Buchung erledigen würde, und dass wir nach Bestätigung des Termins in definitive Planung übergehen würden, also: Was nehmen wir alles mit; was brauchen wir; was wollen wir.

Am Tag darauf, Donnerstag, setzte ich morgens noch vor Arbeitsbeginn unsere Buchung ab. Und als ich abends wieder zu Hause war, fand ich die Bestätigung bereits im Computer. Na klasse. Es konnte losgehen. Wir würden zu unserem „Mississippi" kommen.

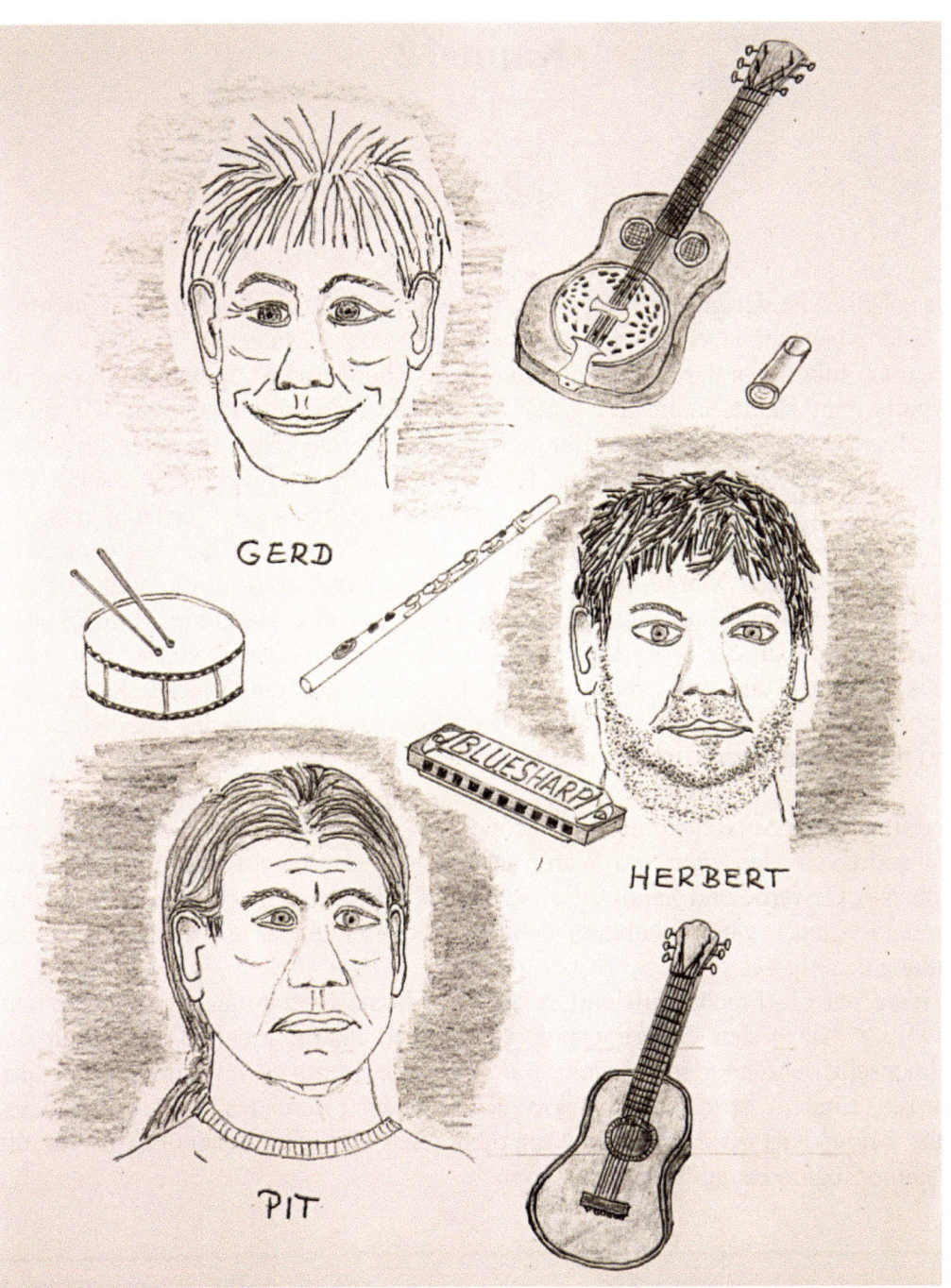

Kapitel 2

SAÔNE

Die „Saône" ist der größte Nebenfluss der Rhone in Ostfrankreich. Sie entspringt in einer Meereshöhe von dreihundertsechsundneunzig Meter bei *Vioménil* in den Vogesen, mündet in der Nähe von *Lyon* in die Rhone und ist ab dem Ort *Corre* im Département Haute-Saône auf einer Strecke von dreihundertsiebzig Kilometer schiffbar, wobei sie eine Gesamtlänge von viehundertachtzig Kilometer aufweist.

Die „Saône" ist über mehrere Kanäle mit den wichtigsten Wasserstraßen verbunden. Über den Canal de l'Est, abzweigend bei *Corre*, erreicht man die Mosel und somit Deutschland. Richtung Nordfrankreich und Belgien geht es ab *Henilley* über den Marne-Saône-Kanal. In *St. Symphorien* stößt man auf den Rhein-Rhone-Kanal und gelangt somit ins Elsass oder Richtung Nordschweiz. Ferner beginnt in *St. Jean-de-Losne* der Burgunder-Kanal, welcher ins Seine-Becken führt, und in *Chalon-sur-Saône* der Mittelfranzösische Kanal, der hauptsächlich die Bergbauindustrie in Mittelfrankreich sowie die Landwirtschaft dort an das Wasserstraßennetz anschließt.

Bereits ab der Antike wurde die „Saône" auf ihrem schiffbaren Abschnitt zum Transport von Menschen und Waren genutzt und ermöglichte das Entstehen von Industrie, Gewerbe und Landwirtschaft. Es entwickelte sich ebenso eine an Kultur reiche Region, ganz besonders deutlich nachvollziehbar an vielen Gebäuden entlang des Flusses.

Heute hat die Frachtschifffahrt so gut wie keine Bedeutung mehr. Eisenbahn und Lkw haben den Gütertransport weitgehend übernommen. Dafür sorgt der Binnenschifffahrtstourismus nicht nur für neue Impulse auf und entlang des Flusses, sondern er trägt auch hauptsächlich zum Erhalt des Wasserstraßensystems bei und ist zu einem nicht unerheblichen wirtschaftlichen Faktor für die gesamte Region Haute-Saône geworden.

Die weite, flache Talsenke und ein relativ geringes Gefälle machen die „Saône" zu einem auch für Ungeübte ziemlich einfachen Bootsfahrer-Revier. Die kaum spürbare Strömung und der durch gelegentliche Schleusen regulierte Wasserstand lassen genügend Zeit und Raum, die großartige Landschaft und die Natur in Ruhe und Stille zu genießen.

Eine Reihe von Anlegestellen und Versorgungsstationen ermöglichen dem Bootsfahrer eine stressfreie, erholsame Fahrt.

Freitag, 13. September 2002

Das fängt ja gut an.

Kaum sind wir zweihundert Meter mit unserem Kahn aus dem Hafen gefahren, dümpeln wir im Motorleerlauf vor der geschlossenen Schleuse von *Fontenoy-le-Château* von einer Kanalseite auf die andere. Die Schleuse ist in Betrieb und hebt ein gerade entgegenkommendes Boot auf unser Pegelniveau, und wir werden just dann mitten im Weg liegen, wenn dieser Gegenverkehr aus der Schleuse ausfahren möchte. Bei uns bricht Hektik aus. Um mit Rückwärts- bzw. Vorwärtsgang unser Schiff auf die Seite manövrieren zu können, sind wir noch viel zu unerfahren. Zudem hatte unser Funkpiepser, der unsere Schleusung anmelden sollte, beim Funkempfänger keinerlei sichtbare Reaktion hinterlassen, und nun sitzen wir, oder besser gesagt, schwimmen wir da. So ein Zinnober aber auch.

Als unser Bug mal wieder zufällig an die rechte Kanalseite anschlägt, springt Gerd gewagt ans Ufer und hält das Boot dort mittels einer Leine fest. Herbert klettert, weit weniger elegant, ebenfalls an Land und ich werfe ihm die Heckleine zu. Damit zieht er auch das Bootshinterteil aus der Fahrrinne des Kanals. Wir sehen zu, wie der Gegenverkehr an uns vorbeifährt und uns zuruft, wir sollten beim nächsten Mal besser hundert Meter vor dem Schleusentor warten. Ich winke verständnisgrüßend zurück und denke: „Gut gebrüllt, Löwe."

Wer gedacht hätte, dass nun wir mit dem Schleusen an der Reihe wären, hat sich getäuscht. Mistpiepser. Wir müssen noch eine weitere komplette Gegenschleusung abwarten, bis das Schleusentor offen bleibt und das Einfahrtsignal für unseren Kahn „grün" anzeigt.

Mit Hilfe eines drei Meter langen Enterhakens und wenig Motorantrieb stochern wir das Schiff schließlich in die Schleuse und sind heilfroh, als sich hinter uns endlich die Tore schließen. Wie war das noch mal mit dem Kamel und dem Nadelöhr?

Gespannt verfolgen wir, wie sich der Wasserspiegel in der Schleusenkammer senkt und wie die Wände links und rechts des Schiffes in die Höhe zu wachsen scheinen. Ich schiele verstohlen zu meinen Kumpeln. Ihre Gesichter sehen aus, als wären sie unterwegs zu einem Himmelfahrtskommando. „Pit, du siehst aus, als wären wir auf dem Weg in die Hölle", stänkert Gerd. Ich schau also auch nicht glücklicher aus der Wäsche. Langsam öffnen sich vor uns die beiden Flügeltore und sie entlassen uns und das Boot auf unser erstes, offenes Stück Kanalstrecke.

Die Ausfahrt gelingt unter ständigem Abstoßen von den Schleusenwänden mit Händen, Füßen und Enterstange ganz leidlich, und dann gebe ich gaaanz vorsichtig Gas, und brause mit festem Blick nach vorne, kräftig am Steuerrad hin und her drehend, geradeaus, denn ich bin schließlich der Kapitän, jawolll.

Und es geht doch. Wenn auch deftig mit dem Heck schlingernd, gewinnen wir bald an Fahrt und rasch habe ich den Bogen raus. Der Drehpunkt des Bootes ist der Bug und gesteuert wird über das Heck, was beileibe nicht bei allen Schiffen gleich ist. Der Steuerstand auf unserem Boot befindet sich nämlich ziemlich weit vorne, was den leidigen Nachteil hat, dass man Richtungsänderungen erst mit Verspätung erkennt, will heißen, für Anfänger oft zu spät. Unter Berücksichtigung der Trägheit der Masse und einer verzögerten Reaktion auf die Steuerbewegungen kann man den Kahn aber ganz ordentlich in der Spur halten.

Wir tuckern betulich mit bescheidener Bugwelle, schneller als ein Fußgänger, langsamer als ein Jogger, auf dem Canal de l'Est dem Abend entgegen. Gerd lümmelt auf dem Vorderdeck herum und hat bereits die Badehose angezogen. Der Himmel ist strahlend blau und die Temperatur sehr angenehm. Herbert kocht in der Kombüse einen Kaffee. Es ist sechzehn Uhr.

Heute Morgen um zehn Uhr standen Herbert und ich auf der Fußmatte vor Gerds Wohnung, um ihn abzuholen. Schnell hatte er seine Siebensachen gepackt und zu unseren Habseligkeiten im Auto verstaut. Laut Wetterbericht konnten wir auf eine Schönwetterperiode bis mindestens Sonntag hoffen und mit reichlich Vorfreude ausgestattet starteten wir in *Weil am Rhein* unsere Reise nach Frankreich. Über *Altkirch, Belfort, Lure, Luxeuil-les-Bains* fahrend, verfolgten wir interessiert, wie sich Landschaften und Baustile veränderten. Dank einer verpassten Straßenabzweigung dirigierte uns Gerd mit Hilfe einer Straßenkarte über den Kurort *Plombières-les-Bains*, und schau mal einer an, welches Kleinod sich da für uns auftat. Malerisch gelegen zwischen grünen, bewaldeten Hügeln, liebevoll nachlässig gepflegt und versehen mit nostalgischem Charme, ruhte das Städtchen vermutlich gerade die ersten paar Jahre des hundertjährigen Dornröschenschlafs. Nicht der große Pomp und die monumentalen Bauten hätten es sein können, welche den Reiz des Bades ausmachten, sondern eher die Zierlichkeit und doch Gediegenheit bis ins Detail. Gerd klebte mit der Nase am Autofenster und war fast fassungslos angesichts dieser Perle praktisch vor seiner Haustür.

Wenig später erreichten wir mit *Fontenoy-le-Château* unseren Starthafen. Nach der Übernahme der Bordpapiere im Büro der Hausbootgesellschaft sahen wir unseren Dampfer am Kai festgemacht liegen. Alle waren wir von den Abmessungen, also Breite und Länge, überrascht. Als wir dann an Bord gingen und uns den Salon, die Küche und die Kajüten anschauten, konnten wir ein kollektives „Aber hallo" nicht verkneifen. Gerd hielt, an unseren Ansprüchen gemessen, die Ausstattung für den puren Luxus. Ich selbst wollte soweit zwar nicht gehen, aber es war alles da, was man für ein unbeschwertes Leben auf einem Schiff brauchte.

Dann erschien Regis, der Instruktor von *Crown Blue Line*, und erklärte uns, wo was auf dem Boot zu finden war und wie es funktioniert. Anschließend erteilte er uns eine kurze, praktische Fahrlektion: Einmal den Motor starten, Vorwärtsgang, vorwärts ablegen, eine Wende fahren, Rückwärtsgang, rückwärts anlegen, Motor abstellen. Und tschüss, Regis. Hach, war das aufregend.

Und dann hieß es: Leinen los, wir fahren auf den Kanal.

Gerd klopft an die Frontscheibe und deutet auf ein Verkehrsschild: Weißes Quadrat, rot umrandet mit einem schwarzen Punkt in der Mitte. Ich suche in meiner Tabelle nach dem entsprechenden Zeichen. Darunter steht: hupen. Also lasse ich unser Horn ertönen und kann mir auch denken, warum. Gleich nachdem wir *Fontenoy-le-Château* hinter uns gelassen haben, windet sich der Kanal in engen Schleifen durchs Gelände. Felswände treten für eine kurze Strecke dicht ans Wasser. Dann wieder sind es ufernahe Bäume, die ihre Äste weit in das Profil des Kanals strecken. Hupen heißt also: Achtung Gegenverkehr, wir kommen.

Über uns wölben sich die Baumkronen zu einem Dach und wir haben das Gefühl, durch einen dunkelgrünen Tunnel zu gleiten.

Herbert hat den Kaffee fertig und serviert ihn uns im bordeigenen Service. Er setzt sich neben mich auf die Bank und gemeinsam bestaunen wir die sich ständig wechselnden Bilder. Minutenlang glauben wir, uns in einem überdimensionalen Kaleidoskop zu befinden. Wo ist derjenige, der es für uns dreht?

Der Kanal wird wieder etwas breiter, die Bäume drängen nicht weiter so sehr an die Ufer, der Himmel über uns wird lichter und die Sonne hat uns wieder erblickt. Die nächste Schleuse naht. Wir suchen und finden den Funkempfänger und piepsen ihn mit unserem Sender an. Im Prinzip funktioniert es wie bei einer Garagentoranlage, nur dass die Schleuse, je nachdem ob sie gefüllt oder geleert ist, erst vorbereitet werden muss. Aber das läuft automatisch ab. Tatsächlich blinkt uns diesmal der Empfänger „ gelb" zurück, das heißt, unser Kommen ist angemeldet.

Ich gehe sozusagen auf „Halbe Kraft voraus" und schleiche auf die noch geschlossenen Schleusentore zu. Die Ampelanlage leuchtet „ rot-grün" und wir können davon ausgehen, dass es nicht mehr lange dauern wird und wirklich, Sesam öffne dich, bewegen sich die Tore hydraulisch, das Signal springt um auf „grün", und es gelingt uns eine butterweiche Schleuseneinfahrt. „Yohooo, give me five!!"

Herbert sichert das Boot mit einer Leine an einem Eisenring am Schleusenrand, damit es nicht in der Schleusenkammer hin- und herschlägt oder vor- und zurücktreibt, denn es entstehen innerhalb der vier Wände enorme Kräfte. Gerd bedient die blaue Schaltstange, die das Schließen der Tore bzw. das Öffnen der Fluter einleitet. Alles geht so glatt, als wären wir schon alte Profis.

Als ich allmählich kapiere, dass ich mit weniger heftigen Lenkbewegungen am Steuerrad auch weniger Arbeit habe und dafür größere Kursgenauigkeit erziele, klebe ich mit einem Heftpflaster eine Merkhilfe ans Steuer, deren Position den Geradeauslauf markieren soll. Aber als Gerd mich nach zehn Minuten am Ruder ablöst, hat er trotz dieses „Faulenzers" die gleichen Anfangsschwierigkeiten wie ich. Heftig schleudernd stampft unser Kutter plötzlich von links nach rechts, rasiert an Zweigen vorbei, wühlt in den landnahen Zonen braunen Schlamm vom Grund auf, und Gerd kurbelt sich am Steuerrad einen ab. Mit der linken Schiffsseite rauschen wir gefährlich dicht an den stählernen Spanten der Kanalbefestigung entlang und auf einmal bockt unser gutmütiges Bötchen wie ein wilder Mustang, der vom Lasso eingefangen wurde, und im wahrsten Sinne des Wortes ist es so. Ein spitzer Baumast hat sich in einen der Fender gebohrt und den Kahn aus voller Fahrt herumgerissen und zum Stehen gebracht. Fender sind die Ballons, die seitlich an den Booten hinunterhängen, um die Rümpfe vor Beschädigungen, wie sie zum Beispiel beim Anlegen im Hafen oder beim Durchfahren enger Passagen entstehen können, zu schützen. An Stelle der Ballons sieht man häufig auch alte Autoreifen.

Mit vereinten Kräften befreien wir unser „Pferdchen", streicheln es artig und wischen Gerd den Schweiß von der Stirn.

Eine Aufregung kommt selten allein, und nicht viel später steht auch Gerd eine Schleusenfahrt bevor. Mit dem bekannten Procedere funken wir uns an, doch erwischen wir diesmal wieder eine besetzte Schleuse und zudem liegt bereits ein anderes Hausboot vor den Toren in Wartestellung. Gerd muss Fahrt wegnehmen und schließlich sogar hinter dem anderen Schiff anhalten. Mit dem Halten haben wir einfach noch Probleme. Wieder treiben wir steuerlos und unkontrolliert vor der Schleuse her. Gerd probiert es mutig mit vor- oder rückwärtsdrehender Schiffsschraube, aber leider vergebens. Nachdem der vor uns wartende Skipper seinen Kahn sorgfältig eingeschleust hat, wären wir an der Reihe, doch wir liegen quer vor der Einfahrt. Per Hand, Fuß und Leine zerren, stoßen und schieben wir unser Schiff quasi von Land aus hinter das andere Boot in die Schleuse wie einen störrischen Gaul in den Stall. Gerd meint, es sei durchaus seine Absicht gewesen zu probieren, ob das Boot nicht doch quer in die Schleuse passen würde. Ein Lacher zur rechten Zeit.

Laut Streckenplan steht uns bis zu unserem heutigen Tagesziel noch eine Schleuse ins Haus. Frohgemut schippern wir weiter Richtung untergehende Sonne und ein phantastisches Licht über einer grandiosen Landschaft entschädigt uns für jedwede gehabten Befürchtungen. Herbert erweist sich als Goldjunge, indem er eine Schale mit Obstschnitzen herumreicht: Äpfel, Pfirsiche. Und wir gehen hinaus auf Deck, blicken zum Himmel und weit über die Hügel zur Linken und sagen, wie aus einem Munde: „So schön, so schön."

Wie auf einer Superbreit-Kinoleinwand zieht in Zeitlupe ein majestätischer Landschaftsfilm an unseren Augen vorbei. Nicht spektakulär und atemberaubend, aber ergreifend und tiefgehend, ehrfurchtverlangend. Wir fühlen, wie in uns eine Saite anfängt zu schwingen, wie ein warmer, weicher Ton entsteht, und wir wissen, dass uns dieser Ton begleiten wird auf unserer Reise, unhörbar, aber zuversichtlich stimmend. Oder melancholisch?

Für mich persönlich sehe ich insoweit keine Gefahr, und für Gerd gleich zweimal nicht. Doch Herbert, der introvertierte Grübler, wird diese von außen zugetragenen Stimmungen aufsaugen wie ein Schwamm. Nun gut, er wird Gerd und mich zur Gesellschaft haben. Da wird er sich hoffentlich damit begnügen, nur an den oberen Rand seines tiefen Loches gekrallt nach unten zu schauen, anstatt gleich hinabzuspringen. Ich werde es bemerken. Gerd ist da weit pragmatischer. „Es wird seinem *Blues* nur gut tun", wird er sagen.

Die nächste Schleuse meistern wir wieder prächtig. Der Skipper von vorhin hat in der offenen Kammer auf uns gewartet, damit zwei Boote gleichzeitig abgesenkt werden können. Nun ist es nicht mehr weit bis zur geplanten Anlegestelle. Als wir unter einer alten Holzbrücke hindurchfahren, können wir steuerbords bereits die Festmacher und die Kaimauer erkennen. Gerd steuert ein gekonntes Manöver und bringt eine Punktlandung am befestigten Ufer zustande. Ab morgen werden wir uns nicht mehr im Voraus auf einen Halt festlegen, sondern nach Bedarf oder nach Belieben festmachen.

Mittels zweier großer Eisennägel, die wir mit einem Hammer in den Boden schlagen, und den Bootsleinen zurren wir unser schwimmendes Zuhause am Ufer fest. Der Rastplatz ist in unmittelbarer Nachbarschaft zu der nächsten Schleuse gelegen und etwa vierhundert Meter von einem landeinwärts zu erkennenden Dorf entfernt. Nach der Karte muss es *Pont-du-Bois* sein. Der Ortsname wird mir schlüssig, als ich an die Holzbrücke denke, die wir soeben passiert haben.

Herbert zeigt Gerd und mir, wo er in den zwei Stunden seit der Abfahrt unseren Reiseproviant verstaut hat und überrascht uns mit einem Topf bereits dampfender Spaghetti mit Sauce. Wann macht er das eigentlich?

Schnell ist ein Tisch an Land gedeckt, eine Flasche Wein aufgemacht und ein Glas Sekt zur Hand. Sekt zum Anstoßen. Zum guten Start der Reise und auf unsere Freundschaft.

„Prost, Smutje", stößt Gerd mit Herbert an. „Prost, Käpt'n", wendet er sich an mich.

„Prost, Moses", grinsen wir ihn an, denn er ist von uns dreien der Jüngste.

Dann lassen wir uns die köstlichen Spaghetti schmecken und können beobachten, wie zwei weitere Hausboote nebeneinander anlegen. Die Besatzungen sind Engländer.

Wir essen, trinken und reißen Späße über unser Piraten-Dasein.

Gerd wollte eine schwarze Piratenflagge aufhängen und, geschmückt mit einer Augenklappe, auf einer Holzkrücke über Deck poltern. Ungehorsame Besatzungsmitglieder will er „Kielholen" oder in einem Korb an den höchsten Mast hängen, beim Klabautermann.

Als die Dämmerung hereinbricht, haben wir das Geschirr gespült und weggeräumt. Die Kombüse ist bestens eingerichtet. Ein Vier-Flammen-Gasherd, Spüle, Kühlschrank, Töpfe, Geschirr, Gläser, Besteck. Unter dem Vorderdeck befindet sich eine Doppelkabine und mitschiffs ebenfalls. Die Sitzgruppe um den Tisch im Salon kann man ebenso zu einem Doppelbett umrüsten, so dass ausreichend Platz für uns drei vorhanden ist. Auf der linken Mittschiffsseite sind das WC, eine

Dusche und ein Waschbecken untergebracht. Waschbecken befinden sich zudem in jeder Kajüte.

Unser Schiff verfügt über ein Schiebedach über dem Salon und am Heck gibt es einen halbgedeckten Freisitz, ein Sedan-Deck. Rundum verläuft ein breiter Laufsteg und auch auf dem Dach kann man sich aufhalten. Mit einer Länge von zehn Meter dreißig und einer Breite von drei Meter siebzig ist es ein recht ansehnlicher Kasten und für uns Anfänger die optimale Ausführung. Lediglich Herbert mit seinen einsdreiundachtzig muss in der Kombüse leicht den Kopf einziehen.

Gerd überprüft noch mal die Knoten unserer Seile, bevor wir zu einem Spaziergang nach dem erwähnten *Pont-du-Bois* aufbrechen. So, wie es seine Art ist, nämlich rücksichtsvoll und zuvorkommend, klärt uns Gerd so beiläufig darüber auf, dass bei der Schifffahrt ein Seil halt kein Seil, sondern ein Tampen ist und dass Tampen nicht ins Wasser hängen sollten. Dass man nicht rechts und links, dafür steuerbord und backbord sagt, setzt er bei so alten Seehasen als selbstverständlich voraus.

Wir hören schon von weitem eine schimpfende Stimme, und als wir ins Dorf kommen, ist es eine alte Dame, die mit ihrem entlaufenen Hund hadert. Wir wünschen ihr freundlich ein „Bon soir, Madame", aber sie zieht sich rasch in ihr Haus zurück, oder in das, was von ihrem Haus übrig geblieben ist, denn das Dach ist zur Hälfte eingestürzt und auch die intakte Seite lehnt sich bedrohlich an die ruinösen Reste des Gebäudes.

Gemütlich schlendern wir weiter die Straße entlang. Herrliche alte Bausubstanz, zum Teil stark vernachlässigt, zum Teil aber gut erhalten. Fast südländisch, provenzalisch muten die aus Naturstein errichteten Gebäude an. Torbögen aus Sandstein verbinden Häuser und Höfe oder schmücken Scheunen und Speicher. Es ist neun Uhr abends und die meisten Fensterläden sind geschlossen. Auf der Straße außer uns keine Menschenseele. Katzen streichen durch gepflegte Gärten, ab und zu das Gebell eines Hundes.

Dort, ein Ziegenstall. Warm und würzig schlägt uns der Geruch entgegen. Im Stall wird noch gearbeitet. Kinder treiben zirka zwanzig Ziegen zum Melken in die Boxen.

Wir wandern durch das Dorf von einem Ende bis zum anderen. Kein Wirtshaus, keine Kneipe, keine Bar, keine Gelegenheit zur Einkehr, um noch etwas zu trinken, um unter Einheimischen zu sein, um zu fühlen, dass wir in Frankreich sind.

Wir kehren um und streben unserem Schiff zu. Herbert und Gerd singen das Lied von Reinhard Mey „Musikanten sind in der Stadt", denn in *Pont-du-Bois* hat man sehr frühzeitig das Licht ausgemacht. Ob es wegen uns....? Nein, das glaube ich nicht, aber es macht Spaß, den beiden zuzuhören.

An Bord sitzen wir noch kurz zusammen, rauchen und trinken ein Gläschen Rosé. Heute hat keiner mehr Lust auf Musik in irgendwelcher Form.

Um halb elf gehen Herbert und ich in die Kojen. Wir sind glücklich, erschöpft und müde. Gerd ist eine Nachteule. Er setzt sich aufs Dach und betrachtet den schönsten Sternenhimmel, den man sich vorstellen kann.

Samstag, 14. September 2002

Herbert ist aufgewacht, weil ihm ein Tropfen Kondenswasser, das sich an der Kajütendecke gebildet hat, direkt aufs Auge gefallen ist. Pfui Deibel, denkt er, und fühlt sich wie halb gewaschen. Sicher dauert es ein paar Sekunden bis er weiß, wo er sich befindet, aber dann höre ich ihn etwas von „Kaffee" murmeln und aufstehen.

Weil es so bequem ist, bleibe ich noch einige Minuten in der Koje, auch um Herbert Zeit zu lassen für seine Morgentoilette. Als aber Geschirrgeklapper durch die Tür dringt, hält es mich nicht länger im Bett. Nach einer Katzenwäsche tauche ich bald im Salon auf und richtig, Herbert hat bereits für einen dampfenden Kaffee gesorgt.

„Pia hat die Scheidung eingereicht", sagt er mit gedämpfter Stimme im Stehen.

„Na bestens", entfährt es mir. „Seit wann weißt du's?"

„Seit Ende August", seufzt Herbert.

Wir schnappen uns jeder ein Sitzkissen und setzen uns auf das Sedan-Deck hinaus, verschließen die Schiebetür hinter uns, um Gerd nicht zu wecken.

„Noemi erzählte, dass Pia sich abends jetzt öfters schick machen und ausgehen und erst spät in der Nacht wiederkommen würde. Sie vermutet, dass Pia einen neuen Freund hat."

So wie Herbert das schildert, klingt es schon ziemlich fortgeschritten.

„Ich hoffe nur, dass er, wie ich, Koch ist und ein eigenes Restaurant führt. Sonst hat er schlechte Karten."

„Was reizt sie denn so an einem eigenen Restaurant?", will ich wissen. Ich war Pia nur einmal begegnet und empfand sie als gutaussehende, zielorientierte Frau.

Herbert schüttelt den Kopf. „Ich weiß es auch nicht wirklich. Ihre Eltern hatten einst ein Restaurant besessen, als sie noch klein war. Ihr Vater ist früh verstorben und die Mutter hat es dann verkaufen müssen. Einer von Pias Freundinnen gehört ein Sterne-Restaurant in der Nähe von *Liestal* in der Schweiz. Irgendwo dazwischen wird man suchen müssen, wenn man sich tatsächlich für die Gründe interessiert. Aber das tue ich nicht."

„Und du willst dich nicht für eine Karriere als Sternekoch entscheiden?"

„An Geld würde es nicht scheitern. Pia hat ganz schön was auf der Seite. Ich liebe meinen Job, dort, wo ich bin."

„Aus Sturheit?"

„Nein", flüstert er fast zärtlich, „aus Überzeugung."

„Und Noemi?"

Er schnaubt durch die Nase. „Tja, meine Noemi ..."

Herbert steht auf und richtet den Blick hinaus über den Fluss. „Komm, wir gehen ein Stück."

Es ist kühl am Morgen, aber nicht lästig kalt. Die Sonne ist noch nicht über den Horizont gestiegen, aber es ist zu erkennen, dass es ein schöner Tag werden wird. Auf den Uferböschungen glitzert funkelnd der Tau im Gras und über das Wasser treibt ein dünner Dunstschleier.

„Pia hat gesagt, dass ich *Perlen vor die Säue* werfen würde", sagt Herbert nach einer Weile.

„Oh, das ist hart", antworte ich.

„Ja, das hat dann auch den Ausschlag gegeben, weswegen ich ausgezogen bin."

Wir sind an einem gekiesten Weg angekommen, über den das Schleusenwärterhaus mit dem Auto erreicht werden kann. Auf der anderen Seite setzt sich der Weg entlang des Kanals fort.

„Die alten Leute im Pflegeheim sind keine *Säue*", fährt er fort. „Vielleicht essen sie nicht gerade vorbildlich sauber, aber wer tut das schon, wenn einem die Hände zittern? Sie sind freundlich und dankbar. Ich setze mich oft zu ihnen an den Tisch und rede mit ihnen. Frage, was sie gerne essen würden, wie sie es von zu Hause her gewohnt sind oder auf was sie große Lust haben. Wir fachsimpeln auch miteinander und so bekomme ich manchen Tipp, den ich dann fürs nächste Mal berücksichtige. Ich könnte ein Kochbuch schreiben allein mit und über die vielen Tipps und Kniffe. Nein, das sind keine *Säue*. Wir sind wie eine große Familie."

„Dann schreib doch ein Kochbuch mit den Rezepten aus dem Altersheim", schlage ich vor. „Du sitzt ja förmlich an der Quelle."

„Ja, vielleicht", grinst er. „Nur noch so viel, bevor wir umkehren. Ich hab´ zu Pia gesagt, dass auch sie irgendwann mal ein *Schwein* sein wird, das auf die Küche fremder Menschen angewiesen ist. Dann, sagte ich, wird sie vielleicht froh darüber sein, wenn jemand als Koch in der Küche steht, dem die Arbeit Freude bereitet. Dieser Jemand werde nicht ich sein."

Wir verfolgen aus einiger Entfernung, wie auf den benachbarten Booten ebenfalls das Leben erwacht. Die Hände in den Jackentaschen vergraben, bummeln wir entlang des Kanals und genießen die Ruhe. Kein Flugzeug, keine Eisenbahn, kein Auto sind zu hören, nur unsere Schritte im Kies des Weges.

„Noemi befürchtet, dass sie in ein Internat soll. Pia hätte mal sowas angedeutet, sagte sie."

„Wieso Internat? Die Schulkosten sind doch schweineteuer."

„Wie ich schon sagte: An Geld würde es nicht scheitern. Doch die Mutter-Tochter-Beziehung ist nicht die beste. Die beiden liegen ständig im Clinch miteinander. Im Prinzip ist Noemi meiner Frau im Weg. Sie ist ihr lästig. Und dass Noemi und ich sehr gut miteinander auskommen, ist für Pia das, was nicht sein darf. Wenn es also tatsächlich so sein sollte, dass Noemi auf ein Internat sollte, dann nur, damit Pia ihre Macht demonstrieren kann. Wenn sie mit Noemi schon nicht gut auskommt, dann soll ich erst recht nichts von Noemi haben. Das ist so einfach zu durchschauen, so gefühlskalt und so billig, verstehst du? Aber es ist auch typisch Pia."

„Aber da hast du doch auch noch ein Wörtchen mitzureden, nicht wahr?" Wir sind stehen geblieben.

„Das walte Gott", bricht es heftig aus ihm heraus.

„Du bist aber nicht wirklich religiös, oder?"

„Man sagt es halt so daher", wiegelt er ab. „Es ist ja auch so, dass bis zu einer Scheidung noch eine Menge Zeit vergehen wird. Mindestens ein Jahr. Jetzt haben wir September. Rechne zwölf Monate hinzu. Es kann viel passieren."

„Hey, Herbert." Ich berühre ihn an der Schulter.

„Jaja, ich weiß", nickt er und lächelt mit den Lippen, während seine Augen traurig bleiben. „Wir sind Freunde."

Das Frühstück lockt uns wieder ins Boot und wir langen kräftig zu bei selbstgebackenem Brot, Butter, Wurst, Käse, Marmelade und Honig. Wir sehen die Sonne hinter den Bäumen aufsteigen und wir wärmen uns an ihren ersten Strahlen, die unser Schiff treffen.
Gerd schläft noch. Er hat einen anderen Rhythmus als wir. Aber das macht nichts – wir kommen aneinander vorbei.
Um neun Uhr legen die anderen Boote ab. Eines davon muss zurückfahren bis zum Funkempfänger für die Schleuse, etwa einhundertfünfzig Meter, den Kontakt auslösen und wieder auf dem engen Kanal wenden, um zur Schleuse zu kommen. Man kann es leider nicht zu Fuß erledigen, weil das Ufer zu stark bewachsen ist. Diese Prozedur wird uns auch bevorstehen, falls nicht zufällig gerade dann ein weiteres Schiff einschleusen will, dem wir hinterher fahren können.
Eine Stunde später sind wir startklar und werfen den Motor an. Gerd springt wie ein „Kasper in der Box" aus der Kajüte. Alles klar, Moses?
Wir kommen um das Wendemanöver nicht herum, aber es klappt ganz prima. Behutsam mit Vor- und Rückwärtsgang und Steuerruder arbeitend, drehen wir unseren Kahn praktisch auf einem Bierdeckel in die passende Richtung und wir fahren in die Schleuse ein, als hätten wir unser Leben lang nichts anderes getan.
Immer wieder orientiere ich mich anhand der Flusskarte, wo wir uns befinden oder welche Besonderheiten vor uns zu erwarten sind. Nach einer knappen Stunde Fahrt nähern wir uns allerdings einer Brücke, unter der wir mit unserem Kahn auf keinen Fall durchpassen. Eine Brücke ist eine Brücke ist eine Brücke, denke ich, oder denke und sehe ich falsch? Das ist das Ende unserer Reise, schießt es mir durch den Kopf und hilfesuchend drehe ich mich nach Herbert und Gerd um, die ebenfalls ratlos nach vorne spähen. Im Schleichgang tasten wir uns an das Hindernis heran. Dort turnt auf der rechten Seite jemand herum. Gleich wird jener uns wohl zurufen, dass die Weiterfahrt wegen Brückeneinsturzes unmöglich ist. Dann haben wir den Salat.
So ist es, wenn man denkt, und so kommt es, wenn man falsch denkt. Der „Turner" ist der Brückenwärter einer Schwenkbrücke. Die Brücke wird auf einer Schiene einfach und per Muskelkraft zu Seite bewegt. Lautlos und anscheinend schwerelos weicht die angebliche Sperre vor uns zurück und gibt die enge

Durchfahrt frei. Aufatmend winken wir dem Brückenmeister zu und per Flugpost lassen wir ihm eine Tafel Schokolade zukommen, die freudig aufgefangen wird.

Direkt hinter der Schwenkbrücke bekommen wir plötzlich eine anheimelnde Szenerie zu Gesicht: Eine Ortschaft, direkt an das Kanalufer gebaut, davor eine Anlegestelle für Hausboote. Hier werfen wir unsere „Tampen" an Land und vertäuen unsere Titanic an den Eisen.

Sanft durch die Blume erwähnt Gerd so beiläufig, dass man die „Eisen" Poller nennt. Es wäre eines Kapitäns nicht so recht würdig, „Eisen" zu sagen. Mit ebensolcher Geduld wie vergebens übt er mit mir die einfachen Seemannsknoten, denn ich stelle mich ziemlich unbeholfen an. Es besteht Hoffnung, meint er, dass ich es noch lerne.

Die Ortschaft heißt *Selles*.

Idyllisch liegt sie entlang des Wassers vis-à-vis einer Pappelallee auf der anderen Uferseite. Die Vorgärten der Häuser sind überaus gepflegt und die Gebäude prächtig in Schuss gehalten. Wir erfahren, dass es im Ort eine Käserei geben soll, und nach einem Blick auf die Kirchturmuhr machen wir uns auf die Socken, um vor der Mittagspause dort zu sein.

Richtig schmuck zieht sich die Hauptstraße vom Hafen her durch den Ortskern, leicht ansteigend. Wir können die Käserei zwar noch nicht sehen, aber wir brauchen nur unseren Nasen zu folgen. Es ist ein Kleinbetrieb mit Straßenverkauf. Wir erwerben einen Münster-Käse und eine Flasche Wein.

Die Hauptstraße weiter hinauf steht am Ortsende das Waschhaus. Hier war der Treffpunkt der Frauen der Gemeinde zum Waschen der Wäsche, aber auch um soziale Bindungen zu pflegen, zu reden, zu tratschen, vielleicht auch zu lachen. Herbert ist ganz begeistert von dieser Stätte der Weiblichkeit, denn mit Sicherheit hatte man unter diesem Dach so gut wie nie einen Mann gesehen, mag jener wohl eher Gegenstand so manchen weiblichen Gesprächs, so manchen Gespötts gewesen sein.

Seit heute Morgen liegt uns Gerd mit seinem Wunsch nach Kartoffeln in den Ohren. Teilweise hat er es mit dem Zaunpfahl versucht oder auch mit der trapsenden Nachtigall. Zum Beispiel rief er plötzlich aus: „Da, da, was schwimmt denn dort? Ist es eine Bisamratte oder eine Kartoffel?" Also noch plumper konnte er uns kaum kommen.

Und auch jetzt, da er ein Lebensmittelgeschäft entdeckt hat, fragt er scheinheilig, ob er uns ein Kartoffeleis spendieren soll.

Kaufen wir halt einen Sack Pommes de Terre, aber auch Baguette, Kuchen zum Kaffee, Quark, Tomaten und noch eine Flasche Wein.

Gerd hat vor dem Geschäft gewartet und sich an der Architektur der Häuser ergötzt. Er ist ein Liebhaber alten Gemäuers und kann sich an Fugen, Rissen und Steinen fast nicht satt sehen. „Nach meiner nächsten Reinkarnation hoffe ich, als Smaragdeidechse auf die Erde zurückzukommen. Dann lebe ich ausschließlich in solchen Mauern." Auf die Frage, warum ausgerechnet als Smaragdeidechse und nicht als gewöhnliche Zauneidechse, antwortete er: „Na wenn schon, denn schon. Ein bisschen eitel möcht´ ich schon sein."

Auf diese Weise ist ihm ein kleines Museum nicht entgangen, in welchem wir allerlei Handwerksgeräte aus Uropas und Uromas Zeiten ausgestellt vorfinden. Vom Amboss bis zum Ziegenmelkschemel ist da alles aufgehoben worden.

Herbert schlägt uns eine Kaffeepause an Bord vor und nachdem wir anschließend die Leinen eingeholt haben, stechen wir wieder in den Kanal.

Herbert hat es sich am Heck, Gerd auf dem Dach gemütlich gemacht.

Die Sonne steht hoch am Firmament und wir gondeln mit geöffnetem Schiebedach auf dem Canal de l'Est Richtung nächstes Ziel: *Corre*.

Wir sind allein unterwegs. Vor oder hinter uns sehen wir keine anderen Schiffe. Auf der Backbord-Seite öffnen sich schier endlose Weideflächen und gutmütig glotzend ruhen sich einige Kühe wiederkäuend im Schatten einer Trauerweide aus. Hin und wieder steht ein Reiher im flachen Uferwasser, regungslos, auf Beute lauernd. Dann wiederum umzingelt uns der Wald. Minutenlang passieren wir eine Lasershow besonderer Art. Ein Spektakel von Lichtblitzen hüllt uns ein, abgeschossen von der Sonne über uns, gebrochen und animiert von der Prismenkuppel aus Blättern. Sämtliche Farbtöne aus grün, aber auch Gelb, Silber und Gold fluten durch diese Sphärenwelt. Wir fahren nicht mehr, wir schweben. Und warum flüstern wir plötzlich, wenn wir miteinander reden? Wahrscheinlich, weil uns die Andacht befällt, als wir uns im Raum dieser natürlichen Kathedrale befinden und weil wir Respekt empfinden in Ahnung eines göttlichen Geschenks.

Als uns die Welt wiederhat, brechen wir in spontanen Jubel aus, aber mit Worten beschreiben können wir das eben Gesehene nicht. Wir beschränken uns auf „wow" oder „toll" oder „sagenhaft", und das ist selbst für den hochgebildeten Gerd bemerkenswert.

Noch wie in Trance touren wir weiter und spulen die nächste Schleuse geistesabwesend, doch fast schon routinemäßig ab. Richtig wach werden wir wieder, als an Steuerbord ein Hafen sichtbar wird. Das muss der Hafen von *Corre* sein. Einige Anlegeplätze sind noch frei und ein bärtiger Mann, vermutlich der Hafenmeister, winkt uns auffordernd zu, beizudrehen und bei ihm festzumachen. Da wir gelesen haben, dass diese Häfen alle gebührenpflichtig sind, beachten wir die Einladung nicht weiter und fahren am Hafenbecken vorbei. Hundert Meter weiter darf man nämlich ebenfalls „parken", und es kostet nichts. Der Hafenmeister schickt uns einen Gruß hinterher, der verflixte Ähnlichkeit mit einem „Stinkefinger" hat. Ach, was soll's.

Corre. Gelegen nahe der Einmündung des Canal de l'Est in die „Saône". Nicht mehr als ein Dorf. Es ist gegen zwei Uhr nachmittags. Wir statten dem Ort einen Besuch ab. Zuerst die Kirche, dann den Rest. Uns fällt auf, dass wir kaum Leute sehen. Zwar gibt es einige Geschäfte, aber die haben alle geschlossen. Doch auch um die Häuser oder in den Gärten ist niemand anzutreffen. Unheimlich wirkt diese Leere.
  Straßenschilder. „Louis Bertrand, erschossen von den Deutschen 1944". Das nächste: „Armand Lalique, erschossen von den Deutschen 1944". „Philippe Legrand, erschossen von den Deutschen 1944".
  Wo, um Himmels Willen, sind wir denn hier gelandet? Alle Straßenschilder tragen einen Namen und den Zusatz „erschossen von den Deutschen". Sind deswegen die Straßen so verlassen? Sind alle tot? Erschossen von den Deutschen? Immer noch? Auch 2002?
  Unbehagen erfasst uns. Beklemmung. Wie können die Menschen hier leben unter dauernder Erinnerung an eine Tragödie? Was tun sie sich hier an? Wie können die Leute Ruhe und Zufriedenheit erlangen unter dem Schatten einer fortwährenden Last, unter dem Druck einer manifestierten Schuldzuweisung bis in die heutige Zeit? Wie können sie atmen unter der Geisel der selbsterwählten Unfreiheit? Schwelt hier ein potentieller Hass auf die Deutschen? Eventuell auf uns?

Herbert spricht unbewusst sein breitestes Schwiizerdytsch. Man soll uns, sollte uns jemand hören, nicht als Deutsche identifizieren können.

Fluchtartig verlassen wir diesen seltsamen Ort. Obwohl es sehr heiß ist, haben wir eine Gänsehaut.

Die Schleuse von *Corre* ist eine bediente Schleuse, das heißt, ein Schleusenwärter verrichtet hier seinen Dienst. Bei ihm geben wir unseren Funkpiepser ab, denn die Schleusen auf der Saône werden mittels eines Stabes oder Schlauches, der über der Fahrrinne mitten im Fluss aufgehängt ist, durch Drehung aktiviert. Auch hier werden wir eine Tafel Schokolade los.

Nach der Ausfahrt aus der sehr tiefen (oder auch hohen, je nachdem, aus welcher Richtung man kommt) Schleusenkammer befahren wir endlich den richtigen Fluss, die naturbelassene „Saône".

Was hatte ich mir den Kopf zerbrochen, wie wohl die Fahrt auf dem Fluss zu meistern wäre. Strömungen, Strudel, Klippen und Untiefen beschäftigten mich in meinen Träumen. Kämpfe gegen die Naturgewalten eines „wilden Stromes".

Alles umsonst. In der Regel ist es schlicht Unwissenheit, die uns Ängste bereitet, und Angst kommt aus den Schubladen im Kopf. Man hat Bilder gespeichert, die voller Horrorszenarien sind, und je nach Stichwort holen wir diese Bilder hervor und bekommen - - Angst. Wie sich herausstellt, war meine Angst völlig unbegründet.

Die „Saône" erweist sich als gemächlicher Strom. Träge, ruhig, gemütlich fließt sie dahin und man spürt überhaupt keine Strömung. Sie wirkt eher wie ein Teich, ist aber breiter als der Canal de l'Est. Wie ein Brett liegt unser Boot auf dem Wasser.

Dichte, undurchdringliche Wälder schieben sich an die Flussränder heran. Müsste jetzt nicht gleich ein Mississippidampfer um die nächste Biegung stampfen? Gerd und ich stimmen mit unseren tiefsten Bässen „Old man river" an. Wie weit, bitte, ist es nach *New Orleans*?

Dann wird die „Saône" plötzlich sehr breit. Weite Wasserflächen um unseren Kahn. Libellen schwirren funkelnd durch die Luft. Wo sind wir hier? Haben wir uns verfahren? Seerosenfelder dümpeln in seichten Buchten. Ein Baumstamm im Wasser – oder ist es ein Krokodil? Sitzt dort nicht ein Jaguar im Geäst? Und fühlen wir uns nicht beobachtet aus hundert neugierigen, versteckten Indianeraugen? Heißt die nächste Ortschaft zufällig *Manaus*?

Gerd stößt einen Tarzanschrei aus mit dem Erfolg, dass eine Bande wegelagernder Enten auf uns aufmerksam wird. Wie auf Kommando stürzen sie sich in die Fluten und schwimmen zielstrebig in die Fahrrinne und betteln schnatternd um Brot. „Brot oder Leben", verstehe ich ihr Gequake, oder zumindest so ähnlich. Herbert wirft reaktionsschnell ein Stück Brot unter die Meute und rettet uns damit sozusagen das Leben. Puuh, das war knapp.

Wahrscheinlich werden wir es noch öfter mit solchen Freibeutern zu tun bekommen.

Unruhig stöbert Gerd auf dem Boot umeinander. Er sucht etwas, öffnet Schubladen und Klappen.

„Was suchst du denn?"

„Ich suche eine Schnur und ein Stück Draht. Hier gibt es jede Menge Fische und ich will angeln."

Von Herbert erhält er eine Sicherheitsnadel und von mir eine Nylonschnur. Daraus bastelt er eine prähistorische Angel. Leider muss er mit dem Fischen noch warten, bis wir irgendwo angelegt haben.

Die Ortschaft *Ormoy* haben wir linkerhand liegen lassen. Beharrlich setzen wir unseren Weg fort und frönen dem Bordleben, stets von Herbert mit dem Besten versorgt, was die Bordküche zu bieten hat. Mal reicht er Schokolade herum, dann wieder Kekse, oder er richtet frisches Obst und meint, das sei gut gegen Skorbut. Wir trinken ein Bierchen oder zwei oder Herbert kredenzt ein Glas Rosé. Wir lassen unsere Beine von Bord baumeln und unsere Seelen hängen hoch oben in imaginären Masten flatternd im Wind. Unsere Herzen schreien voller Wonne in die Welt hinaus: mehr, mehr, mehr. Und wir bekommen mehr: Freiheit, Abenteuer, Ruhe, Natur. In unseren Gesichtern und an unseren Mienen kann ich erkennen, dass wir noch etwas anderes bekommen haben: Ein gutes Quantum an Gelassenheit.

Gerd hat das Steuer übernommen und uns gebeten, nach einem geeigneten Anlegeplatz Ausschau zu halten. Unter geeignet meint er, dass wir mit dem Schiff bis dicht ans Ufer fahren können, ohne den Grund zu berühren oder Gefahr zu laufen, durch sich über Nacht senkenden Wasserstand aufzusitzen. Vereinzelt sei das an der „Saône" schon vorgekommen, dass ein Boot manövrierunfähig wurde, weil sich der Pegel über Nacht verändert hatte. Herbert entdeckt in der Nähe der Ortschaft *Cendrecourt* einen einzeln stehenden Baum am Ufer und auch die Uferböschung sieht vielversprechend aus. Als Gerd in einem perfekten Bogen anlandet, sehen wir, dass der Platz ideal ist. Wassertiefe im grünen Bereich.

Schnell haben wir das Boot gesichert und unseren Landungssteg an die Böschung gelegt. Gerd biegt mit bloßen Händen das Gestrüpp und die Nesseln zur Seite. Herbert fragt ihn, ob es ihm nicht weh tun würde. Doch, sagt er, aber das sei okay so. So würde er spüren, dass er lebt.

Während ich mich zu Fuß aufmache, um aus einiger Entfernung ein paar Fotos von unserem Schiff zu schießen, traut sich Gerd zum Schwimmen ins Wasser (dem graut's vor nix) und Herbert bereitet in der Kombüse unser Abendessen zu, wobei man davon ausgehen kann, dass er wieder mit irgendeiner Zauberei etwas Besonderes schaffen wird.

Die Angel ist fertig. Mit einem Korken als Schwimmer und einem Kaffeelöffel beschwert, beködert mit Brot, wirft Gerd sie achteraus ins Wasser. Ich kann nur nachsichtig grinsen. Aber auch das Essen ist fertig. Hokuspokus. Es gibt Pellkartoffeln mit Quark, Tomaten und Käse, Weißbrot und Butter, Salami und Radieschen. Wir schlemmen unter freiem Himmel, bei einem herrlichen Sonnenuntergang, schlürfen einen kühlen Wein dazu und schmauchen wie weiland Huckleberry Finn hinterher eine Maiskolbenpfeife. Bei uns sind es halt Zigaretten, aber man darf das nicht so eng sehen. Wir leben im wahrsten Sinne des Wortes wie Gott in Frankreich und wenn das so weitergeht, werde ich hier noch fett und rund.

Der Mond steht bereits bleich im Osten, als wir uns auf den Weg ins Dorf machen. Blutrot brennt der Himmel über uns und es begleitet uns ein Konzert der Grillen.

Schon am Dorfeingang steht das Waschhaus. Gleich dahinter aber treffen wir auf ein imposantes Hoftor. Es steht offen und wir erhaschen einen Blick auf ein Herrenhaus mit Schlosscharakter. Schade, dass wir wegen der zunehmenden Dunkelheit nicht mehr Einzelheiten erkennen können, aber auch so wirkt es auf uns sehr beeindruckend und offensichtlich wird es noch genutzt, denn im Hof stehen einige Fahrzeuge.

Irgendjemand muss das Gerücht verbreitet haben, dass die „Drei Musketiere" unterwegs seien, denn die Straßen sind wie ausgestorben. Die Gehsteige sind hochgeklappt und viele Fensterläden verrammelt. Dort, wo man gelegentlich in beleuchtete Zimmer blicken kann, sehen wir passendes Inventar aus Napoleons glorreichen Zeiten: Schwere Schränke, gewaltige Standuhren, dunkle Regale, geblümte Tapeten und meistens einen offenen gemauerten Kamin.

Der Zufall will es, dass fünf junge Männer vor einem Hauseingang im Garten stehen. Gerd spricht sie höflich an und fragt nach einer Gaststätte, erfährt aber, dass die nächste Bewirtung im nächsten Ort sei, nämlich eine viertel Stunde, nein, eine halbe Stunde, nein, gar dreimal eine halbe Stunde entfernt. Die jungen Herren erbieten sich sogar, uns mit ihrem Auto hinzufahren, aber wir lehnen dankend ab, denn den gleichen Weg müssten wir ja auch wieder zurück. Merci, et bon soir.

Trotzdem spazieren wir weiter durch die Ortschaft. Neue Erkenntnisse gewinnen wir aber nicht. Wir fühlen uns zum einen ob der ganzen Atmosphäre regelrecht angezogen, zum anderen aber auch um hundert Jahre in die Vergangenheit zurück versetzt. Uralte Traktoren rosten spinnwebenübersät in Scheunen mit sehr viel Charakter. Das Holz der Wände ist so sehr grau und alt, dass es gar nicht mehr weiter verwittern kann. Hier steht die Ewigkeit unscheinbar neben der Straße, und man übersieht sie so leicht. Gerd gerät wegen der Traktoren beinahe aus dem Häuschen. Er bewegt sich offensichtlich in seinem Traumland der Nostalgie. Dicke Steinmauern, Häuser aus Quadern errichtet, Dächer mit Geschichte.

Am Dorfausgang steht eine kleine Kapelle, eine Sitzbank davor. Wir teilen uns eine Tafel Schokolade, bevor wir unsere Füße wieder unter den Arm nehmen.

Mit Hilfe der Taschenlampe finden wir unsere Arche sicher vertäut am Ufer vor.

Gerd fragt, ob wir noch ein Gläschen mit ihm trinken. Ein Schlummertrunk. Er nimmt seine Resonator-Gitarre hervor und streift das kurze Messingrohr über den Finger, beginnt eine Improvisation, lässt das Rohr über die Saiten gleiten. Auf einer Original-*Budweiser*-Bierkiste der amerikanischen Großbrauerei *Anheuser-Busch,* die für ihn ein unverzichtbares Accessoire beim Spielen ist, stampft er mit einem Fuß den Takt. Herbert gibt ihm ein paar Minuten. Dann setzt er die Blues-Harp (Mundharmonika) an die Lippen und schmiert seine Begleitung dazu, wie fette Butter auf warmes Brot. Ich bekomme Gänsehaut, so schaurig-schön klingt es durch die Nacht. Bevor ich zu frieren beginne, nehme ich meine Gitarre und suche den passenden Moll-Akkord. Auf einmal meine ich, dass unsere *Sally* zu einem Mississippidampfer mutiert und ihr zwei hohe schlanke Schornsteine aus dem Dach wachsen und auf beiden Seiten mächtige Schaufelräder. Unsere Augen leuchten und wir fühlen es: Wir sind auf dem richtigen Weg. Mit der Eigenkomposition *„Old pants, old jacket, old hat"*, die von einem Mann erzählt, der nur noch alte Kleider tragen kann, weil seine Frau das ganze Geld verjubelt, beschließen wir das Konzert für die Fische.

Schweigend hocken wir auf dem Deck noch einige Minuten beisammen und lassen den Tag jeder für sich noch einmal Revue passieren, während aus dem Dampfer wieder ein kleines Hausboot wird. Die Sterne und der Mond leuchten in unwirklicher Intensität.

Herbert und ich gehen schlafen. Gerd kümmert sich um seine Angel und füttert die Fische mit Brot und Käse, und bestimmt wird er nicht durstig dabei werden.

Sonntag, 15. September 2002

Heute Morgen ist es Herberts Ohr, auf das der Kondenswassertropfen fällt und ihn weckt. Hui, da ist er gleich quietschfidel.

Er und ich sitzen, bevor wir frühstücken, auf dem Sedan-Deck. Schweigend lassen wir die Minuten verstreichen und lauschen nur auf die absolute Stille. Es ist für uns schon recht außergewöhnlich, so rein gar nichts zu hören. Wenn ein Schmetterling vorüber flöge, würde uns das Donnern seiner Flügelschläge erschrecken.

Der Fluss liegt noch im Tiefschlaf. Die Oberfläche glatt wie ein Spiegel und dampfend und schwarz wie heißer Teer. Auf der Uferböschung wächst wilder Hopfen.

Herbert sitzt da und schüttelt den Kopf. Er sieht aus, als könne er es noch gar nicht begreifen. Er sagt, er kann es noch gar nicht begreifen, dass das alles Wirklichkeit ist und dass er die letzten beiden Tage tatsächlich erlebt hat. Der Wechsel von „unserer Welt" in „diese Welt".

„Ich kann das noch gar nicht verinnerlichen", sagt er. „Vorgestern noch zu Hause mit dem ganzen Lärm der LKW und mit der Hektik, und heute wache ich auf in freier Natur auf einem Boot und in wunderbarer Stille --- das verstehe ich noch nicht. Es ist so schön. So schön."

Wir sind allein auf der Welt. Im Umkreis von einer Million Kilometer keine Menschenseele. Außer Gerd, und der schläft noch. Es könnte eine nächste Revolution in Frankreich stattfinden, und wir würden es nicht mal bemerken.

Opulent fällt unser Frühstück aus: Honig, Marmelade, Butter, Käse, Wurst, Eier, Tomaten, verschiedene Brotsorten. Wir lassen uns Zeit.

Es ist halb elf, als wir den Motor starten. Wir beginnen den Tag mit niedrigen Drehzahlen und blubbern mehr als dass wir fahren. Zuweilen halten wir uns ganz nahe am Ufer und begrüßen Kühe, Schafe und Pferde, wovon uns letztere meistens stolz ignorieren.

Golden erstrahlt der Himmel über uns und offen und weit ist das Land. Der Fluss ist breit und er ist uns richtig vertraut geworden. Wir wissen, dass wir uns auf ihn verlassen können. Das ist unser Tag.

Ich frage Herbert, ob er nicht auch mal ans Steuer möchte, und Herbert sagt ja. Er ist nicht so derjenige, der gleich hinter jedem Steuerrad stehen muss, um sich als Mann zu fühlen.

Wir wechseln die Plätze. Er sagt mir, dass es nicht nötig sei, hinter ihm stehen zu bleiben, um ihn zu unterstützen. Er würde das Kind schon schaukeln. Also verkrümle ich mich zu Gerd, der inzwischen aufgewacht ist, an Deck und lasse mich einfach füllen von den Eindrücken der Umwelt.

Herbert steuert das Schiff so gerade wie an der Schnur gezogen und wir fühlen uns geborgen wie in Abrahams Schoß. Darum merken wir sofort, als das Boot leicht aus dem Ruder läuft, dass voraus ein Hindernis nahen muss. Jawohl, wir fahren auf eine Brücke zu. Die Durchfahrten sind jeweils sehr eng und nicht breiter als eine Schleuse. Gerd und ich stehen steuer- bzw. backbords in Bereitschaft, um notfalls den Rumpf des Schiffes von den Brückenwänden abstoßen zu können. Unbeeindruckt dessen knattert Herbert durch die Mitte, als wäre es sein täglich Brot, unter Brücken durchzufahren. Dennoch ertönt ein lauter Freudenschrei aus Richtung Steuerrad zu uns und auch wir jubeln und tanzen auf Deck herum wie vom Affen gebissen. Klasse, Herbert, loben wir ihn herzlich, und als wir zu ihm stürmen sehen wir gerade noch, wie er sich den Schweiß von der Stirn wischt. Feuertaufe bestanden.

Unsere Ausgelassenheit wird unterbrochen, als die Schleuse von *Montureux-les-Baulay* angekündigt wird. Herbert packt das Steuer mit beiden Händen und „befiehlt" kurz „raus mit euch auf Posten". Gerd und ich stehen also wieder Wache, aber wir brauchen weder unsere Stimmen noch unsere Muskelkraft einsetzen, um Herbert in die Schleusenkammer zu helfen. Mit einer Bärenruhe schaukelt er den Kahn an die Poller heran, dass wir nur so staunen. Mit hochgereckten Daumen signalisieren wir ihm, was wir von seiner Leistung halten. Aus Herbert bricht die Freude aber auch die Erleichterung heraus und er lacht uns strahlend an. „So ein Tag, so wunderschön wie heute", singt er. Gerd und ich schauen uns an und kontern prompt mit „What shall we do with a drunken sailor early in the morning". Wir sitzen auf der Schleusenkante und lachen uns einen Ast ab, sind einfach glücklich und zufrieden. Ja, so ein Tag ...

Euphorisch ziehen wir unsere Bahn. Wir wechseln uns als Steuermann ab oder hängen an Deck herum, atmen den vollen Sonntag ein in seiner ganzen Pracht. Mit uns scheinen Fauna und Flora in Hochgefühlen zu schwelgen. Es sind nicht wir, die fahren. Wir stehen und irgend einer schiebt kolossale Kulissen an uns vorbei. Wir sind nur Betrachter eines Theaterstückes, das die Natur für uns aufführt.

Nicht weit vor *Baulay* treffen wir auf Gegenverkehr. Zwei Boote in Folge, gerammelt voll mit bärtigen, jungen Männern. Sie winken uns johlend zu, soweit man das mit Bierflaschen in den Händen unfallfrei bewerkstelligen kann. Sie haben Piratentücher um die Stirn gebunden und an einer Stange weht tatsächlich die Piratenflagge. Auf welchen Raubzug sind sie wohl aus?

Bei *Baulay* gehen wir an Land. Unmittelbar vor einer Brücke ist ein Anlegesteg. Ein wunderschönes Hausboot, bestimmt ein paar Preisklassen höher als unser Kahn, liegt bereits dort. Dunkelblauer Stahlrumpf mit Steuerhaus aus Mahagoni. Edel, edel. Wir finden direkt dahinter Platz.

Es geht mittlerweile „ruck-zuck", das Schiff anzutäuen. Die Seemannsknoten beherrsche ich jedoch immer noch nicht, weshalb ich auch hier einen unorthodoxen Wirrwarr von Seilverschlingungen produziere. Das Boot vor uns sieht verlassen aus, alle Fenster und Türen geschlossen. Wahrscheinlich sind die Leute ins Dorf gegangen.

Baulay ist ein urwüchsiges Dorf und liegt verstreut auf einem flachen Hügel.

Den Gerüchen nach, die durch die Gassen duften, muss es Mittagszeit sein. Viel zu erwandern gibt es nicht. Wir umrunden die Kirche und haben vom Kirchplatz aus einen Rundblick über den Ort. Das Schulhaus in der Nachbarschaft weist noch eine strikte Trennung von Mädels und Buben aus.

Baulay erlangte im 2. Weltkrieg einige Berühmtheit durch die französische Widerstandsbewegung „Résistance". Der Hügel, auf dem das Dorf liegt, wird von der Eisenbahnlinie Paris – Mulhouse in zwei Teile zerschnitten. Direkt im Zentrum dieses Einschnitts brachte man an mehreren aufeinanderfolgen Tagen des Augusts 1944 komplette Züge zum Entgleisen und ließ dann noch einige Lokomotiven in den Schrottberg rasen. Damit sollte der Nachschub der Deutschen unterbunden werden. Eine Gedenktafel an jener Stelle berichtet, dass man alle Aktionen damals ohne Menschenopfer durchführen konnte.

Wir besuchen das obligatorische Waschhaus und lassen uns sonst von dem Flair tragen, durch unbekannte Umstände Gelegenheit zu haben, eine vergessene Zeit zu durchstreifen. Sonnenuhren an verwitterten Häuserwänden, Kopfsteinpflaster in Seitengassen, offene Abwasserrinnen entlang der Straßen. Über vielen Hauseingängen sind Madonnenstatuetten in die Wände eingegrottet. Handgeschmiedete Geländer sichern ausgetretene Sandsteintreppen. Wir suchen Satellitenschüsseln vergebens, finden aber in Hinterhöfen grüne Oasen der Ruhe, des Verweilens. Sitzplätze aus massivem Stein, moosbewachsene Mauern unter uralten mächtigen Nussbäumen. Verstohlen schaue ich auf meine Armbanduhr – ob sie noch richtig tickt, oder ob sie einfach auch langsamer geht.

Auch hier in *Baulay* sind wir fast so einsam wie Robinson auf seiner Insel. Wir hören nur das Klirren von Besteck und das Geklapper von Geschirr auf die Straße schallen. Doch, um den Dorfbrunnen spielen ein paar Kinder. Sie grüßen sehr freundlich und Gerd wechselt einige Worte mit ihnen.

Der Hunger meldet sich bei uns, weshalb wir zu unserer Schaluppe zurückwandern. Gerne würden wir ja mal in einem Gasthaus, einem Restaurant, etwas essen, aber wir haben bis jetzt keines gefunden. Und das hier? In Frankreich?

Als wir uns dem Anlegesteg nähern, ist Bewegung an Deck des vor uns liegenden Schiffes zu erkennen. Nicht viel später sehen wir, dass es zwei Frauen sind, die ein Sonnensegel über ihrem Freisitz aufspannen.

„Bonjour Mesdames", ruft Gerd hinüber. „Est-ce que je peux vous aider ?"

Drehen sich beide um: "Tut uns leid", ruft eine, „aber wir verstehen kein Französisch."

„Auch gut", murmelt Gerd. Laut wiederholt er auf Deutsch: „Können wir Ihnen helfen?"

„Danke der Nachfrage", schallt es zurück, „aber wir kommen zurecht."

„Wenn Sie fertig sind, dann kommen Sie doch zu uns rüber. Wir wollten gerade Kaffee trinken." Gerd zeigt sein einladendstes Lächeln.

„Warum weiß ich nichts davon?", höre ich Herbert flüstern.
Die beiden Frauen schauen sich an, zucken mit den Schultern: „Warum nicht?"

Bald haben wir auf dem Sedan-Deck fünf Tassen und Teller aufgetischt und Kekse in eine Schale gefüllt. Herbert kocht Wasser für Kaffee. Dann kommen die Damen auch schon, beide in Dreiviertels-Hosen und T-Shirt. Wir begrüßen uns und stellen uns vor. Sie sind Carola, genannt Caro, und Susanne, genannt Susie, aus *Bad Säckingen* beziehungsweise *Waldshut*, also gar nicht so weit entfernt von *Weil am Rhein* und *Basel*. Da verständigen wir uns gleich auf Alemannisch, der Einfachheit halber.

Als der Kaffee in den Tassen dampft, meint Caro: „Es fehlt übrigens noch eine Tasse. Wir sind zu dritt auf dem Boot. Unsere Freundin hat geschlafen. Sie macht sich gerade ein bisschen frisch, kommt aber gleich."

„Kein Problem", meint Gerd, „Wasser und Platz haben wir genügend da."

Wie wir erfahren, sind die drei Frauen in *Corre* gestartet und sind auf einer Einweg-Tour bis nach *St. Jean-de-Losne*. Ihr heutiges Etappenziel ist *Port-sur-Sâone*, weil dort eine Cousine von Susie verheiratet ist.

Die Damen sind gerade dabei sich zu wundern, warum wir sie nicht nach Alter und Beruf und dem Anlass ihres reinen „Weiberurlaubs", wie sie es selbst nennen, auszuquetschen versuchen, was doch alle Männer am meisten interessieren würde, als die Dritte im Bunde auf dem Anlegesteg steht. Eine schlanke, gutaussehende Frau mit kastanienbraunem Pagenkopf und legerer Kleidung. „Hallo, bin ich hier richtig?", fragt sie mit unsicherem Lächeln.

Wir rutschen alle zusammen, denn so viel Platz ist auf dem Sedan-Deck dann auch wieder nicht. Fiona, so ihr Name, setzt sich zu uns. Herbert, in Sachen Hantieren mit Küchenutensilien sonst sehr routiniert und sicher, schüttet das heiße Kaffeewasser zittrig voll neben die sechste Tasse. Hochroten Kopfes, Entschuldigungen brabbelnd, verschwindet er in der Kombüse. Niemand wurde verbrüht, alles verlief glimpflich. Es dauert an die zwei Minuten, bis sich Herbert mit einem Lappen zum Aufwischen wieder zu uns gesellt und sich noch einmal entschuldigt.

„Fiona", bricht Susie den Bann, „ist die Einzige von uns, die Französisch spricht. Sie ist fünfundvierzig, Fachärztin für Geriatrie in einer Klinik in *Bad Säckingen*. Caro ist auch fünfundvierzig und ist Verwaltungsangestellte in *Bad Säckingen*, und ich bin gleichalt und arbeite in einer Anwaltskanzlei in *Waldshut*.

Wir sind ehemalige Schulfreundinnen und reisen ohne Männer, weil wir mehr oder weniger Singles sind."

„Mehr oder weniger ist gut", lacht Gerd. „Bei uns ist es seit Neuestem genauso, gell Herbert?"

Plötzlich so in den Mittelpunkt gestellt zu werden zählt nicht unbedingt zu Herberts bevorzugten Situationen, weshalb sein Gesicht wieder eine rote Färbung annimmt. Er schießt Gerd einen vernichtenden Blick zu. „Das interessiert hier doch keinen Menschen, Gerd."

„Und?", schubst Susie, die wohl die unbekümmertste von den drei Damen zu sein scheint, Gerd von der Seite an. „Was ist euer Anlass für diese Männertour? Sag´ jetzt aber nicht, um Frauen aufzureißen, denn dafür sind wir bestimmt die falsche Zielgruppe."

„Wir suchen den *Mississippi*", behauptet Gerd stocksteif. „Genauer gesagt: das *Mississippi-Delta*."

„Aha, und meinst du nicht, dass ihr davon noch ein bisschen weit entfernt seid? Ich dachte, dass wir hier in Frankreich wären."

„Keineswegs", werfe ich ein. „Gestern Abend waren wir ziemlich nah dran. Gerd, Herbert, sollen wir es den Damen beweisen? *John Lee Hooker? Whiskey and women (wimmen)*?"

Wir kramen unsere Instrumente hervor und verteilen uns in der Kombüse. Gerd gibt das Tempo auf seiner *Budweiser*-Bierkiste vor, lässt sein Messingröhrchen auf der Resonator-Gitarre gleiten. Herbert wirft seine Textzeilen ein wie achtlos weggeworfene Kleidungsstücke, bis seine Stimme den nackten, unverfälschten *Blues* erreicht und er im *Whiskey* ertrinkt. Meine Akkorde brauchen bloß noch den Rahmen dazu geben. Ja, das ist es.

Ehrfürchtiges Schweigen danach, sowohl in der Kombüse als auch auf dem Sedan-Deck. Dann das Kompliment von den Ladies: „Ihr habt es gefunden, Jungs, euer *Delta*."

„Ja", sagt Herbert mit einem entrückten Gesichtsausdruck. „Deswegen sind wir hier."

Als Zugabe spielen wir die eigene Nummer *„Don´t annoy me, woman"*, gefolgt von dem alten Kracher *Locomotive breath* von *Jethro Tull*. Dann, auf besonderen Wunsch von Herbert, zum Abschluss ein Lied der Deutschrockgruppe *Ihre Kinder* aus den Siebziger Jahren: *Straße ohne Ziel*. Wahrscheinlich deshalb, weil Herbert bei diesem Song auf der Querflöte glänzen kann. Und so spielt er, völlig in sich versunken, seinen Part und lässt dabei eine bestimmte Person nicht aus den Augen, obwohl sein Blick irgendwo in weiter Ferne hinter ihr festgebunden scheint.

Die Frauen bereiten sich zum Aufbruch vor. „Danke für den Kaffee und das Konzert. Vielleicht sieht man sich wieder." Sie legen mit einem gekonnten Manöver ab und fahren die „Saône" weiter Richtung Süden.
   Mit derart aufgeladenen „Akkus" drehen wir ungefähr eine halbe Stunde später unseren Bug in die Strömung und folgen ihnen. Allerdings werden wir nicht in *Port-sur-Saône* anlegen, denn wir haben einen anderen „Hafen" im Auge.
   Es folgen unzählige Kilometer ohne Hindernis. Herbert hat das Steuern für sich entdeckt und fährt wie auf Schienen, während Gerd und ich ein Lotterleben führen. Wir zischen ein Bierchen und knabbern Erdnüsse dazu. Gerd schmunzelt die ganze Zeit über. Er scheint sich diebisch über etwas zu freuen. Dann raunt er mir verschwörerisch zu: „Lassen wir Herbert ruhig ein bisschen träumen."
   „Aha", flüstere ich zurück, „hast es also auch bemerkt."
   „Na hör´ mal. Ganz aus der Welt bin ich ja nun auch nicht."
   „Wenn wir nicht auf diesem Fluss führen", sage ich, „würde ich meinen, wir führen über Wolken."
   „Herbert bestimmt. Das ist eindeutig." Gerd bringt es auf den Punkt: „He´s in love."
   „Ja. Er hat die Flöte nur für Fiona gespielt."
   „Stimmt", meint Gerd, „und er war noch nie so gut wie heute. Aber das sagen wir ihm natürlich nicht."

Die Sonne brennt uns auf den Pelz. Wir fachsimpeln darüber, was wir tun würden, wenn wir Kapital und Zeit hätten, eines dieser Schleusenwärterhäuschen zu kaufen und zu renovieren. Dadurch nämlich, dass die Schleusen alle automatisch funktionieren, stehen viele der Häuschen leer. Herbert meint, er würde Tische und Stühle ins Freie stellen und selbstgebackenen Kuchen und Kaffee an die Bootsmannschaften verkaufen. Wurstsalat, sage ich, Wurstsalat würde ich verkaufen. Ja, meint Gerd, Wurstsalat mit Bratkartoffeln.
   Na, da haben wir sie wieder, die Kartoffeln.

Wir, wir denken gleich wieder an Geschäfte. Kaum geht es uns sorgenfrei, laden wir uns bestimmt etwas auf, womit wir auch anständig Stress haben werden. So sind wir halt.

Aber noch sind wir nicht soweit und noch haben wir den Bär nicht erlegt, dessen Fell wir schon verteilen. Wir planen nur.

Gerd übernimmt den Kurs.

Angler sitzen links und rechts des Flusses an den Ufern. Äußerst rücksichtsvoll steuert Gerd mit gedrosseltem Motor um die Angelleinen herum, so dass wir einen richtigen Slalom hinlegen. Dankbar winken uns die Angler zu.

Zum ersten Mal sehen wir jetzt Schilfzonen, in denen es geheimnisvoll gluckst und raschelt. Ständig ändert sich nun auch die Aussicht: Weite Grasebenen wechseln sich ab mit tropisch anmutenden Urwäldern. Über allem steht der seit Tagen unvergleichliche Himmel, wolkenlos und unendlich.

Herbert und ich sitzen an Deck und ich spüre, wie sich diese Bilder in mir verankern, wie angenehme Erfahrung. Ich fühle mich so geborgen und aufgehoben, aber auch so erfüllt und erquickt, dass mir das Herz überzuquellen droht vor Empfindungen und vor Dankbarkeit für das erlebte Glück. Ein Traum ist Wirklichkeit geworden, indem die Wirklichkeit so traumhaft ist. Herbert muss gemerkt haben, wie mir zugange ist, denn wortlos rammt er mir den Ellbogen in die Seite, zeigt mit dem Finger auf Fluss und Natur und nickt bestätigend mit dem Kopf, und ich bin mir sicher, dass ihm just gleiches widerfahren ist.

Vor uns liegt eine Insel. *Conflandey*.

Laut Karte befindet sich auf der Insel ein Schloss. Der einzige Anlegesteg ist bereits mit zwei Schiffen belegt. Wir schippern daher weiter und nehmen uns die Besichtigung für den Rückweg vor.

In weit ausholenden Windungen fließt die Saône auf *Port-sur-Saône* zu.

Bereits zwischen den Häusern der Stadt, nähern wir uns einer engen Brücke, deren Durchfahrt nicht einsehbar ist. Gerd gibt ein Hupsignal, aber gerade in dem Augenblick, in dem er unter die Brücke einlenkt, kommt ein Boot entgegen. Ich glaub, mich streift ein Bus. Niemals passen zwei Schiffe gleichzeitig durch diese Passage. Geistesgegenwärtig wirft Gerd den Rückwärtsgang ein, gibt Vollgas, sodass wir einen Zusammenstoß nur um Haaresbreite vermeiden können. Mannomann, das hätte einen Schlamassel geben können.

Nach der Brücke wird die Fahrrinne wieder breit. Linkerhand führt eine Straße am Kanal entlang, gesäumt von Wohnhäusern mit kleinen Vorgärten. Auf dieser Seite befindet sich an der Kanalmauer auch eine öffentliche Anlegestelle für Hausboote. Zwar gebührenpflichtig, aber weitaus billiger als der künstlich angelegte Hafen des privaten *Port Plaisance* zweihundert Meter weiter auf der rechten Seite. Von der Steuerbordseite aus kann man auch das ursprüngliche Flussbett der „Saône" sehen.

Plötzlich ertönt aufgeregt unsere Signalhupe wieder. Gerd zeigt mit dem Arm auf die Straße hinaus. Dort schlendern unsere drei Damen von vorhin an der Kaimauer, vermutlich Richtung Stadt. Wir johlen und winken, und sie winken zurück. Ein Stück weiter liegt ihr wunderschönes Boot am Poller.

Wir tuckern betulich weiter. Eine Promenade unter Bäumen hat viele Spaziergänger angelockt. Sie bummeln an einer Wasser-Allee entlang bis zur Schleuse, über die man *Port-sur-Saône* wieder verlässt. Dort betrachten sie in Scharen die Boote, wie sie ein- oder ausfahren.

Gerd, reiß' dich zusammen, wir werden beobachtet.

Unter so vielen Augen wird manch einer schon mal nervös, aber wir legen eine schulmäßige Schleusung hin. Nur dass ein Passant uns auf einen Schwimmkörper in der Schleuse aufmerksam macht. Es ist einer unserer Fender, den wir mit dem Enterhaken bergen können. Hat sich samt Schrauben losgerissen.

Solche Menschenansammlungen nicht mehr gewohnt, rauschen wir flugs davon und lassen die Ortschaft hinter uns zurück. Ich komme mir vor, als wären wir seit Wochen auf hoher See.

Breit und breiter wird der Fluss. Es ist später Nachmittag und wir entscheiden uns, die Nacht in *Scey-sur-Saône* zu verbringen. Nach der Ortsbeschreibung soll es dort Restaurants und Einkaufsmöglichkeiten geben.

Plötzlich wird es sehr laut. Schnelle Sportboote rasen uns um die Ohren, Wasserskiläufer im Schlepptau. Wir suchen am Ufer nach geeigneten Anlegestellen, aber alle Plätze sind in privater Hand. Herrliche Anwesen liegen an den Gestaden, versteckt hinter mächtigen Bäumen. Direkt im Ortszentrum ist eine Anlegestelle ausgewiesen, auf die wir letztlich zusteuern. Gefahr: Zwanzig Meter weiter ist ein Stauwehr. Entweder wir rammen es oder fahren drüber hinweg und stürzen auf der Rückseite sechs Meter tief ab, oder wir schaffen es, rechtzeitig anzuhalten. Wir entscheiden uns diesmal ausnahmsweise für Letzteres.

Gerade noch ein Liegeplatz ist frei. Vorsichtig nähern wir uns dem Pier, legen vor dem Wehr den Rückwärtsgang ein, legen das Ruder nach der Landseite um, und fein säuberlich zieht uns die Schraube mit dem Heck voran an den Landesteg. Na, wenn das kein gelungenes Manöver war? Rasch die Leinen an die Poller: Feierabend.

Neben uns liegt ein größeres Hausboot mit Leuten aus Deutschland an Bord. Die Herrschaften sind ein bisschen enttäuscht. Sie haben bereits in Erfahrung gebracht, dass von den gepriesenen Restaurants alle geschlossen haben und dass nur noch die Chance auf eine Pizzeria am entlegenen Ortsende vorhanden sei. Ein junger Mann aus Dresden findet, dass „die Heiser in der Geschend ziemlich vergommn" sind. Es gäbe nur einige Gebäude neueren Datums, die „ooch eenen ordlischn Anstrich ham. Die ältern Heiser ham ja nisch mal geen Verbutz nisch."

Wie man's sieht.

Gerd lädt uns zum Essen in die Pizzeria ein, die wir nach einer Ortsdurchwanderung, vorbei an den neuen Häusern mit ordentlichem Verputz, gefunden haben. Dort treffen wir auch wieder auf unsere Leute vom Nachbarschiff. Bei Steak und Gemüse, bei Brot und Wein lassen wir den Sonntag ausklingen. Das Essen ist sehr gut und preiswert obendrein.

Es ist dunkel, als wir bei unserem schwimmenden Hotel ankommen. Wir versprechen Gerd, ihm vom morgendlichen Einkauf einen richtigen Angelhaken mitzubringen, denn mit seinem Provisorium konnte er sein Versprechen, uns einen Fisch in die Pfanne zu fangen, bisher nicht halten.

Wir hocken noch eine Weile auf unserem Freisitz zusammen. Wo sind eigentlich die Stechmücken, die Schnaken, die Moskitos, die Wespen? Nicht ein Tag bisher, an dem wir auch nur das Summen eines dieser Plagegeister vernommen hätten. Dabei hatte mir gerade dieser Punkt im Vorfeld einiges Kopfzerbrechen bereitet. Nichts von alledem. In Anbetracht der fortgeschrittenen Zeit und des Ruhebedürfnisses der Besatzungen der benachbarten Boote und der Anwohner des Hafens lassen wir unsere Instrumente im Koffer.

Gute Nacht, Gerd. Schlaf gut.

Montag, 16. September 2002

Herbert und ich sind zum Einkaufen unterwegs. Wir haben noch nicht gefrühstückt und wollen damit warten, bis Gerd, das Murmeltier, aufgewacht ist.

Mein Freund druckst an irgendwas herum. „Zieh´ mal den Schuh aus und wirf den Stein fort, der dich zu drücken scheint", versuche ich ihm aus der Sprachlosigkeit zu helfen.

Er muss auf meinen Anstoß förmlich gewartet haben, denn von einer Sekunde auf die andere verklärt sich sein Gesicht: „Hast du diese Frau gestern gesehen? Diese Fiona?"

„Doofe Frage. Und weiter?"

„Ja, okay, doofe Frage", gibt er zu, „sei nicht gleich so streng mit mir, schließlich bin ich sehr verletzt."

„Der Pfeil des Amor?"

Herbert nickt. „Es ist, als hätte mich der Blitz getroffen. Stell dir das vor, in meinem Alter. Ich bin völlig fassungslos."

„Klasse, Herbert", halte ich den Ball am Rollen, „und was jetzt?"

„Und was jetzt, fragst du? Und was jetzt? Nix ist mit und was jetzt. Weg ist sie. Fort. Futschikato. Förmlich den Bach runter, die Saône runter, verstehst du?" Er rudert verzweifelt mit den Armen.

„Oha, mein Lieber", antworte ich, „das hat dich aber kräftig erwischt."

„Ist dir das schon mal passiert, dass dir die Frau deiner Träume, die Liebe deines Lebens begegnet und du mit einer erdbebengleichen Erschütterung spürst, dass sie die Erfüllung all deiner Sehnsüchte ist?"

„Ich warte noch drauf, muss ich gestehen."

„Pit, das war sie. Fiona. Gestern, das war sie."

„Verstehe. Und? Was hast du jetzt vor?"

„Das ist die gleiche Frage wie *Und was jetzt?*, du Eumel."

„Nun, es ist ja nicht so, dass du nichts hast." Er muss doch irgendwie zu beruhigen sein.

„Natürlich hab´ ich nix", mault er.

„Du hast ihren Namen und du weißt, was sie ist und wo sie ist. Das ist doch schon was."

„Meinst du, ich soll hinter ihr her schnüffeln? Wie ein Stalker?"

„Brauchst dich ja nicht so penetrant blöd anzustellen."

„Und wenn sie verheiratet ist?" Himmel, ist ihm noch zu helfen?

„Bist du gestern auf deinen Ohren gesessen? Hast du nicht gehört? Die drei Damen? Mehr oder weniger Single? Da muss es doch klingeln in deinem Kopf."

„Du hast leicht reden", biegt er nun ab. „Dich hat es ja nicht getroffen."

Im Supermarkt versorgen wir uns mit Brot und Wein, auf der Post mit einer Telefonkarte, in einer Metzgerei mit frischer Champignon-Pastete und in einem Fachgeschäft mit Angelhaken.

Verglichen mit den Dörfern, die wir bisher besucht haben, ist *Scey-sur-Saône* ein recht beachtlicher Flecken hinsichtlich der Größe. Direkt am Hafen und im älteren Teil des Ortes kann man einige verträumte Winkel entdecken, die aber einen vernachlässigten Eindruck hinterlassen. Aus geraumer Entfernung jedoch verwischen selbst die dicksten Sünden und so bietet sich von jenseits der Bogenbrücke über die Saône mit der Stauwehranlage und der Uferüberbauung ein hübsches Panorama. In den Außenbezirken, durch die wir gestern Abend gegangen waren, findet man, wie bei uns, Siedlungen mit Einfamilienhäusern, welche gut gepflegt sind. Diese sind durchweg neueren Baustils.

In der Altstadt kann man sich als Skipper mit allem versorgen, was man zum Leben an Bord braucht. Herbert und ich haben uns ja, wie erwähnt, dort eingedeckt.

Als wir zum Schiff zurückkommen, sitzt Gerd am Heck und hat sein Fischfütterungsgerät über Bord hängen, ein halbes Brot für Köder neben sich.

„Warum wirfst du nicht gleich ein ganzes Baguette ins Wasser, dann bist du schneller fertig?", uze ich ihn.

„Das würd' ich schon, aber die Fische haben um kleine Portionen gebeten", lächelt er weise und macht ein Gesicht dazu, als wolle er deutlich machen, dass nicht jeder, der sein Maul weit aufreißt, auch ein großer Fisch ist. Über die mitgebrachten Angelhaken hat er aber eine aufrichtige Freude und er präpariert seine Angelschnur sofort damit.

Herbert richtet ein Frühstück im Salon her, dass der Crew vom Nachbarschiff die Krümel aus den Bärten fallen. All die guten Sachen und dazu noch unsere fröhliche Laune – da kann man echt Lust bekommen. Soll es uns gegönnt sein und allen anderen auch, denen der Sinn danach steht.

Zum ersten Mal wälzen wir Gedanken wegen des Rückweges, denn wir müssen unsere „Jolle" ja wieder dort abliefern, wo wir sie herhaben, und zwar am Freitag um neun Uhr. Spätestens ab morgen müssen wir umdrehen, darum schlage ich vor, dass wir heute noch flussabwärts fahren, denn ich möchte noch gerne den Fluss-Tunnel von *St Albin* sehen. Und wir brauchen Wasser. Trinkwasser. Obwohl wir sparsam mit den Tankvorräten umgegangen sind, sollten wir bei der sich nächstbietenden Gelegenheit unser Volumen auffüllen.

Und ab geht die Post. Um die Ecke sozusagen, denn so, wie wir gestern hierher gedieselt sind, dieseln wir jetzt wieder zwei Kilometer retour, und biegen dann in die wassertechnische Umfahrung von *Scey-sur-Saône* ein. Natürlich nicht ohne vorher die Flusskarte studiert zu haben, weil recht schnell nach der Schleuse von *Scey* die Anfahrt auf den besagten Tunnel beginnt.

Die Tunnelpassage ist ampelgeregelt. Hellgrün erstrahlt vor uns das Licht und schon kommt uns die Mündung entgegen, ein kleines rundes schwarzes Loch, und wieder stellt sich die Frage, ob wir überhaupt da durch passen. Niedrige Drehzahl, langsame Fahrt voraus und ich konzentriere mich auf den Geradeauslauf des Bootes.

Herbert und Gerd sitzen auf dem Dach und jodeln und jauchzen und rufen und blödeln aus vollem Hals auf der ganzen Länge des Tunnels, und das sind immerhin sechshundertachtzig Meter. Das winzige helle Pünktchen Licht dort, gaaanz weit weg -- dort müssen wir hin.

Ich schalte alle verfügbaren Lichter des Bootes, Festbeleuchtung also, ein und helfe den beiden auf dem Dach mit der Hupe beim Lärmen. Oh, das macht Spaß. Und wie schön kühl es ist und wie modrig es riecht.

Dann hat die Erde uns wieder und die Sonne auch. Gegenverkehr wartet auf uns vor der Ampel. Warum schauen sie so befremdlich? Einer wedelt mit der Hand vor seinen Augen herum. Wenn der wüsste, wie schön es ist, mal blöd zu sein.

Auf der rechten Seite, nur zwei Kilometer nach dem Tunnel, wächst aus dem Hügelland eine Bilderbuchansicht hervor. Eine Kirche, ein Burgturm und ein Schloss über den Dächern eines Dorfes. Das muss *Rupt-sur-Saône* sein. Auf dem Plan ist eine Anlegestelle markiert und als wir uns direkt nach einer Brücke, die die Saône überquert, per Augenschein orientieren können, sehen wir sogar einen Trinkwasserhahn. Perfekt für uns, also nichts wie hin. Gerd wirft das Heck des Bootes herum als wäre er bei einem Schleuderkurs für Rennfahrer, und steuert uns im Kehrwasser gegen die Fließrichtung der „Saône" an das befestigte Ufer zum Festmachen.

Heureka, es geschehen noch Zeichen und Wunder. Es gelingt mir ein Knoten, der Gnade findet in den Augen meines Mentors Gerd und er findet Worte voll des Lobes für seinen lausigen Schüler.

Noch nie ein Boot betankt? Kein Problem, es ist kinderleicht. Über den mitgebrachten Gartenschlauch lassen wir einfach so viel Wasser in den Tank, bis dieser voll ist. Logisch, oder? Das Wasser läuft, und es läuft, und es läuft -- ja wo läuft es denn hin? Haben wir echt so viel verbraucht?

Es ist Herbert, der das Plätschern hört. Der Tank ist nämlich längst gefüllt und über ein Überlaufventil fließt das überschüssige Wasser ab in die Saône. Kurzer Kontrollblick zum Schluss, ob wir nicht aus Versehen den Dieseltank mit Wasser gefüllt haben, hahaha, und dann sind wir fertig für *Rupt-sur-Saône*.

Weit ist es nicht, aber heiß. Mittelalterlich schmiegen sich die Häuser an die Hänge, auf denen Schloss und Kirche thronen, oder ducken sich in den Talkessel zwischen der weltlichen und der kirchlichen Macht. So sahen sich die Bürger des Dorfes früher schon genötigt, sowohl zu Kirche als auch zu Schloss aufzublicken, bedingt durch deren exponierte Standorte.

Herrlich die efeuumrankten Fassaden, die sandsteinumrandeten Fenster, die schattigen Höfe. Eine verwunschene Treppe versteckt sich hinter Holunderbüschen, führt hinauf zum Schlossberg. Eine Katze schleicht sich dort hoch - ist es der „Gestiefelte Kater", der unser Kommen anmeldet? Ja, ja, wir hören schon Posaunen erschallen - oder täuschen uns die Sinne?

Wir tasten uns langsam durch die Gassen. Gerd streichelt bewundernd über steinerne Mauern, zusammengefügt ganz ohne Mörtel. Wenn er könnte, würde er hineinkriechen. Zur Kirche steigt es über gewundene Stufen steil empor. Lautlosigkeit liegt wie ein Tuch über dem Dorf, als wäre es fluchtartig verlassen worden oder als hätte die Pest gewütet.

Die Kirche ist verschlossen, aber auf dem Vorplatz sind Grabplatten mit abgetretener Beschriftung in den Boden eingelassen. Wahrscheinlich standen einst die Namen und die Verdienste „derer von *Rupt*" darauf. Über die Dächer des zu Füßen ruhenden Ortes hinweg haben wir einen ungehinderten Blick auf die gegenüberliegenden Schlossgebäude.

Wir umrunden das Tal auf der Höhe und nähern uns somit dem Schloss von hinten. Gerd klaubt eine Plastiktüte aus seiner Tasche und dreht und wendet unterwegs jeden Stein am Wegesrand, unter dem sich ein Regenwurm verbergen könnte. Tatsächlich hat er bald eine Menagerie aus Schnecken und Würmern zusammen und steckt sich die Tüte unter den Hosengürtel.

Um Punkt vierzehn Uhr treffen wir am Tor zum Schlosspark ein. Eine alte Dame fährt mit einem betagten Kleinwagen zu diversen Gebäuden, die im Park verteilt stehen. Als sie uns gewahr wird, wendet sie uns ihre Aufmerksamkeit zu, und es entwickelt sich bald ein lebhaftes Gespräch, in dem sie uns mit der Geschichte der Schlossanlage vertraut macht. Natürlich bestreitet Gerd für uns den größten Teil der Unterhaltung. Unvergleichlich kann er sein gewecktes Interesse kundtun und versteht es, durch kluge, reservierte Fragen oder Antworten dem Gesprächspartner das Gefühl von Leichtigkeit zu schenken. So erfahren wir, dass die „alte Burg" noch aus dem dreizehnten Jahrhundert stammt und bis in die Zeit der Revolution nie erobert wurde. Erst nach dem Sturm auf die Bastille in Paris wurde die Burg ein Raub der Flammen. Später wurde an ihrer Stelle zunächst das „alte Schloss", noch später das „neue Schloss" errichtet. Von der Burg ist lediglich der Bergfried geblieben, ein dreiunddreißig Meter hoher Turm, den man übrigens besteigen kann.

Genau das wollen wir tun. Herbert ruft zum Turm hinauf: „Rapunzel, Rapunzel, lass dein Haar herunter". Aber keine Rapunzel lässt sich blicken und kein Haar fällt herunter. Vermutlich ist das Frauenzimmer beim Coiffeur und darum müssen wir über schmale, steinerne Treppen innerhalb der Außenmauern auf den Turm. Wie, so stelle ich mir vor, mag es einst den Rittern und Knappen gelungen sein, sich in diesem engen Schacht unfallfrei zu bewegen? Einmal mit ihren eisernen Rüstungen zwischen den engen Wänden verkantet, mussten sie entweder qualvoll Hungers sterben oder zumindest mit Hammer und Meißel freigeklopft werden.

Oben angekommen erwartet uns dafür als Lohn für die Anstrengung eine wahrlich erhabene Aussicht. Das Tal der Saône liegt ausgebreitet vor uns. Unsere Blicke schweifen in weiteste Fernen und wir fühlen uns wie Vögel im Flug. Dem Lauf des Flusses folgend, erkennen wir, woher wir gekommen sind und wohin wir gehen werden. Genau dies ist der Platz, an dem Leute das Bedürfnis nach Macht ereilen musste, denn man meint wirklich, man sei ein König.

Gerd schreitet mit geschwellter Brust an der Brüstung entlang. Herbert sitzt mit hocherhobenem Kinn an der Fensteröffnung und blinzelt hoheitsvoll auf sein

Reich, und auch ich habe jene dämliche Regentenhaltung eingenommen, mit welcher Ludwig XIV. meist porträtiert wurde: Glubschäugig, ein Füßchen vor dem anderen und Pfötchen auf dem Stöckchen.

Könige sind wir schließlich doch. Wenigstens für diesen Augenblick. Wir sind die Herren über unsere Zeit und über den weiten Raum um uns. Wir sind stolz auf unser Sein und frei im Handeln und Denken, und wir sind die Gebieter über das allgegenwärtige Schweigen scheinbar der ganzen Welt.

Nichts desto trotz: Es ist berauschend und wir verweilen eine halbe Stunde auf dem Turm.

Durchlaucht steigen dann aber mühsam wieder hinunter, wo wir von der Hüterin des Schlosses empfangen werden. Sie erzählt uns, welche Unsummen die Renovierungen oder Instandhaltungen der Gebäude verschlingen und dass der französische Staat sich nur mit geringen Mitteln an den Aufwendungen beteiligt. Sie erklärt uns die Bedeutung der einzelnen Gebäude, als da sind: Ein Weinkeller, ein Hundehaus, ein Pferdestall, ein Jagdhaus, eine Schmiede, eine Bäckerei, eine Sattlerei, eine Schreinerei, eine Metzgerei und Unterkünfte für Truppen und Gesinde. Alles in allem ein riesiger Komplex, den die alte Dame offensichtlich alleine verwaltet. Bei einem Rundgang besichtigen wir die historischen Gemäuer, eine Fundgrube für Liebhaber alter Gerätschaften und Handwerkzeuge, und verabschieden uns dann herzlich von der „Gräfin" oder „Comtesse" oder was immer sie auch ist. Gerd deponiert einen kleinen Obolus als Zeichen seiner Wertschätzung.

Fast geadelt reiten wir notgedrungen auf Schusters Rappen zu Tal, denn, so sagte Madame, die Sänftenträger sind gerade im Urlaub.

Herbert und ich schmieden Pläne für Gerd. Er könnte durchaus als Verwalter hier tätig werden. Mit einigen Investitionen wäre aus dem Anwesen der Gräfin ein Sport-, Kultur-, Wellness-, Erholungszentrum zu machen. Kongresse, Tagungen, Wochenendaufenthalte. Ziel von Bootstouren mit Übernachtungsmöglichkeit. Sein großer Bekanntenkreis weltweit würde einen regen Zuspruch garantieren.

Gerd ist begeistert und dankt uns mit blumigen Worten, dass wir so um seine Zukunft bemüht sind und er werde, nach einiger Zeit des Abstandes, mit dem Thema und sich in Klausur gehen.

Unser Flusskreuzer liegt dösend in der Sonne. Als erstes reißen wir alle Türen und Fenster auf, öffnen das Schiebedach und gönnen uns ein gekühltes Bier. Kein Wirtshaus, kein Kiosk, kein Kaufladen in *Rupt-sur-Saône*. Wir sind froh, dass wir gut ausgerüstet sind.

Gerd macht sich sogleich an das Vergnügen, einen seiner Würmer baden zu lassen, doch mit wenig Erfolg. Nach wie vor ist er aber der Überzeugung, dass er uns eine Mahlzeit aus dem Fluss fischen wird.

Wir haben entschieden, dass wir bis heute Abend flussabwärts fahren wollen und ab morgen die Rückreise antreten werden. Es ist so gegen halb fünf, als wir die Etappe fortsetzen. Ich sitze gern am Steuer und genieße dabei das Erlebnis Langsamkeit. Immer noch ist es eine Fahrt in ein für uns unbekanntes Land. Hinter jeder Biegung warten neue Eindrücke, nach jedem Kilometer sind es andere Perspektiven. Und dennoch fühlen wir uns sicher wie in Fort Knox, weil wir uns nicht vorstellen können, dass irgendwo voraus eine Gefahr lauern könnte. Die „Saône" ist ein ruhiges Revier.

In einer Routenbeschreibung heißt es von dem Ort *Charentenay:* Wunderbar gelegen mit gutem Anlegeplatz. Verlassen Sie diesen Ort nicht ohne die berühmte „pauchouse", der „Mutter Parisse" gekostet zu haben.

Als es Abend wird, laufen wir in *Charentenay* ein. Der Anlegeplatz ist wirklich ideal und wir richten uns für die Nacht ein. Es ist kein anderes Boot in Sicht. Wir stoßen mit gefüllten Gläsern auf unseren Wendepunkt an und begeben uns auf die Suche nach dem Restaurant mit der „pauchouse", wobei wir nicht wissen, um welche Speise es sich dabei handeln soll.

Das Restaurant ist geschlossen und *Charentenay* bestätigt unsere bisher gemachten Erfahrungen mit so kleinen Orten: tote Hose. Alles dunkel, alles dicht, alle schon im Bett.

Herbert ist unsere Rettung, denn er verheißt uns „Bratkartoffeln mit Bratwurst und Salat" aus eigener Küche. Und bald darauf ziehen Düfte über den Fluss, wie selbst Paul Bocuse sie nicht besser hätte zaubern können.

Wir tafeln unter freiem Himmel, sternenklar wie immer, sind bester Laune und pfeifen auf *Charentenay* und „pauchouse".

Sollen wir eine Partie Kniffel spielen oder einen Spaziergang unternehmen? Zum nächsten Ort sind es nach der Karte nur etwa drei bis vier Kilometer. Zwar ist es dunkel, aber das macht ja nichts, schließlich sind wir erwachsen.

Drei Nasen hoch pilgern wir los Richtung *Ray-sur-Saône*, immer auf der Landstraße. Mond und Sterne sind die einzigen Lichtspender. Und es zieht sich. Meine Mitmarschierer schielen mich bereits schräg an und fragen, ob vielleicht nicht dreißig – vierzig Kilometer auf der Karte gestanden hätten. Wir schlagen uns entlang von Maisfeldern, halb so groß wie Wyoming und durchqueren Wälder, finster wie im Kuhbauch. Nach schier endloser Zeit überqueren wir eine Brücke und es rücken die ersten Häuser von *Ray-sur-Saône* näher. Es ist kurz nach zehn Uhr.

Hoch über dem Ort steht ein gewaltiges Schloss, das von Scheinwerfern hell angestrahlt wird. Dort hinauf zu gehen ist uns aber wirklich zu anstrengend und so begnügen wir uns mit der Betrachtung des …? Des Waschplatzes. Wieder mal und was sonst?

Gerd erkundigt sich bei einer Frau, die aus einem Fenster schaut, ob es ein Restaurant gibt, das geöffnet sei. Es sei alles geschlossen, ist die Antwort, und peng, sind die Fensterläden zu.

Wo ist diese vielgepriesene, hochgelobte Gastronomie, von der wir gelesen hatten?

Enttäuscht drehen wir ab. Auf einen Vorschlag Gerds latschen wir kurz in eine Seitengasse. Dort leuchtet ein Schild „Restaurant", dort gehen wir hin. Der Wirt empfängt uns persönlich an der Eingangstür. Freundlich erklärt er uns, dass es kurz nach zehn Uhr ist und er keine Gäste mehr einlässt. Ob er uns wenigstens eine Flasche Wein verkaufen würde, damit wir auf dem Rückweg zu unserem Boot nicht zu verdursten brauchen? Oh ja, Gerd ist wirklich gut im Einwickeln von Wirten und erreicht, dass wir „ausnahmsweise" die Gaststätte betreten dürfen. Und als wir drinnen sind in der Gaststube, ja wen sehen wir da an einem Tisch sitzen mit Wein und leer gegessenen Tellern vor sich? Unsere drei Mädels von dem schönen Hausboot, Caro, Susie und Fiona. Bevor der Wirt eingreifen kann, sitzen wir an ihrem Tisch, und erst bestellen wir noch eine Flasche Wein und danach die Damen noch eine Flasche, und die Uhr geht gegen zwölf, als wir das Restaurant zu sechst verlassen. Des Wirtes Angebot, uns mit dem Auto zurück nach *Charentenay* zu bringen, lehnt Herbert vehement ab. Also trippeln wir zur Anlegestelle von *Ray-sur-Saône*, wo die Frauen ihr Boot liegen haben. Caro, Susie, Gerd und ich in lockerer Formation vorneweg, Fiona und Herbert gemessenen Schrittes nebeneinander mit Schicklichkeitsabstand hinterher. Der Abschied ist herzlich, wohlwissend, dass man sich nicht wiedersehen wird. Nur

Herbert bittet Fiona ein paar Meter zur Seite. Diskret lassen wir anderen die beiden ihr zartes Pflänzchen pflegen und schauen weg.

Für den Fußweg von *Ray-sur-Saône* zurück nach *Charentenay* lassen wir uns eine Menge Zeit. Wir haben ja ohnehin keine Eile. Nur Gerd kann es nicht lassen, ein bisschen der vertanen Chance von des Wirtes Taxiangebot nachzutrauern, weil ein gewisser Trommler, Flötist und Mundharmonikaspieler aus unserer Mitte lieber auf Liebespfaden wandeln wollte, doch selbst Herbert auf Wolke sieben erkennt darin den Schalk.

Es war ein perfekter Tag. Trotzdem gibt es noch ein Tüpfelchen obendrauf und zwar in Form einer Sternschnuppe. Ob Herbert oder Gerd sie gesehen haben, kann ich nicht sagen, aber für mich war sie da und darum habe ich einen Wunsch frei.

Lange sitzen wir noch am Heck zusammen, trinken und rauchen und genießen die laue Nacht, bis uns die Müdigkeit überwältigt und Herbert und ich in die Betten plumpsen. Gerd bleibt, wie gewohnt, länger auf und er wird, so nehme ich an, ernsthaft ein Hühnchen mit den Fischen zu rupfen haben.

Dienstag, 17. September 2002

Heute Morgen wachte ich auf und zum ersten Mal seit Beginn der Reise brauchte ich einige Sekunden um zu realisieren, wo ich mich befinde. Ich muss wie ein Murmeltier geschlafen haben, denn ich habe nicht mitgekriegt, wie Herbert aufgestanden ist. Seine Koje ist leer.

War es der Wein, war es die frische Luft, war es die angenehme Erschöpfung von gestern Abend? Oder vielleicht von allem ein bisschen?

Ich schaue in den Spiegel. Seit einer Woche habe ich mich nicht rasiert. Ein graues Geflecht bedeckt meine untere Gesichtshälfte. Sieht aus wie Schimmel auf Quittenmarmelade.

Herbert meint, ich solle mir das einfach gönnen: Leger zu bleiben. „Schenke deiner Haut mal Erholung", sagt er. „Nicht jeden Tag duschen. Mach's mal mit dem Waschlappen. Lass den Bart wachsen. Er steht dir."

Ich hab so meine Zweifel, aber ich stelle auch fest, dass wir nicht „stinken".

Herbert weiß und erklärt mir, warum das so ist. Erst die Verbindung aus Duft- oder Riechstoffen von künstlichen Produkten mit den körpereigenen Ausdünstungen ergeben jene unnatürliche Mischung, die, mit der Zeit, zu „riechen" anfängt. Der Mensch an sich „stinkt" einfach nur nach Mensch.

Als Mensch wiedererkannt traue ich mich dann in den Salon unseres Bootes und es erwartet mich ein lustiges Bild. Mit gezückter Bratpfanne und deutender Gabel auf einen vor ihm stehenden Eimer empfängt mich Herbert.

Was ist das?

Er wiederholt seine Parodie noch einmal mit energischeren Hinweisen: In dem Eimer schwimmt ein Fisch.

Ja, da ist ein Fisch im Eimer. Herrgott, ein Fisch.

Der Eimer ist zwar klein, aber ein Fisch ist darin.

„Wir sind gerettet."

Fisch, Pfanne, Herbert, … das kann nur bedeuten … überleben, gerettet sein vor dem Hungertod, kulinarische Genüsse in schier unverschämten Kombinationen. Meine Gedanken schlagen über die Stränge, mein Magen ergeht sich in Kapriolen, der Gaumen verleugnet seine gute Erziehung.

„Fisch".

Rasch die Kamera heraus.

Eimer her.

Licht auf den Eimer.

Wo ist der Fisch?

Wooo?

Etwas „itzibinitiniwinihonolulu …? Naja, etwas größer hätte er schon sein dürfen.

Ein Wels ist es. Ein Junger. Wie süß er aussieht.

Herbert und ich kommen langsam von unserem Morgenspaziergang zurück, barfuß. Ein paar Meter weg vom Boot, einige Schritte hinaus, entlang des Wassers. Ein landwirtschaftlich genutzter Weg, nicht mehr als ein Trampelpfad. Weiden stehen am Ufer, Erlen. Taunass ist das Gras und Myriaden Funken vom Morgentau sprühen uns im aufgehenden Sonnenlicht entgegen, zerstieben unter unseren Schritten. Keine andere Welt ist um uns als die der eigenen Empfindungen. Kein anderer Kosmos ist möglich als nasses Gras, Wasser, spielende Katzen unter der Brücke beim Dorf, unser Boot am Ufer und diese unverschämt frische Luft.

Wie kann es sein, dass ich mich freiwillig wieder in andere Welten begeben werde als dieser, so reingewaschen im Kopf, dermaßen geläutert in der Seele? Ich ahne, dass diese Art Leben meinem Sein entspricht. Vermutlich wird es nicht einfach sein, einige Erkenntnisse der vergangenen Tage in die Realität zu transferieren, doch anscheinend sind Wurzeln in meinem Innersten, die sich förmlich nach dem strecken, was uns eher zufällig als beabsichtigt widerfahren ist: Friede, Sein, Leben. Selten zuvor hatte ich das Bedürfnis so dringlich gespürt, mich definieren zu wollen, und wenn ich es jetzt tue, umkreise ich den Begriff „Zufriedenheit" in einer regelmäßigen Umlaufbahn. Nicht, dass ich mich in deren Zentrum befände, doch die Nähe, die Aussicht darauf selbst befreien von Druck, von Last und Zwang. Es ist ein Wunder des Augenblicks, das in ein paar Sekunden vorbei sein oder einem anderen Platz machen kann, im gleichen Maße wie die Sonne ihren Lauf nimmt. Ich bin verbunden mit allem und alles ist in mir. Nie war es eindringlicher zu spüren; nie war es so wahr wie jetzt.

Schritt für Schritt wandele ich neben Herbert her, mit nassen Füßen, schweigend. Das Tosen der Welt ist weit entfernt und ich frage mich, ob es jemals war. Herbert erscheint mir heute Morgen noch verhaltener als sonst. Er wirkt bedrückt, gebremst, gehemmt. Er setzt seine Schritte, als würde er das Gehen erst erlernen; prüft, ob er dem Untergrund trauen kann.

„Was ist los, Herbert? Gestern Abend warst du noch so glücklich, und heute Morgen siehst du aus wie das Leiden Jesu."

„Ich habe, im Gegensatz zu dir, nie daran geglaubt, Pit", beginnt er vorsichtig. „Früher nicht und bis vorgestern nicht. Und jetzt, da es mir passiert ist, wage ich nicht, es zu glauben, habe ich Angst, dem Gefühl zu trauen. Ich misstraue meiner eigenen Wahrnehmung."

„Ich weiß, was du meinst", erwidere ich. „Du sprichst von der Liebe auf den ersten Blick."

„Ja. Vom ersten Augenblick an, als *Sie* draußen vor unserem Boot an der Anlegestelle stand und gefragt hat, ob sie hier richtig sei, habe ich alles gewusst. Alles, verstehst du? Gegenwart und Zukunft. Ich war für Sekundenbruchteile allwissend. Entschuldige, ich will nicht blasphemisch sein, aber genau so war es. Und ich hatte überhaupt keine Zweifel, dass es nicht so sei. Auch gestern Abend in der Kneipe. Ich sah alles so deutlich vor mir. Harmonie, Frieden, Glück, Liebe, Erfüllung. Alles ganz groß. Doch heute Morgen wache ich auf, und traue mir selber nicht über den Weg. Eine innere Stimme sagt mir, dass ich nicht dran glauben soll. Nun sitz´ ich da und bin …"

„Du bist verzweifelt."

„Ja", schnauft er schwer, „ich bin verzweifelt."

„Dann ist ja gut", antworte ich ihm leichthin.

„Was ist? Spinnst du?", fährt er zu mir herum. „Was soll daran schon gut sein?"

Ich lege ihm meine Hand auf die Schulter. „Ich habe geahnt, dass du so reagierst. Jetzt ist die Zeit gekommen, dass du an deinem eigenen Zweifel zweifeln und erkennen darfst, was dir wichtig ist. Der Zweifel ist eine Eigenproduktion. Das heißt, er steht dir im Weg und verbaut dir die Sicht auf das, was du dir wünschst. Quasi übernimmt der Zweifel eine Schutzfunktion. Aber du willst gar nicht und brauchst auch gar nicht mehr geschützt werden. Stell dir vor, der Zweifel ist ein See. Spring hinein und du wirst sehen, dass er gar nicht so tief ist. Zudem bist du ein recht passabler Schwimmer. Oder geh´ einfach um den Zweifel herum und gestehe dir ein, dass du bereit bist, deinen Liebesgefühlen trauen zu wollen. Also trau´ dich. Spring´ hinein. Zufällig weiß ich, dass man nur einmal im Leben allwissend sein darf."

„Und sie? Fiona?"

„Keine Sorge, Herbert. Sie weiß alles", versichere ich ihm.

„Manchmal", meint Herbert wie beiläufig, als wir wieder am Boot ankommen, „braucht man gar nichts sagen, und wird trotzdem verstanden."

„Wie meinst du das?", frage ich ihn, wissend, dass er sich stets über alles Gedanken macht.

„Naja", sagt er, „brauchst dich doch bloß umzuschauen. Dieser fantastische Morgen spricht doch für sich, oder? Braucht es da noch einen Kommentar dazu?"

„Nein, den braucht es nicht", antworte ich. „Nur noch Folgendes: Alles hängt zusammen. Der Morgen ist perfekt, auch weil du ihn als perfekt empfindest. Man kann sagen, dass du willst, dass er perfekt ist. So ist es mit allem. Es ist alles bereitet und es ist, wie es ist. Verstehst du, was ich meine?"

„Du gibst mir so was Ähnliches wie die Absolution."

„Yep, Mann. Weil du der Beste bist."

„Der Beste?"

„Von allen."

„Spinner."

„Was Gerd so alles entgeht."

„Nun, er hat andere Dinge, die er zu schätzen weiß. Da pennen wir meistens schon. Ich glaube nicht, dass ihm irgendetwas fehlt."

Kluger, stiller Freund Herbert.

Wie sieht es Gerd? Ob wir ihn danach fragen sollen?

Zunächst einmal taufen wir ihn um von „Moses, der Jüngste" in „Petrus, der Fischer".

Er erzählt uns von seiner langen Sitzung heute Nacht und dem Kampf mit der „Bestie", dem Fisch. Tja, lustig ist das Zigeunerleben, aber auch mühsam nährt sich das Eichhörnchen. Als wir uns über das „Wischiwuschi-Fischchen" im Eimer beugen, wird uns bald klar, dass es für ein gediegenes Mahl ein bisschen zu schmächtig ausgefallen ist. Großmütig entlässt Gerd seinen Fang wieder in die Freiheit. Tschau – bis zum nächsten Mal, Fisch.

Vorwärts, wir fahren zurück.

Meter um Meter schrauben wir uns ab nun bergwärts. Gerd hatte Bedenken, dass wir wegen der Gegenströmung nur langsam vorwärts kämen, aber diese Befürchtung wird gleich zerstreut. Es war ja kaum je eine Strömung zu erkennen und auch jetzt preschen wir mit gewohntem Tempo voran.

Mensch Meier, was haben wir für ein Wetterglück. Nicht ein Wölkchen trübt den Himmel und so kann ich an Gerd und Herbert beobachten, wie sie zusehends Farbe annehmen.

Bleiern erstreckt sich das Firmament von einem Horizont zum anderen und der Fluss wälzt sich uns entgegen wie dunkelgrüne, dickflüssige Melasse.

Ob es jetzt anfängt, langweilig zu werden, wo wir doch schon alles gesehen haben? Keine Spur davon, denn wir wechseln wieder mit dem Steuern ab und so hat jeder Gelegenheit genug, sich an Bord oder an Deck zu entspannen.

Diesmal bin ich derjenige, der bei der Fahrt durch den Tunnel von *St. Albin* jauchzt wie ein vom Jenseits Geschickter. Auf dem Dach sitzend hat man doch ein ganz anderes Gefühl als in der Fahrkabine.

Unser Tagesziel für heute ist *Port-sur-Saône*. Dort fassen wir im Hafen Trinkwasser, legen allerdings zum Übernachten am Promenaden-Kai an, direkt vor den Häusern und neben einer selten befahrenen Straße.

Gerd und ich begeben uns auf Erkundungstour durch den Ort. Nicht weit von unserem Liegeplatz überquert eine Straße die „Saône". Was ist es, das derart lärmen und stinken kann? Ach so, das ist die normale Welt. Lastwagen auf Lastwagen donnert an uns vorbei, ausgespuckt an einem Ende der Straße, verschlungen am anderen Ende, endlos und unaufhaltsam. Menschen hasten über die Gehwege, verschwinden in Geschäften, rennen aneinander vorüber, gruß- und achtungslos. Wir kommen uns vor wie Verirrte, wie aus einer Zeitmaschine Versetzte, und wir bewegen uns fast tapsig wie Bären durch diese Hektik, so dass wir uns in eine Kirche flüchten, um zu Atem zu kommen.

Wir haben einen Schock. Heiliger Strohsack, wir sind ja erst seit vier Tagen in der „Wildnis". So weltfremd können wir doch noch nicht geworden sein, dass uns so ein bisschen Trubel umhaut.

Wir kaufen das Nötigste ein und huschen so rasch wie möglich zu unserer Dschunke zurück. Erst mal Luft holen, erst mal hinsetzen.

Herbert hat sich für heute Abend vorgenommen, Spaghetti zu servieren. Gerd und mir läuft das Wasser im Mund zusammen. Weil wir es kaum erwarten können, vertreiben wir uns die Zeit bis dahin mit einem Rundgang um ein nahegelegenes Wildgehege. Unterwegs finden wir eine Kneipe und genehmigen uns ein Bier.

Pünktlich zur verabredeten Zeit sind wir aber beim Schiff zum Essen, und Herbert hat sich ein weiteres Mal selbst übertroffen. Lukullus lässt grüßen. Wie die Düfte aus dem Boot über die Straße ziehen, wie unser fröhliches Besteck- und Geschirrgeklapper über die Reling schwappt, wie unser Lachen die Luft erfüllt - oh, selige Unbeschwertheit, wie gern bin ich dein Geselle.

Nach der Hitze des Tages weht nun ein lindes Lüftchen über das Wasser. Wir drei sitzen am Heck zusammen und beobachten den Sonnenuntergang. Rings um den Kahn spritzt und gluckst und schnalzt es. Gerd meint, dass es hier viele Fische gibt. Seine Angelschnur liegt bereit und er ist so optimistisch wie es nur ein Angler sein kann.

Er will vielleicht auf ein oder zwei Bierchen in die Stadt. Ob wir mit wollen?

Herbert ist zu müde für späte Unternehmungen, aber ich fühle mich noch fit. Gerd und ich trinken aus und springen auf den Gehweg neben dem Boot.

„Gute Nacht, Herbert."

Mittwoch, 18. September 2002

Port-sur-Saône bietet eigentlich wenig Sehenswertes, aber das muss man gesehen haben: Herbert und ich stehen am Morgen wieder vor einem Eimer, gefüllt mit Fischen, richtigen, großen, leibhaftigen Fischen. Wenigstens zwei davon haben solche Ausmaße, dass man sie sich als Mahlzeit vorstellen kann. Der Dritte ist ähnlich klein wie der von gestern.

„Hey du, bist du uns dreißig Kilometer weit nachgeschwommen? Das hast du nun davon. Hat er dich wieder erwischt, Mensch Fisch."

Ich decke ein Tuch über den Eimer, damit nicht jedermann von der Straße her die Beute erkennen kann, denn sie ist nicht ganz legal gefangen worden.

Dass sich die Gedanken so leicht entführen lassen. Im Nu haben wir allerlei Rezepte parat, wie wir die Fische am besten zubereiten könnten. Gegrillt, gebraten, gekocht, gefüllt, mit Kräutern, mit Brot, mit Kartoffeln, Gemüse, mit, mit ...

„Zuerst", fällt mir ein, „also zuerst sollten sie tot sein."

„Ich kann keinen Fisch umbringen oder töten. Nein, das kann ich nicht", sagt Herbert.

„Ich kann das auch nicht", erwidere ich. „Da müssen wir warten, bis Gerd aufgestanden ist."

Aber wir können noch einmal in die Ortschaft und einige Zutaten besorgen.

Die Köpfe voller Vorfreude trollen wir zwei uns los und schlagen in den Geschäften zu, dass uns die Arme lang werden beim Tragen. Auf jeden Fall Baguettes, dann Butter, Bratwürste als Nachspeise, Eier und Tomaten, Käse, Pastete weil sie so lecker ist, Schinken zum Frühstück, Bier und Wein. Nichts vergessen? Gewürz? Also gut.

Gerd turnt in der Badehose auf dem Bootsdach herum, als wir wie Packesel daherkommen.

Ich stelle meine Bagage ab und verneige mich vor ihm. „Großehrwürdiger Fischer, du Herr der Gezeiten und der Wellen, du Neptun der Saône, verzeih´ deinem Diener, der ungläubig dich belächelt, der deinen Fähigkeiten misstraut hat. Gepriesen sei deine Kunst und bestaunt der Inhalt des Eimers. Mensch Gerd, du bist eine Wucht."

Gerd erzählt uns, dass er nachts um zwei die Fische herausgezogen hat. Zuerst wollte es nicht so recht gelingen, aber dann sei es Schlag auf Schlag gegangen. Er zeigt uns die Angelleine mit den Haken dran: Einer ist abgerissen. Gerd meint, er stecke noch im Maul eines der Fische.

Er schaut unsere Vorräte an und gemeinsam belabern wir alle Fischgerichte von A – Z, kauen bereits zarte Filets und suchen nach Kinnbäckchen, während sich die Objekte unserer Begierde noch lustig im Eimer tummeln.

Er mache das schon, das sei kein Problem für ihn, meldet sich Gerd zu Wort, und meint damit das Ausnehmen und Entschuppen der Fische. Er habe das von seinem Vater gelernt und das gehöre zu den Urtraditionen der Menschen.

Danke Gerd. Nicht, dass wir ohne dich verhungert wären, aber   -   ich kann's halt nicht.

Es gibt Frühstück wie bei Firma „König und Kaiser". Und es gibt nur gute Nachrichten, denn das Wetter bleibt unser Verbündeter.

Unser Diesel schiebt uns aus *Port-sur-Saône* hinaus auf die freie Strecke. Feine, aber spürbare Veränderungen fallen uns auf. War gestern das Grün der Wiesen noch satt und voll, hat sich jetzt eine stumpfe Mattigkeit breit gemacht. Gegen Mittag liegen in den schattigen Waldwinkeln noch Nebelschwaden, werden den ganzen Tag über nicht weichen.

Das Laub der Bäume wechselt fast stündlich seine Farbe. Gelbe, bräunliche Tönungen schimmern vermehrt im Sonnenlicht, werden den „grünen Filter" verdrängen, werden Oberhand gewinnen und schließlich in Rot und Braun und Orange explodieren und berauschend verbrennen. Über den Dörfern liegt eine Melancholie, eine Patina der Zeit, ein Mantel der Müdigkeit und ein Gewand des Schlafs. Natur und Menschen machen sich bereit für den Herbst. Die Arbeit ist getan, die Ernte eingefahren, die Zeit der Besinnung naht.

Noch sind es kleine Veränderungen, aber die großen Umbrüche lauern schon in der Kühle der Morgen, in der Kraft des Windes, in der Schwäche der Sonne.

Conflandey, das wir am Sonntag „links liegen" gelassen haben, erscheint nach einer Biegung des Flusses. Wir schaukeln unter einer Hängebrücke hindurch und suchen das Ufer nach einer Anlegestelle ab. Äußerst vorsichtig grasen wir mit unseren Blicken die Ränder ab, denn wir haben scharfkantige Steine gesehen. Wir gehen sogar soweit, dass wir das Boot vom Ufer aus mit dem Tau ziehen, wie früher die Knechte auf dem Dreidelweg.

Bei einer gemauerten Nebenflusseinmündung können wir gefahrlos festmachen.

Gerd nimmt die Arbeit des Fische-Ausnehmens in Angriff. Herbert hilft ihm dabei, während ich mich mit der Kamera auf Motivsuche mache.

Vis-à-vis von unserer Liegestelle ist am Steilufer ein Restaurant mit Namen „Moulin Rouge" auszumachen. Da ich sowieso auf die Flussinsel hinüber möchte, kommt mir ein kurzer Umweg über die gegenüberliegende Seite zu einem „Eis mit Sahne" gerade recht. Herbert, des Zuschauens beim Töten der wehrlosen Fische müde, ist einer Erfrischung nicht abgeneigt. Gerd möchte lieber an Bord bleiben und sich sonnen.

Eine Viertelstunde später sitzen Herbert und ich unter einem Schatten spendenden Schirm im Garten des „Moulin Rouge" vor einem Becher mit Eis und haben einen bequemen Ausblick auf den Fluss und auf unser Hausboot inklusive Gerd, wie er auf Deck herumturnt. Wie er das nur aushält. Die Sonne bäumt sich, bevor sie sich endgültig in den Herbst verabschiedet, ein letztes Mal auf. Es ist erbarmungslos heiß.

Unser Ausflug in das Dorf *Conflandey* ist deswegen auch nur von kurzer Dauer, denn die Gassen und Plätze liegen voll in der Sonne. Zudem gibt es nichts Besonderes zu entdecken, das erwähnenswert wäre. Ich frage zwei Frauen nach dem Ortszentrum. Sie sagen, es gibt kein Zentrum, und als wir den Kirchplatz erreichen, brechen wir die Suche von alleine ab. Die Damen haben recht.

Wir sind reif für die Insel.

Eine hohe Brücke überspannt die „Saône". Undurchdringlicher Wald links und rechts eines Pfades auf Stelzen verhindert jede Sicht. Dafür ist es auf der Insel angenehm kühl. Plötzlich stehen wir vor einer hohen Ringmauer und einem schmiedeeisernen Tor. Durch die Gitterstäbe können wir ein Auge auf das eingefriedete Schloss und den Vorhof werfen. Leicht morbide, bessere Zeiten hinter sich, dämmert das Anwesen vor sich hin. Was mag es einst gewesen sein?

Jagdschloss? Lustschloss? Zollburg? Nirgendwo ist ein Hinweis zu finden. Das Tor ist mit einer Kette versperrt. Man kommt nicht hindurch.

Herbert und ich erreichen über eine Hängebrücke wieder die Seite des Flusses, an welcher unser Schiff verankert liegt. Ein Blick auf die Insel zurück – die Bäume haben das Schloss und seine Mauern verschluckt, als wäre es gar nicht vorhanden.

Wir legen unsere Wohlfühlklamotten wieder an und nehmen erst eine Erfrischung, bevor wir den Motor anwerfen und durch die vorausliegende Schleuse den nächsten Abschnitt in Angriff nehmen.

Wir regen uns längst nicht mehr auf, wenn eine Schleuse auf uns wartet. Es ist uns zur Routine geworden. Nur wenn hier oder da mal ein Schleusenwärterhäuschen leer steht, linsen Gerd und ich gern durch die Fenster, oder betreten auch mal die ruinösen Gemäuer, wenn der Zustand nicht allzu gefährlich erscheint. Zum Leben und Wohnen gut ausgestattet waren die Häuschen allemal. Mindestens vier Zimmer, eine Küche und ein Bad sind die Grundausführung. Gerd und ich geraten manchmal echt ins Schwärmen.

Bei bewohnten Objekten kann man gelegentlich Eier, Honig und Wein einkaufen, wovon wir dankbar Gebrauch machen.

Beharrlich und zuverlässig motort unser Boot vorwärts.

In der Küchenspüle liegen die ausgenommenen Fische, fertig für die Zubereitung. Noch aber wollen wir eine Strecke hinter uns bringen, bevor wir uns eine Anlegestelle suchen. Den Drang Eile zu entwickeln, verspüren wir absolut nicht.

Herbert singt: „Das hamwer uns verdient, das hamwer uns verdient…."

Gerd und ich schauen uns verblüfft an. Was war das denn? Ein solcher Gefühlsausbruch von unserem Herbert, die Introversion himself?

Alle sind wir locker und leger und die Fröhlichkeit ist unser normaler Umgang.

Wir sind jetzt ein paar Tage auf engstem Raum zusammen und leben eigentlich nur das aus, was wir sind. Die Chemie zwischen uns dreien scheint zu stimmen, und wir stecken bis über den Kopf in einem Fluidum, wie es selbstverständlicher nicht sein könnte: Harmonie. Eine meiner Kolleginnen hat einmal gemeint, dass jedes Paar, bevor es sich dauerhaft binden will, zuerst einmal zwei Wochen auf einem Hausboot verbringen sollte. Wenn es das „überlebt", sagte sie, wäre es auch für den Rest des Zusammenseins gefeit.

Wir sind ein gutes Team. Worte wie „danke" und „bitte" haben wir nicht aus unserem Vokabular gestrichen. Achtung und Toleranz sind keine abstrakten Begriffe. Doch, es klappt ganz gut mit uns.

Es ist mein Magen, der mich aus meinen Gedanken reißt. Er knurrt vernehmlich.
Herbert erwähnt ganz beiläufig, dass er langsam Hunger hat. Auch Gerd steht am Bug und späht die Ufer nach einem hübschen Plätzchen aus.
Auf der Steuerbordseite, wir haben den Ort *Cendrecourt* gerade passiert, öffnet sich eine langgezogene Bucht. Ein Baum steht wie ein Monolith direkt am Wasser. Aus der Wiese mündet ein Entwässerungsgraben in die „Saône", unter einer kleinen Wegbrücke hindurch.
„Dorthin?"
Ja, dorthin.
Ich liebe diese Manöver, mit dem Boot zu rangieren. Tonnenschwer wie es ist, kann man es durch einen kurzen Propellerschub dirigieren oder auch mit der Stange von Bord aus bewegen. Wir sind eine Einheit geworden, eine Symbiose. Wir „reiten" das Schiff, sozusagen, mit dem Arsch.
Der Platz ist wie für uns gerichtet. Er ist unser Wohnzimmer für heute Nacht.
Gerd erfrischt sich mit einem Bad im Fluss. Herbert hat sich gleichfalls ins Wasser gewagt, aber es zieht ihn rasch wieder an Bord. Ihm ist es zu kalt. Ich grabe aus dem seichten Uferschlamm einige Felsbrocken aus, mit denen wir den Grill für das Abendessen bauen werden. Der Baum liefert uns Brennholz und Herbert und ich besorgen aus einem nahen Wald noch weitere trockene Äste.
Schon raucht es und bald schlagen Flammen aus unserer Kochstelle am Ufer. Als endlich genug Glut vorhanden ist, legen wir den Stahlrost aus dem Backofen quer über die Steine und stellen darauf das Schmorblech mit den Fischen.
Über die Gangway tragen wir den Salontisch an Land und Herbert deckt ihn mit allem, was zu einem Galadiner gehört. Ist das eine fürstliche Tafel. Ist das ein erhebender Moment. Untergehende Sonne, Friede und Stille um uns, ein Duft vom Grill wie aus der Küche eines Gourmet-Tempels. Kommt her, Herbert und Gerd, lasst es uns feiern und genießen.
Der Fisch ist eine Offenbarung: Völlig ohne Gewürz, ganz ohne Butter entwickelt er sein reines Aroma. Baguette und Tomaten dazu, ein Glas Rosé - exquisit. „Herrlich, Freunde, lebt der Pope in seinem Häuschen", fange ich an zu singen.

Und dann haben wir ja noch Würstchen, die wir braten, so dass die Schlemmerei sich fortsetzt, bis die Sonne hinter den Pappeln auf der anderen Flussseite untergeht und es dunkel wird.

Gerd und ich nehmen unaufgefordert die Gitarren zur Hand, Herbert die Mundharmonika, und wir spielen einfach drauflos, ohne nachzudenken, improvisieren, füllen dort mit uns geläufigen Riffs auf, wo es gerade passt, und Herbert singt zwischen seinen Einsätzen mit der Blues-Harp aus dem Stegreif Texte über unsere Reise. Ursprünglicher kann *Blues* nicht sein, und das spüren wir in diesem magischen Moment bis ins Blut. Alle drei. Wir sind an unserem *Mississippi* angekommen. Herrlich.

„Das ist es, was ich wollte", spricht Herbert gleichermaßen für uns drei. Und nochmal: „Das ist es, was ich wollte. Danke, die Herren, für diesen Augenblick. Ich bin sehr glücklich."

Gerd und ich empfinden genauso. Wir schauen uns in die Augen, finden die Bestätigung.

„Tja", sagt Gerd kurz und knapp. Und: „Tja", wiederhole ich einfach. Mehr Worte braucht es nicht.

Weiße Nebel wabern vom Fluss her über die Wiese. Wir unterhalten uns mit Räubergeschichten, sehen Nebelgespenster und Geisterschiffe, lauschen den Geräuschen aus dem Wald. Wir sehen zum ersten Mal den Mond nicht. Er hat sich hinter einer Wolkendecke versteckt, die mit dem Abendwind gebracht wurde. Heute wird die Nacht schwarz.

Herbert ist es etwas unheimlich geworden. Unsere Phantasiegeschichten, die Einsamkeit um uns her, sind ihm nicht ganz geheuer. Er verabschiedet sich bald in die Kajüte, um noch ein bisschen zu lesen.

Gerd und ich bleiben draußen. Es ist noch genug Holz übrig, das wir verbrennen können. Ich fühle mich zurückversetzt in meine Kinderzeit, als wir zur Kartoffelernte Feuer entfachen durften und an langen Holzstecken Kartoffeln brieten.

Mit einem letzten Bier setze ich mich auf die Bootsumrandung und genieße die Stunde, die Minute. Dabei schaue ich Gerd zu, wie er mit akribischer Sorgfalt die Glut schürt und die Flammen überwacht. Ihn habe ich durch Herbert kennengelernt und obwohl ich über ihn so gut wie nichts wusste, war er mir gleich ein Freund. Nicht, dass ich heute viel mehr über ihn weiß – Freund geblieben ist er doch. Er ist ein nobler Mensch, achtet die Menschen und das Leben, behandelt jedermann gleichermaßen und bewegt sich zwischen allen sozialen Schichten mit traumwandlerischer, respektvoller Sicherheit. Seine Hilfsbereitschaft ist sprichwörtlich, seine Verständnisfähigkeit allumfassend. Gerd ist ein Weltbürger.

„Morgen", sage ich ihm, „morgen möchte ich gerne Diesel tanken. Ich fürchte sonst, dass wir unterwegs wegen Spritmangels liegen bleiben werden."

„Kein Problem", meint er. „Im Hafen von *Corre* gibt es eine Tankanlage. Das haben wir von hier aus in einer Stunde erreicht."

Es ist nachts um eins, als das Feuer ausgeht. Herbert schläft tief und fest, als auch ich in die Koje schlüpfe. Wie ein Güterzug rast der Schlaf auf mich zu und erwischt mich, sobald ich die Augen geschlossen habe.

Donnerstag, 19. September 2002

Etwas ist anders, als ich die Augen aufschlage.

Es ist ein Geräusch, das ich bisher noch nicht gehört habe.

Herbert ist bereits draußen im Salon und so gehe ich zu ihm. „Guten Morgen, Pit", begrüßt er mich, „schau mal raus."

Es regnet.

Der Himmel ist grau und millionenfach plätschern die Regentropfen in die „Saône", bilden ineinanderfließende Ringe und hüpfende Krönchen. Es gluckst und blubbert und rauscht. Auf unserem Dach trommelt es monoton und die Fensterscheiben sind beschlagen.

„Schön", sagt Herbert. „Jetzt können wir das auch noch erleben. Hausbootfahren bei Regenwetter. Das gehört doch dazu, findest du nicht auch?"

„Alles ist perfekt. Das wird unsere Stimmung nicht trüben", antworte ich. „Im Gegenteil. Das ist die Abrundung einer tollen Woche."

Ist das nicht wunderbar? Da ist kein Unmut, keine Enttäuschung, keine miese Laune bei uns. Wir sind in der Lage, dankbar zu sein für unabänderliche Gegebenheiten.

Als Gerd aufwacht, meint er lapidar „Klasse, es regnet". Und schon ist er auf Deck und „empfindet" das Leben.

Also keine Probleme an Bord wegen ein paar Regentropfen, wenigstens nicht beim Personal. Es tropft allerdings in Gerds Kajüte und auf seine Matratze. Wir holen sie hervor und schaffen sie zunächst in den Salon. Mag sie dort trocknen. Behelfsmäßig stellen wir einen Eimer unter die undichte Stelle und warten einfach ab.

Das letzte Frühstück an Bord. Fast andächtig zelebrieren wir es und nehmen ein kleines bisschen Abschied von einem vertrauten Ritual.

Herbert übernimmt das Ruder, während Gerd und ich, regengerecht gekleidet, die Leinen losmachen. Es scheint, als führen wir durch kochendes Wasser. Es spritzt und dampft, Luftblasen entstehen und platzen sofort wieder. Die Landschaft versinkt hinter einem Regenschleier. Wie ist die Sicht?

Man kann kaum erkennen, wo der Fluss aufhört und wo das Land beginnt.

Herbert fährt vorsichtig. Good Guy.

Dann versagt der Scheibenwischer seinen Dienst. Es muss einer neben der Windschutzscheibe stehen bleiben und ab und zu das Glas klar halten.

Lange hält der Regen aber nicht an, und bald ist es wieder trocken. Der Himmel bleibt jedoch bewölkt.

Plötzlich ruft Herbert vom Steuerstand her: „Was will der Mann dort drüben am Ufer? Der will uns vor etwas warnen. Da muss was vor uns sein!"

Ein Mann hüpft am Backbordufer herum wie ein Aufziehmännchen und zeigt mit seinen Armen eine ominöse Größe an. Was will er? Kommt eine Flutwelle auf uns zu von einem Meter Höhe? Oder ein Baumstamm so dick wie seine Arme breit?

„Kattrewängtroa", ruft er herüber oder ist das, was wir verstehen. „Kattrewängtroa."

Er rennt aufgeregt zu einem Bündel, das am Boden liegt, zieht etwas darunter hervor und hält es in die Höhe. „Kattrewängtroa."

Jetzt verstehen wir. Es ist ein kapitaler Hecht, den er gefangen hat. „Dreiundachtzig" Zentimeter lang, und zufällig sind wir die Ersten, denen er seinen Stolz verkünden kann.

„Johooo", rufen wir zu ihm hinüber und reißen die Arme über die Köpfe. „Johooo."

Wir freuen uns mit ihm, ehrlich. Er schlägt sich mit der Faust auf die Brust und wir winken begeistert zurück.

Nur von gelegentlichen Schauern unterbrochen, treffen wir an der Schleuse von *Corre* ein. Wir verlassen die „Saône" und biegen auf den „Canal-de-l'Est" ab. Hier übernehmen wir auch wieder den bekannten Schleusenpiepser.

Gekonnt steuern wir in den Hafen von *Corre*, direkt neben die Diesel-Zapfsäule.

Es ist niemand da, das heißt, der Hafenmeister ist nicht da. Also können wir auch nicht tanken. Was nun?

Der Kapitän eines anderen Bootes hat die zündende Idee. Wir sollen doch einfach den Füllstand des Dieseltanks messen. Wieso komme ich nie auf die einfachsten Dinge?

Mit einem Besenstiel, den wir von oben in den Tank senken, messen wir noch mindestens dreißig Zentimeter Füllhöhe. Also wenn das nicht reicht!

Erleichtert schrauben wir den Tankdeckel drauf.

Obwohl uns dieser Ort beim ersten Mal so abgeschreckt hat von wegen der Straßenschilder, bleiben wir ein wenig im Hafen. Es ist Mittagszeit und die Geschäfte haben geschlossen. Wir wollen warten, bis wir einkaufen können. Bummeln wir halt entlang der Straße. Gerd hat Durst. Er lädt uns zu einem Bier ein.

Es ist nicht weit zu einem Restaurant, und weil wir schon mal da sind, meldet sich auch der Hunger. Herbert verzehrt einen Entenschenkel „Orange", ich ein Omelette mit Pilzen. Gerd hat nur Durst.

Bei der Gelegenheit entscheiden wir uns dafür, heute noch bis *Fontenoy-le-Chateau*, den Heimathafen und Ausgangspunkt unserer Reise, zu fahren. Die Rückgabefrist für unser Boot ist nämlich für morgen früh neun Uhr festgelegt, und wir wollen keine Strafgebühr wegen verspäteter Rückgabe riskieren. Das ist, in unseren Augen, eine ziemlich unglückliche Regelung. Man ist praktisch gezwungen, bereits am Vorabend die Fahrt zu beenden, denn vor neun Uhr ist ein Passieren der Schleusen ja gar nicht möglich. Ach, was soll's.

Einmal entschieden, zieht es uns dafür aber auch mit Macht zurück. Wir unterlassen das Einkaufen und legen sofort ab. Mit Volldampf geht es voran, nur gebremst durch die zahlreichen Schleusen. In *Selles* legen wir für eine halbe Stunde eine Pause ein, aber sie ist nicht mehr erholsam.

Die vorletzte Schleuse vor *Fontenoy-le-Chateau*. Es ist halb sieben.

Die letzte Schleuse vor dem Hafen, wir sind bereits im Ort, es ist Viertel vor sieben - die letzte Schleuse ist geschlossen.

Zweihundert Meter vor dem Hafen sehen wir uns genötigt, das Boot zu wenden und in entsprechender Entfernung von der Schleuse für die Übernachtung festzumachen. Dabei setzen wir einmal kurz mit dem Rumpf auf einem flachen Felsen im Wasser auf. Es gelingt uns aber mit vereinten Kräften, den Kahn rasch flott zu kriegen.

Das Ufer ist sehr steil. Die Gangway ist ziemlich kurz und wir müssen das übrige Stück auf Händen und Füßen an Land klettern. Das kann gefährlich werden, besonders wenn wir wieder an Bord wollen.

Wir haben uns in Schale geworfen und wollen in einem Restaurant schick essen gehen.

Über einen Trampelpfad gelangen wir am Kanal entlang in den Ortskern. Rings um uns wetterleuchtet es von Gewittern, die sich nähern. Die Luft ist frisch und klar wie frisch gewaschen.

Wir durchqueren *Fontenoy-le-Chateau* von Nord nach Süd und von Ost nach West ergebnislos auf der Suche nach einer Wirtschaft, in der es was zwischen die Kiemen geben könnte. Es ist bemerkenswert, dass aber auch so überhaupt nichts aufzutreiben ist.

Unsere Mägen reagieren gereizt. Aufs Schiff wollen wir nicht zurück, denn die Kombüse ist blitzblank geputzt. Wozu haben wir eigentlich unser Auto im Hafen stehen?

Das ist die Idee. Rein in die Karre und die Türe zugeklappt. Nach *Bains-les-Bains* sind es nur acht Straßenkilometer. Dort wird doch hoffentlich was zu finden sein.

Bains-les-Bains, heißt übersetzt ins Deutsche vielleicht *Baden-Baden*, ist aber ebenfalls eine herbe Enttäuschung. Zwar gibt es an ziemlich jeder Straßenecke ein Café oder ein Hotel, nur was nutzen uns verschlossene Türen, dunkle Fenster? Missmutig rauschen wir aus dem Dorf und unsere Stimmung verkriecht sich unter den Fußmatten.

Nach *Selles* ist es nicht weit. Da waren wir heute ja schon mal. Die Strecke, für die wir mit dem Boot einen halben Tag gebraucht hätten, legen wir in einer halben Stunde zurück. Blitze zucken über den Himmel, aber sonst ist es sehr dunkel. Hier sagen sich Fuchs und Hase gute Nacht.

Die Pizzeria, die wir von der Bootsanlegestelle aus gesehen hatten, ist geschlossen.

Vive la France.

Retour nach *Fontenoy-le-Chateau*. Mittlerweile plädiere ich für Gulaschsuppe in der Bordküche, aber ich werde nicht gehört.

Wir fahren eben wieder auf den Hafenparkplatz, als ein Gewitter sich mit brachialer Gewalt über uns entlädt. Ehe ich den Schirm aufgespannt habe, bin ich durchgeweicht. Gerd lehnt das Tragen eines Schirmes grundsätzlich ab. Erstens sei es gefährlich, bei Gewitter mit einem metallenen Schirm in den Händen draußen zu sein, zweitens spüre er den Regen auf der Haut gern und fühle so, dass er lebt.

Es haut aber auch hernieder, Donnerwetter nochmal. Zwischen Blitz und Donner vergeht keine Sekunde.

Seelenruhig bittet uns Gerd, ihn zu einem Bier in der einzigen Kneipe des Ortes zu begleiten. Bevor wir uns schlagen lassen - na, unseretwegen.

Da hängen ein paar junge Leute um die Bar und unterhalten sich. Zu essen gibt es nichts, aber das Bier ist okay. Gerd fummelt an der Musikbox herum. Nach genauerer Inspektion erweist sie sich als außergewöhnlich reichhaltig bestückt, und bald schallen unsere Lieblingssongs durch die Bar. Wir werden langsam warm. In einer Ecke steht ein Billardtisch. Wir spielen einige Runden und allmählich entspannen wir uns wieder.

Fast erwartungsgemäß bleibt es nicht bei dem einen Bierchen und wir sind diejenigen, die als Letzte aus der Bar kommen. Es hat aufgehört zu regnen.

Irgendwie war es noch ein gelungener Abend. Wir lachen viel, als wir uns akrobatisch an Bord hangeln, aber wir schaffen es unfallfrei. Uijuijui, ich glaub, ich hab' einen im Heft.

Freitag, 20 September 2002

Kein Frühstück heute.

Trotz dass es gestern Abend recht spät wurde, bin ich früh auf den Beinen. Kein Brummen im Kopf, keine dicken Augen. Gutes Bier.

Noch vor neun Uhr treffe ich zu Fuß im Büro der *Crown Blue Line* ein, um unsere Ankunft anzukündigen. Ich verweise auf die geschlossene Schleuse und dass es halt einige Minuten später als verlangt werden würde.

Kein Problem. Also wandere ich zu unserem Liegeplatz zurück, wo Herbert und Gerd das Boot schon unter Dampf haben. Meisterhaft bewältigen wir die letzte Schleuse vor dem Hafen und fahren ganz ruhig vor der Reederei vor. Eine Menge Leute sind am Kai, die uns natürlich neugierig und gespannt beobachten. Neuankömmlinge, die ihre Bootsferien heute beginnen, und auch Crews, die ihre Reise heute beenden.

Nur jetzt keinen Scheiß mehr machen.

Souverän und elegant driftet Gerd unseren Kahn an die Anlegemauer, dass es sich beinahe von selbst festmacht. Klasse Gerd.

Wo bleibt der Beifall?

Zügig wickle ich den Bürokram ab. Ich melde die Betriebsstunden des Schiffes - es sind Zweiunddreißig Stunden - bezahle danach umgerechnet den Spritverbrauch, und schon ist es erledigt.

Nach der Karte haben wir eine Strecke von knapp über zweihundert Kilometer zurückgelegt. Aber darauf kommt es nicht an. Wir sind heil und gesund wieder da und haben unseren Dampfer nicht versenkt. Das zählt.

Unsere Utensilien haben wir im Nu in unser Auto verfrachtet und wir fahren gleich los, um irgendwo unterwegs zu frühstücken.

Wenn man eine Woche lang das totale Gefühl der Langsamkeit erlebt hat, ist es ein Heidenstress, sich unter den Straßenverkehr zu mischen. Menschenskinder, was ist das für ein Gerase. Ich muss mich zusammennehmen, um in den Blechströmen mitschwimmen zu können. Manchmal schaffe ich es nicht und fahre rechts an den Straßenrand, um die Drängler vorbei zu lassen. Ich komme mir vor wie ein Fahranfänger. Geht mein Puls echt so langsam?

Gerd weiß in *Luxeuil-les-Bains* ein zauberhaftes Café. Dort parken wir in der Nähe der alten Abteikirche und bestaunen das historische Gotteshaus und die darin befindliche Orgel. Wuchtig und einzigartig, getragen von Atlas auf seinen Schultern, beherrscht sie das Längsschiff der Kirche. Sie ist ganz aus Holz geschnitzt und stellt den Bug oder das Heck eines mittelalterlichen Segelschiffes dar. Die Orgel wurde jeweils während der bedrohlichen Kriege demontiert und in Sicherheit gebracht.

Aber auch das Café, in welchem wir Croissants frühstücken, ist sehenswert. Die Decken sind reich mit Stuckornamenten verziert und an den Wänden bewundern wir uralte Tapeten.   Herbert und ich decken uns in verschiedenen Geschäften mit Köstlichkeiten des Landes ein. Gewürzte Bratwürste, Schweinskopfsülze, Käse. Man gönnt sich ja sonst nichts.

Wir fahren nach Hause. *Belfort, Altkirch* sind die Stationen.
Wir liefern Gerd bei sich zu Hause ab, verabschieden uns herzlich und sind kurz darauf selbst daheim in Basel. Lisa, meine Katze, empfängt mich, wie ich sie verlassen hatte: Miauend und gefräßig …

Dienstag, 29. Oktober 2002

Seit den Ferien sind nun fünf Wochen vergangen.
Der Alltag hat uns wieder, das heißt, fast wieder, denn es gibt doch Nuancen in unserem Rhythmus, die etwas anders sind. Wenn zum Beispiel irgendeine Situation zu hektisch wird oder das Rad des Lebens sich zu schnell dreht, können wir innehalten. Wir lassen den Anker fallen, stellen den Motor ab, werfen die Leinen aus. Dann setzen wir uns aufs Heck unseres Bootes und lassen die Uhr ein wenig langsamer laufen.

Herbert, Gerd und ich hatten uns schnell entschlossen, im kommenden Jahr wieder Flussferien zu buchen. Und warum nicht? Nie vorher waren uns die Lebensart und die Begleitumstände so angenehm nahe gekommen. Selten waren wir so eins mit unseren Göttern und der Welt, aber auch miteinander.
Es hatte halt auch alles gestimmt. Sogar das Wetter zeigte sich von seiner besten Seite. Trotz der permanenten Nähe zum Wasser gab es nie Berührungen mit Schnaken oder Wespen.
Unsere Ansprüche hinsichtlich Komfort waren zur Genüge erfüllt. Wir hatten die Chance, durch ein Panoramafenster nicht nur ein anderes Land, sondern gleich eine andere Ära zu sehen.

Ich hatte extra ein Buch gekauft, um es unterwegs auf dem Schiff zu lesen, aber über die erste Seite bin ich nicht hinausgekommen. Das will bei einer Leseratte wie mir etwas heißen. Vermutlich bin ich zur Wasserratte mutiert. Dafür sog ich wie ein Schwamm Eindrücke, Luft, Wasser, Natur förmlich in mir auf, und noch heute, in Nacht- und Tagträumen, schwebe ich vogelgleich über Fluss, Wälder und Wiesen und empfinde dabei eine stille Sehnsucht in mir, nicht verzehrend oder brennend, aber lockend und einladend.

Ich bereite meinen Umzug in eine andere, ruhigere Wohnung vor. Manchmal stelle ich mir vor, wie das wäre, wenn die neue Wohnung einen Kiel unter dem Fußboden hätte.

Kapitel 3

Weil am Rhein, März 2003
Renatostüble, 22.00 Uhr

Die drei Biere stehen bereits auf dem Tisch im *Aquarium*, als wir die Tür zu unserem Probelokal hinter uns schließen. Fertig für heute Abend. Renato, der hinter dem Tresen Bier zapft, nickt uns dankbar zu und zeigt uns den erhobenen Daumen. Soll meinen, gut gemacht, Jungs, oder besser gesagt: Männer.

Etwa seit Weihnachten vergangenen Jahres spielen wir eine Art Hitparade ab. Die Gäste bestimmen quasi, welche Titel wir spielen. Wir haben in Absprache mit Renato und auf seinen Wunsch hin eine Liste unserer Songs erstellt, welche die ganze Woche über im Lokal ausliegt. Die interessierten Gäste kreuzen dann die Titel an, die sie hören möchten. Das klappt wunderbar und stresst uns keineswegs, denn wir spielen jeweils nur die Top Five und bekommen für Neues und auch für Stegreif-*Blues* genug übrige Zeit. Aber nix verraten; GEMA hört mit.

„Ich mache den Vorschlag", sagt Herbert, „dass wir dieses Jahr ein Telefon mitnehmen. Immerhin wollen wir vierzehn Tage unterwegs sein."

„Grundsätzlich hab´ ich nichts dagegen." Gerd kaut die Worte, als müsse er eine Kröte schlucken. „Aber zum einen werden wir nicht überall ein Netz haben, ich meine, wir fahren sozusagen durch französisch Sibirien, und zum anderen darf es nur für Notfälle benutzt werden. Was ich nicht will, ist, dass einer von uns ständig seine Nase in das Handy steckt und im Internet surft oder sich die eingegangenen e-Mails zu Hause anguckt. Dann heuere ich nämlich unterwegs ab oder bleibe von vornherein daheim."

Genau. Wir haben eine weitere Hausbootstour auf der „Saône" vor, und zwar im Mai. Die Termine und die Bootsgattung sowie Abgangs- und Zielhafen sind bereits gebucht und wir stecken nun in der Vorbereitungsphase. Was wollen wir mitnehmen, was brauchen wir oder auch nicht, wie wollen wir leben.

Letztes Jahr im September hatten wir kein Mobiltelefon dabei, sondern waren mit Telefonkarten, die wir vor Ort gekauft hatten, an öffentlichen Fernsprechern ausgekommen. So gesehen ist Herberts Vorschlag durchaus brauchbar, denn wir würden nicht überall entlang des Flusses gerade dann einen öffentlichen Apparat vorfinden, wenn wir einen benötigen sollten. Das flächendeckende Netz mit solchen Geräten wird ja kontinuierlich dünner.

„Jetzt mal' doch nicht gleich wieder den Teufel an die Wand", ereifert sich Herbert. „Du fällst immer gleich von einem Extrem ins andere. Ich meine ja nur, dass wir eine Art Sicherheitsleine haben und für Notfälle, wie du sagst, erreichbar sind. Wir machen das so, dass ich morgens, weil ich ja sowieso immer der Erste bin der aufsteht, aufs Handy schaue, ob wir irgendeine Nachricht erhalten haben. Das kriegst du ohnehin nicht mit, denn du schläfst um diese Zeit ja noch."

„Ist deine Scheidung ein sogenannter Notfall", stichelt Gerd, „oder wann geht die über die Bühne?"

„Werd' jetzt aber nicht gemein, Gerd. Die Scheidung wird Ende August oder Anfang September sein. Lange nach unserer Tour, nota bene. Es geht hauptsächlich um meine Tochter Noemi. Pia will sie in ein Internat stecken, und Noemi und ich wollen, dass sie in ihrer alten Schule in *Basel* den Abschluss macht. Und da will ich sicher sein, dass Noemi mich jederzeit erreichen kann. Das heißt aber noch lange nicht, dass sie mich jederzeit anrufen wird. Das nur zu deiner Beruhigung."

Gerd konnte, ansonsten ein Ausbund an Höflichkeit und Zuvorkommenheit, manchmal eine fiese Type sein. Arschloch trifft es auch. „Gibt es, wenn es Hauptsächliches in deinen Überlegungen gibt, auch Nebensächliches?"

„Mein Gott, Gerd", schalte ich mich dazwischen, „nun lass' aber mal echt wieder gut sein. Bist ja schlimmer als ein Verhörexperte der CIA."

„Wieso denn", fängt er an zu grinsen, und wir wissen somit, dass bei ihm alles nur getürkt ist und er uns auf den Arm nimmt. „Zwei Wochen teile ich mit euch Tisch und Bett und weiß nichts über euch. Aber Spaß beiseite: Jeder von uns schreibt einen Zettel mit den Angaben der Angehörigen oder der Leute, die in einem Notfall als erstes zu verständigen sind, und diese Zettel heften wir in unser Reisetagebuch."

„Ich werde wieder die Kombüse übernehmen", bietet Herbert an. „Darum braucht ihr euch nicht zu kümmern. Ich habe jedoch folgende Idee: Jeder von euch soll einmal das Kochen übernehmen. Denkt euch also was aus, was ihr auf den Tisch bringen wollt. Es muss ja kein Sterne-Menü sein. Wenn das für euch überhaupt nicht in Frage kommt, dann sagt es gleich, soll kein Beinbruch sein.

Okay Pit? Okay Gerd? Wir brauchen an Fressalien eigentlich gar nicht vorzusorgen, weil wir die frischen Sachen unterwegs einkaufen. Nur Dinge wie Salz, Zucker, Mehl, Reis, Teigwaren, Kaffee, Tee, Essig, Öl, Gewürze, et cetera besorgen wir hier. Gerd, übernimmst du das? Es ist billiger in Deutschland als in der Schweiz."

„Kein Problem."

„Und Gerd, vergiss´ die Angel nicht."

Kapitel 4

Saône 2003

Die Pénischette

Der Name *Pénischette* ist ein eingetragenes Warenzeichen der Firma *Locaboat Plaisance* und steht für die Boote, die von *Locaboat* eigens konzipiert und in eigener Werft gebaut werden. Die Marke ist geschützt und darf ausschließlich nur für diese Boote gebraucht werden.

Laut Aussage der Herstellerfirma handelt es sich bei der *Pénischette* um einen Bootstyp,
der sich in das Landschaftsbild einfügt,
der von leisen Motoren angetrieben wird,
dessen Rumpfform wenig Wellen verursacht und somit die Ufer schützt,
der keinen die Umwelt belastenden Rumpffarbenanstrich hat.

Vor allen Dingen ist die *Pénischette* ein Hausboot, dem man den Charakter eines Hausbootes auf den ersten Blick glaubhaft abnimmt. Sie sieht wohnlich und einladend aus, gemütlich und behäbig, dabei freundlich und gutmütig. Der Tendenz, zunehmend Freizeitboote mit dem Aussehen einer Rennjacht anzubieten, folgt *Locaboat* mit ihrer *Pénischette* glücklicherweise nicht, sondern sie legt Wert auf das traditionelle Erscheinungsbild ihrer Flotte. Der Name *Pénischette* kommt nicht von ungefähr, heißen doch heute noch die großen Lastkähne auf Frankreichs Flüssen *Pénischen*. Deren Rumpf- und Decksbauweise wurden und werden die *Pénichettes* nachempfunden, wenn auch in geringeren Abmessungen und aus anderen Materialien.

Wir hatten uns für die diesjährige Tour auf der Saône für die kleinste *Pénischette* entschieden. Zum einen, weil wir, wie im Vorjahr, nur zu dritt unterwegs sein würden und zum anderen, weil wir zwei Wochen, statt wie im vergangenen Jahr einer, auf dem Fluss leben wollten und es dadurch zu einer nicht zu unterschätzenden Kostenfrage wurde.

Unsere *Pénischette* ist eine „935 R".
Länge 9,30 m, Breite 3,10 m. Trinkwassertank 400 l, Treibstofftank Diesel 220 l, Tiefgang 60cm.

Die Stehhöhe beträgt durchgehend mehr als 1,80 m, was gut ist für Gerd und mich, für Herbert jedoch wieder Kopfstoßgefahr bedeutet. Die Steuerung liegt auf der rechten Seite nicht ganz genau mitschiffs, eher etwas nach hinten. Unter dem Bugdeck liegt eine Doppelbettkajüte mit reichlich Stauraum. Links neben dem Niedergang unter Deck ist eine Einzelbettkoje eingebaut, rechts davon über den Flur befindet sich die Nasszelle: Waschbecken, Dusche, WC.

Der Steuerstand ist etwas erhöht und bietet nicht nur hervorragende Rundumsicht, sondern auch Ausstiegstüren zur Steuer- bzw. Backbordseite.

Im Heck befindet sich der Salon mit Küchenzeile in genügender Ausstattung und Fenster nach drei Seiten. Handicap: Man muss vom Steuerstand über zwei Stufen nach unten steigen.

Der Eigenname unserer *Pénischette* ist *Sailly*. Wir drei hatten uns jedoch angewöhnt, es wie das englische *Sally* auszusprechen. Man möge es uns nachsehen.

16.05.2003, Freitag

Es ist Liebe auf den ersten Blick.

Ich sehe das Boot gleich nachdem wir von der Landstraße auf das Hafengelände eingebogen sind. Es liegt zuvorderst in einer Reihe von anderen Booten und nach den Beschreibungen, die wir vom Veranstalter bekommen haben, kann es gar kein anderes sein.

Schwarzer Rumpf und weiß die Aufbauten, Maße, Länge - jawohl, das ist es, das muss es sein, und tatsächlich ist es auch unser Boot nach dem Einchecken.

Sehen und die Vorfreude genießen. Wenn ich je in meinem Leben es schaffen sollte, mir ein eigenes Boot zuzulegen, dann müsste es genau so eines sein. Wie kann man sich so von etwas einnehmen lassen, das man vorher noch nie sah oder mit dem man vorher noch nie etwas zu tun gehabt hatte? Wie gesagt, es ist der erste Blick, doch zieht es mich vertrauensvoll dazu hin.

Die erste Neuigkeit, noch bevor wir überhaupt losgefahren waren, kam von Gerd: „Ich hab´ mein Handy dabei. Tut mir leid, Jungs, aber ich werde es brauchen. Wann, was, wie und warum erzähle ich euch, wenn es so weit ist. Okay?"

Herbert und ich sahen uns verblüfft an. Warum dann im Vorfeld das ganze Gedöns wegen eines Sicherheitshandys? Naja, wir wussten ja bereits, dass wir bei Gerd stets mit irgendeiner Überraschung rechnen mussten. Was soll´s also, dachten wir uns und zuckten mit den Schultern.

Ohne Pause waren wir hierher gestürmt. Schon am Morgen war das Auto gepackt. Wir brauchten von *Basel* nur strikt nach Westen zu fahren, um unser Ziel, *Scey-sur-Saône*, zu erreichen. Zweihundert Kilometer, was ist das schon auf gut ausgebauten Straßen?

Prompt sind wir eine viertel Stunde zu spät, oder, wie man es nimmt, ein/dreiviertel Stunden zu früh am Heimathafen. Es ist zwölf Uhr fünfzehn.

Da aber ist das Wasser, der Hafen, sind die Boote, und dort ist unsere *Pénischette*, die *Sailly*.

Das Büro von *Locaboat Plaisance* ist über die Mittagszeit geschlossen. Weil wir Hunger haben, fahren wir kurzerhand mit dem Auto um das Hafenbecken herum über eine Brücke auf die gegenüberliegende Seite, wo wir in einem Restaurant je ein Steak, grüne Bohnen und Röstkartoffeln verzehren. Man darf in der Gaststätte nicht rauchen, weshalb wir bald wieder auf dem Bootssteg stehen und unseren Krempel zum Einladen bereitstellen.

Endlich ist es soweit. Gerd vollführt mit dem Instruktor die Einweisungsfahrt. Er erfährt, dass die *Pénischette* sehr schlechte Rückwärtsfahrtqualitäten hat und dass es dabei kaum eine Reaktion auf den Rudereinschlag gäbe. Dafür aber verfüge die *Pénischette* über sehr gute Steuereigenschaften bei Vorwärtsfahrt, ob mit wenig oder mit viel Fahrt. Der Instruktor lässt Gerd eine Wende auf „einem Bierdeckel" drehen, und unser Freund ist begeistert davon, wie das Schiff durch einen Schub am Fahrtregler über das Heck herumschleudert, sofern man bei einer Geschwindigkeit von maximal zehn km/h von „schleudern" sprechen kann.

Ab jetzt gehört sie uns, die *Sally*. Wir beladen unser Domizil mit all dem, was man während vierzehn Tagen so braucht und was man unterwegs nicht kaufen kann oder nicht kaufen will.

Kaum habe ich den ersten Schritt an Bord getan, überfällt mich dieses undefinierbare, aber geschätzte Gefühl von Behagen, von Sicherheit. Mein Gewicht verursacht eine Bewegung des Bootes, doch das Boot sagt mir: „Ich bin da für euch."

Herbert, Gerd und ich klatschen uns mit den Händen ab und fühlen uns einfach nur wohl, wohl, wohl. Worauf warten wir noch? Anker auf, die Reise kann beginnen.

Als wir im September vergangenen Jahres auf der „Saône" waren, befuhren wir, bevor wir umkehrten, die gleiche Strecke. Das erste Stück durch den Tunnel von *St. Aubin* ist uns also nicht unbekannt. Dennoch stellt sich eine Aufbruchsstimmung bei uns ein und alles ist aufregend und neu. Faszinierend der Lauf des Wassers an der Bordwand, beruhigend das leise Brummen des Diesels am Heck. Die Wege über Deck sind noch sicherer und bequemer als auf der *Riviera*, dem Schiff vom vergangenen September.

Das Schiff lässt sich extrem präzise steuern.

Insgeheim warte ich auf den Hammer, der uns trifft: Erste Schleuse - quer vor der Einfahrt; starkes Gieren unterwegs; aber nichts ist und nichts ist mit dem Boot. *Sally* läuft ruhig und gediegen.

Wir passieren nach zweieinhalb Stunden Fahrt die Stelle in *Charentenay*, an der wir vor einem dreiviertel Jahr geankert hatten um einen Nachtspaziergang zu unternehmen und wo wir auch gewendet hatten, um zu unserem Ausgangshafen zurückzufahren. An der Örtlichkeit hat sich nichts verändert. Aber ab nun wird es neu für uns und für *Sally* mit uns.

Die Schleuse von *Ray-sur-Saône* wartet auf uns. Mächtige Ahornbäume bilden das Portal für die Einfahrt. Kuschelig steht das Schleusenwärterhäuschen im Schatten der Blätterkuppel. Miezekatzen dösen auf Fensterbänken und Gesimsen. Wenn bis zum jetzigen Moment die Zeit noch getickt hat - ab nun bleibt sie stehen und es wird sie nicht mehr geben, bis wir selbst wieder an die Glocke treten werden um sie neu in Gang zu bringen.

Wir schleusen flussabwärts. Trage uns, liebe *Sally*, trage uns.

Unmittelbar nach der Schleuse kann man scharf nach rechts abbiegen in den natürlichen Flusslauf der Saône, an dem das Städtchen *Ray-sur-Saône* liegt.

Kaum um die Kurve, bietet sich uns ein majestätisches Bild. Vor uns liegt der Flusslauf, über dessen Ufern malerisch die Häuser des Dorfes gebaut sind. Überragt und dominiert wird das Ensemble von einer gewaltigen Schlossanlage. Von unserem letztjährigen Besuch zu Fuß wissen wir noch, dass das Schloss des Nachts von Scheinwerfern angestrahlt wird und ein weit ins Land hinein sichtbares Kulturdenkmal ist.

Raus mit der Fotokamera und - klack - klack - klack - einmal, zweimal, dreimal auf Film gebannt. Kann man sich satt sehen?

Hellgrün und kaskadengleich hängen die Zweige der Trauerweiden bis ins Wasser. Dichtes Gestrüpp und lichte Schilfzonen wechseln sich ab. Flache Buchten links und rechts unseres Fahrweges.

Eine Boje ist zu erkennen: rot-weiß-rot. Hektisch suchen wir in unserem Signalbuch nach der Bedeutung der Boje. „Flussaufwärts steuerbord". Aha.

Heißt das nun, dass wir die Boje steuerbord rechts liegen lassen sollen, oder dass wir steuerbords daran vorbei fahren sollen?

Es ist einfach mehr Platz, wenn wir rechts bleiben. Also halten wir uns so weit wie möglich rechts.

Ein hässliches Geräusch fährt uns durch Mark und Bein. Es hört sich an, als wenn man mit Schaufeln groben Kies schippt, nur sehr viel schneller.

„Mehr links, mehr links", rufe ich Gerd zu, der am Steuer steht, und er dreht wie wild am Steuerrad, und gleich hört auch dieses schmirgelnde Kratzen auf.

Was war geschehen? Offensichtlich waren wir so weit nach rechts ausgewichen, dass unsere Schiffsschraube in den flachen Uferzonen Grundberührung hatte.

Verunsichert und geschockt fahren wir weiter auf die Boje zu und wollen jetzt ganz eng rechts an ihr vorbei. Angespannt spitzen wir unsere Ohren und lauschen auf Geräusche, aber außer dem leisen Nageln des Diesels hören wir nichts Außergewöhnliches mehr, sodass wir langsam in die Nähe der Anlegestellen kommen.

Mit dem Fernglas sehe ich, dass es fünf kleine Landestege gibt, aber auch, dass jeder einzelne davon bereits belegt ist. Fünf Boote liegen also vor Ort, und was nun?

Langsam, ganz langsam, ziehen wir an den Landestegen vorbei. Mannomann, das sind ja richtige Kaventsmänner von Hausbooten, die da liegen. Luxuriöse Yachten mit allem Pipapo und Schnickschnack, ellenlang und aufgebläht, haushoch und protzig.

Etwa zehn Meter lang ist die Uferstrecke hinter dem Heck des letzten Schiffes, bis erstens das Signalzeichen steht, dass man nicht mehr motoren darf und bis zweitens das Ufer sich so krümmt, dass man nicht mehr anlegen könnte, selbst wenn man wollte. Etwa zehn Meter lang ist diese Uferstrecke bestückt mit scharfkantigen Felsen, die ins Wasser hineinragen.

Oh je, das sieht aber gefährlich aus.

„Dort", rufe ich Gerd zu, schnappe mir ein Seil und laufe zum Bug unserer *Sally*.

Als ich merke, dass der Bug aufs Ufer zuhält, mache ich mich zum Sprung bereit. So wie wir noch zwei Meter vom Ufer entfernt sind, springe ich und höre gleichzeitig den Diesel aufheulen. Ich drehe mich um, um zu sehen, was los ist …

… und nichts ist los, beziehungsweise eine ganze Menge ist los, denn ich halte nur ein schlaffes Tau in den Händen und sehe, wie die *Sally* wie von Geisterhand bewegt ihr Heck herumschwenkt und das ganze Boot innerhalb von zehn Sekunden exakt so in die ideale Position driftet, um es an Bug und Heck sicher festmachen zu können.

Mit ihren neun Metern dreißig passt *Sally* prima an diese Stelle. Rasch ein paar Knoten um die Festmacher, um *Sally* zu sichern, und dann an Bord zu den andern.

„Jetzt hast du's echt drin, was?", lobe ich Gerd und boxe ihm anerkennend auf die Schulter. „Besser geht's einfach nicht."

„Es war ganz einfach", sagt Gerd cool, „ich habe nur Gegengas und Gegensteuer gegeben, und schon stoppte die Fahrt und ruckzuck, konnte *Sally* es von alleine."

Glücklicherweise können wir *Sally* so vertäuen, dass keiner der kantigen Felsen an ihrem Rumpf scheuert. Mit unserem langen Bootssteg gelangen wir auch mühelos von Deck und wieder zurück.

Nach Betrachtung der ganzen Szenerie stellen wir fest, dass wir durch unser Manöver und durch Gerds Steuerkunst sogar den besten und ruhigsten Platz innehaben.

„Wow! WowWowWow!!!!"

Für jetzt und später auf der Reise, bis auf wirklich wenige Ausnahmen, zollen wir der *Pénischette*, und damit natürlich unserer *Sally*, ganz besonderen Respekt hinsichtlich ihres leichten Handlings. Sie lässt sich butterweich manövrieren und reagiert auf die kleinste Ruderbewegung. Die Leistung des Dieselmotors ist für jede Situation auf der Saône völlig ausreichend. Es sei erwähnt: Wir wechselten uns regelmäßig, doch ohne Vorausplanung, am Steuer des Schiffes ab. Aber ich beschränkte mich meist auf gemütliche Überlandfahrten und ruhige Gewässer. Ansonsten fühlte ich mich an Deck sehr wohl bei den Handhabungen mit Tauen, Wischlappen, Film- und Fotokamera.

So nebenbei, weil Freitag der sechzehnte ist: Beim Einhämmern der Festmachernägel habe ich mir auf die Finger geklopft, aber gaaanz langsam und vorsichtig. Nix ist passiert.

Vier Stunden waren wir von *Scey-sur-Saône* bis hierher unterwegs, und jetzt verwöhnen wir uns erst mal mit Käse, Schinken, Brot und Wein.

Der Liegeplatz von *Ray-sur-Saône* ist entlang des Flusses einer der Prächtigsten überhaupt. Massive hölzerne Stege bieten breiten Platz je Boot. Gepflegte und gemähte Rasenflächen erstrecken sich weit entlang des Ufers. Starke, hohe Trauerweiden laden unter ihrem Dach zur Ruhe oder zum Picknick ein. Stabile Sitzgruppen mit ausladenden Tischen verlocken zu Geselligkeit, Spiel oder einfach nur zur Muße. Wirklich genüsslich sind Spaziergänge unter dem Erlenpark zu Füßen des Schlosses. Hier kann man verweilen, entspannen, bei was auch immer man es vermag. Rahmengebend und beherrschend ist das stilvolle Postkarten-Panorama von Fluss, Dorf und Schloss.

Ray-sur Saône.
So schön gelegen, so fotogen platziert, bist du nun ein Jammer oder ein Segen?

Man stelle sich vor: Ein traditionsreicher Ort, geradezu geschaffen für buntes, touristisches Leben, und nichts ist da, außer der dominierenden Schlossanlage und dem Flusspark, was einen zum Verweilen einladen könnte. Nirgendwo im Umkreis von zwanzig Kilometern kann man einkaufen. Im Dorf gibt es zwar ein Café, aber außer Zigaretten oder Wein und Spirituosen ist nichts zu bekommen. Der einzige Lebensmittelladen, die Epicerie, ist seit über einem Jahr geschlossen. Es gibt einen Fleischverkaufsladen im Dorf, der neben Bier und Limonaden auch Knabbereien anbietet. Das einzige Restaurant liegt schon ziemlich am Rande der Ortschaft, ist dafür allerdings ein gutes, das von einem älteren Herrn aus dem Elsass geleitet wird. Dort hatten wir im vorigen Jahr übrigens noch mit Caro, Susie und Fiona zwei Flaschen Wein getrunken, als wir abends zu Fuß von *Charentenay* nach hier gewandert waren, obwohl der Wirt eigentlich schon Feierabend gehabt hätte. Frisches Brot wird jeden Morgen mit dem Bus gebracht, Punkt acht Uhr fünfundvierzig. Verschläft man den Termin, ist Essig mit Baguette. Nirgendwo ein Kiosk, eine Bar, eine Eisdiele. Zeitungen, Ansichtskarten, Souvenirs - Fehlanzeige.

Ray-sur-Saône ist ein Schlafdorf. Arbeiten und Einkaufen tut man woanders.

Wir schlendern zu dritt durch die Gassen den Berg hinauf zum Schloss. Der Abend ist mild und die untergehende Sonne taucht Häuser und Landschaft in ein weiches, warmes Licht. Handgesetzte, unverfugte Mauern begrenzen unseren Weg. Efeu quillt wie überkochende Milch über Zäune und Gitter.

Wir erreichen den Bergvorsprung, auf dem das Schloss steht und hinter dem sich weit und hügelig das Land ausbreitet. Alte Sandsteinpfosten, an denen man früher die Pferde angebunden hat, markieren den Zugang zum Schlosspark. Wir gehen durch die Einfahrt auf das Gelände und vor uns liegen beiderseits des Kiesweges baumbestandene Pferdekoppeln, in denen sich Stuten mit ihren Fohlen tummeln. Junge Mädchen sitzen auf den Koppelstangen und unterhalten sich.

„Der Schlosspark ist für Touristen geschlossen", rufen sie uns zu, als wir hinter ihnen durchgehen.

Also kehren wir um und gehen denselben Weg zurück, den wir gekommen sind, haben jetzt aber den Ausblick auf das Saône-Tal vor uns. Die Schatten werden länger, das Licht etwas diffuser, was aber der Qualität des Panoramas nicht schadet. Im Gegenteil. Es ist eine Darbietung wie mit dem Weichzeichner fotografiert. Bauliche Sünden und Mängel werden kaschiert, hässliche Silos verwandeln sich in rätselhafte Türme, Rost wird zur Edelpatina.

Es verschwinden die Härte und das Offensichtliche, und darüber wird gedeckt der Mantel des Bedauerns, des Vergessens, der Gnade vor der Wirklichkeit.

Wir finden uns beim Wirt des einzigen Restaurants ein. Wir sind die einzigen Gäste. Etwas in seinem Gesicht lässt erahnen, dass er an etwas herumrätselt. Wir wollen nichts essen, sondern bei einem Glas Wein den Abend beschließen.

Nachdem er uns serviert hat, klären wir ihn auf. Dass nämlich wir es sind, die vor einem Jahr …

„Natürlich, ja sicher, so war es, genau vor einem Jahr …, ich erinnere mich …es war abends um zehn, und es gab noch eine Flasche Wein, Sie waren zu dritt wie heute …n´ est-ce pas? Es waren noch drei Mesdames hier, dort drüben am Tisch …"

Und schon haben wir einen Gesprächspartner, der uns aus seinem Leben erzählt, dass er ursprünglich aus Mulhouse im Elsass stammt, dass seine Frau noch dort wohnt und dass er als sein Hobby dieses Restaurant gebaut hat.

Auch von uns will er wissen, woher wir kommen, was wir machen, wohin die Reise geht. Er erzählt, dass im Sommer, zur Ferienzeit, sein Restaurant immer voll belegt sei. „Dann liegen im Hafen zehn – zwanzig Boote, und alle Leute kommen zum Essen, und eine Führung im Schloss arrangiere ich auch."

Weil es nur fünf Anlegestellen im Hagen gibt, frage ich, wie das funktionieren soll mit zehn – zwanzig Booten.

„Ach, die machen alle nebeneinander fest, in Doppel- und Dreierreihe. Wer nicht Platz bekommt, wartet auf dem Fluss."

Irgendwie sind wir froh, dass wir im Frühling unterwegs sind, haben ja jetzt nur durch Improvisation einen Anlegeplatz ergattert.

So geht das Gespräch hin und her. Er verteilt Komplimente über mein Französisch, wir beglückwünschen ihn zu seinem Restaurant und zu der Schafzucht, die er erwähnte, trinken noch ein Gläschen gemeinsam und verabschieden uns dann. Weinselig bummeln wir nach Hause, das heißt zum Hafen, zu unserer *Sally*.

Obwohl wir müde sind, sitzen wir noch aufs Deck und lassen uns von der abendlichen Stimmung bezaubern. Blutrot und violett wird der Himmel. Selbst unter den Vögeln zu Wasser und in den Bäumen kehrt Ruhe ein. Behaglich schwappt das Wasser an den Rumpf des Schiffes und es hört sich an wie schmatzende Küsse.

„Ay, Käpt'n", klatscht Gerd total unromantisch in die Hände, „legen wir uns in die Falle."

„Wie das denn?", wundere ich mich. „Es ist noch nicht mal Mitternacht, und du willst schon ins Bett? Und was ist mit Angeln?"

„Asche auf mein Haupt", schämt sich Gerd. „Vergessen."

„Ach nee."

„Ach doch."

17.05.2003, Samstag,

Ach, du dickes Ei.
   Unser WC-Becken steht bis zum oberen Rand voll Wasser.
   Erst mal überlegen, erst mal wach werden. Es ist ja erst halb acht am Morgen.
   Zigarette, Kaffee.
   Abpumpen.
   Ich ziehe und stoße an der manuellen Pumpe, bis das WC-Becken leer ist. Na, das hätten wir geschafft.
   Fünf Minuten später: Herbert kommt schlaftrunken zu mir in die Kombüse, bereitet sich einen Kaffee, bevor er aufs WC geht. „Was waren denn das für Geräusche? Warst du das?", fragt er und pustet in die heiße Tasse.

„Die Kloschüssel war voller Wasser", antworte ich, „ich musste sie erst leerpumpen, bevor ich mein Ei legen konnte."

„Hm, das muss ich jetzt auch", murmelt er und stellt die Kaffeetasse zum Abkühlen auf den Tisch. Gleich darauf ertönt ein Fluch aus dem Waschraum.

   Es ist wieder voll Wasser.
   Ja Hund und Sau, was ist denn da los?
   Wieder pumpen.

Erst mal fertig werden mit Toilette und so.

Das gleiche Spiel wiederholt sich, als Gerd das Klo benutzen will. Pumpen und wieder pumpen.

Ich warte an der Straße auf den Baguette-Bus. Nach und nach trudeln alle verschlafen wirkenden und unrasierten Hausboot-Kapitäne ein und warten gleichfalls. Der Bus ist pünktlich, das Baguette noch warm. Exzellent.

Wir frühstücken gemütlich in unserer Kombüse.

In der Nacht hatte es geregnet.

Besuch auf der Toilette: Schon wieder voll Wasser.

Kurz überlegen: Das Wasser kommt von außen. Es steht bis einen Zentimeter unter dem oberen Rand des WC-Beckens. Was wäre, wenn wir zum Beispiel so viel Gepäck an Bord hätten, dass das Boot einen tieferen Tiefgang hätte, und wenn es nur ein Zentimeter wäre? Was wäre, wenn der obere Rand des WC-Beckens nur einen Zentimeter niedriger wäre? Das Boot würde über den oberen Rand des WC-Beckens voll Wasser laufen und wir würden mit Mann und Maus untergehen.

Erst jetzt sehe ich die Gefahr in Pi-Quadrat.

Ich eile zur nächsten Telefonzelle und rufe den Notdienst der *Plaisance*-Gesellschaft an.

Nachdem wir abgeklärt haben wo wir sind, weist er uns an, den nächsten Hafen *Seveux* anzusteuern und uns mit unserem Problem dort zu melden. Die dortige Basis würde über unser Kommen verständigt werden.

Bevor wir ablegen, beobachten wir die vor uns gestarteten Schiffe, welche Seite der ominösen Boje sie befahren werden. Alle gehen, flussabwärts gesehen, links vorbei.

Irgendwie will meine Stimmung nicht auf Touren kommen. Ich habe Probleme im Kopf wegen des doofen Klos. Kaum sehe ich die Ufer, kaum kriege ich die Nase und die Augen von der Flussmitte. Ich sehne den Hafen von *Seveux* herbei, wo der Mechaniker informiert ist.

Es ist nicht weit. Eine Stunde Fahrt vielleicht.

Der Hafen von *Seveux* ist proppenvoll. Kein freier Platz, wo man eben andocken kann. Frech fahre ich in das Hauptbecken gegenüber der Basisstation. Aber wo landen?

Es wird eng und enger. Boote drängen sich an Boote. Sackgasse.

Da! Wo zwei Schiffe schon parallel „aneinandergebunden" sind, wird ein drittes nicht hindern, denke ich mir, denn letzte Chance, um einem Manöverchaos zu entgehen, ist jetzt Kaltblütigkeit und schnelle Reaktion. Kurzentschlossen werfe ich das Heck der *Sally* mit viel Gas schnell herum und nehme dann abrupt das Gas weg. Und siehe da, *Sally* driftet wie von selbst längsseits des ausgesuchten Bootes. Tampen und Knoten klar, Motor aus.

Ich suche das Basis-Büro auf und gebe mich sozusagen zu erkennen.

Man weiß Bescheid und erklärt, dass ein Mechaniker kommen wird.

Wir warten.

Wir warten zuerst gemeinsam.

Dann warten wir gemeinsam mit Zigarette.

Dann warten wir gemeinsam mit Zigarette und Kaffee.

Okay, es ist nicht ein Basis-Büro von *„Locaboat Plaisance"*, aber wir warten.

Dann warten wir zu zweit, weil sich Herbert zu Fuß in die nächste Ortschaft aufgemacht hat, um einzukaufen.

Schließlich kommt er, der Mechaniker. Er schraubt die Ventile und Pumpen der WC-Anlage auf und entfernt einige verfaulte Baumblätter. Die Erklärung ist einleuchtend. Die Blätter haben die Abdichtung von außen nach innen verhindert, wodurch natürlich Wasser eindringen konnte. Aber jetzt sei das Problem gelöst.

Wunderbar.

Herbert ist auch wieder da, vollbeladen wie ein Maulesel, und wir starten die Motoren der *Sally* erneut, um weiterzufahren Richtung *Gray*, unserem nächsten Etappenziel.

So wie wir in den Hafen von *Seveux* hineingefahren sind, fahren wir auch wieder hinaus: Mit viel Gas und Drift. *Sally* kann das.

Der Hafen von *Seveux* liegt an der gleichnamigen Flussverkürzungsstrecke. Es ist ein schnurgerader Kanal, auf dessen weiterem Verlauf man einen Tunnel durchfährt, dessen Wechselpassage durch Ampeln geregelt wird. Der Tunnel ist sechshundertdreiundvierzig Meter lang. Durch den Tunnel kommen wir ohne Probleme. Direkt nach dem Tunnel folgt die Schleuse von *Savoyeux*. Der Himmel ist grau und es weht ein starker, seitlicher Wind.

Die Einfahrt zur Schleuse ist wegen Gegenverkehr gesperrt. Wir müssen vor der Schleuse warten.

Nun zeigt sich, dass die *Sally* bei starkem Seitenwind kaum zu bremsen oder zu halten ist.

Mächtig drückt die Kraft des Windes auf die Aufbauten und treibt *Sally* dahin wie ein Stück Styropor. Am Pollersteg sind wir vorbei geblasen worden ohne Chance, dort ein Tau überwerfen zu können. Wir drehen uns und tanzen dahin wie ein Korken auf dem Wasser. Aus der Schleuse läuft der Gegenverkehr aus und hält auf uns zu. Wir versperren oder behindern die Durchfahrt.

Jetzt aber mal ran an den Gashebel und somit an die Schiffsschraube. Gas und Steuer und Steuer und Gas, und noch einmal und noch einmal, vor und zurück und zurück und vor, und noch einmal und noch einmal. Herbert, Gerd und ich schwitzen, als wir *Sally* endlich wieder im Griff haben und der Bug Richtung Schleuse zeigt. Uns kommt es vor, als hätten wir eine Prüfung abgelegt. Wir mit *Sally*, und *Sally* mit uns. Beide haben wir bestanden und zwar ohne Persönlichkeitsverlust. *Sally* bleibt sie selbst, und wir bleiben wir. Danke aber fürs Kennenlernen.

Der Schleusenwärter von der Schleuse *Savoyeux* ist blöd. Er steht an der Einfahrt der Schleuse und verlangt von Herbert dort die Seilschlinge, um sie am Poller zu befestigen. Herbert reicht sie ihm natürlich und hält das Tau weiter fest in der Annahme, der Wärter würde im gleichen Tempo wie *Sally* nebenhergehen, bis wir komplett in der Schleusenkammer sind. Tut er aber nicht, sondern bleibt an der Einfahrt stehen und legt dort die Tauschlinge um einen Poller. So reibt das Tau etwa auf zehn Meter Länge durch Herberts Hände, der zum Schluss kaum noch über genug Tau verfügt, um nachlassen zu können. Am Ende angekommen, spannt sich das Tau dann zusätzlich, weil am Schiffsbeschlag festgemacht, und Herbert wird zwischen Seil und Steuerhaus gedrückt. Nun ist es kein Abenteuer mehr sondern ein Ernstfall. Wie gegen eine Wand gefahren, wird *Sally* herumgerissen und schlägt mit dem Heck unsanft an die gegenüberliegende Schleusenwand.

„Hey, du Dödel", brüllt Gerd, „gib den Tampen frei!"

Ob er es verstanden hat oder nicht, erfahren wir nicht, denn er tut nun das, was er gleich bei der Einfahrt hätte tun sollen, nämlich die Schlinge in Höhe unseres Bootes um einen Poller zu legen. Irgendwie grinst der Typ gemein. War das ganze seine Absicht?

Nun gut, es ist außer heißen Händen und einem wunden Oberschenkel nicht mehr passiert, aber es hätte saudumm ausgehen können. Herbert ist noch eine ganze Weile ziemlich erschrocken.

Überraschung!!
Das Klo steht wieder voll Wasser.
Wir pumpen ab in allen möglichen Stellungen der Ventile. Gibt es doch welche für Abpumpen, dann Zupumpen von Flusswasser und wieder Abpumpen. Hebel in Stellung links, Hebel in Stellung rechts; Pumpenstange in gezogenem, Pumpenstange in gedrücktem Zustand. Pumpen, pumpen, pumpen. Unser Abwassertank kommt mir in den Sinn. Irgendwann wird er überlaufen, nur weil er voller klarem Flusswasser ist.

Aber wir fahren auch auf der „Saône", auf der stillen und breiten „Saône".
Mit *Sally* ist es noch ein ganz anderes Vergnügen als mit der *Riviera* letztes Jahr.
Sally fließt selbst. Sie ist Träger und Getragene zugleich. Sie murmelt sich in den Fluss wie eine Haselmaus in ihr Nest. Sie kennt den Fluss wie ein Bauer seine Feldwege. Ihre Bewegungen kennen keine Arroganz und keine Furcht. Ich fühle ihre Treue an den Fluss, aber auch ihre Freude darüber, in ihrem Element zu sein.
Der Motor schnurrt behaglich wie eine Katze. Die Bugwelle ist weich und geschmeidig; man kann ins Träumen geraten, wenn man ihren sanften Verlauf mit den Augen begleitet.
Wie erwähnt, ist der Fluss breit, aber immer noch scheint er eher still zu stehen als dass eine Strömung zu verzeichnen wäre. Die „Saône" ist ein Teich, aber halt ein sehr, sehr langer.
Das Tal ist nun flach und ausgedehnt. Nur in der Ferne steigen bewaldete Hügel empor. Ortschaften wie *Mercey-sur-Saône*, *Autet*, *Quitteur*, *Pierrejux* oder *Beaujeu* liegen verstreut über die Ebene. Grünes Weideland für Vieh, Schafe und Pferde wechselt sich mit dichten Auenwäldern ab. Regelmäßig, ja fast nachvollziehbar in bestimmtem Abstand voneinander genau, harren Fischreiher mal links, mal rechts des Flusses auf kahlen Ästen sitzend, vorbeiziehender Beute. Auf offener Flussstrecke, fern von den Ortschaften, findet man weniger Enten, dafür öfter Schwanenpaare und gelegentlich kann man Haubentaucherpärchen sehen.

Es ist die Zeit, in der die Wasservögel ihren Nachwuchs großziehen, und vielleicht weichen die besorgten Vogeleltern einem herannahenden Boot eher mal in die undurchdringlichen Uferzonen aus, anstatt es piratenmäßig zu überfallen. Selten sieht man Bisamratten, aber auch sie werden eine Kinderstube haben.

Gerd, Herbert und ich lösen uns in unregelmäßigem Turnus am Steuer ab, sodass jeder „Bootfahren", aber auch die Fahrt an Deck genießen kann. Hin und wieder schnöbt eine Nieselfront über uns hinweg, was uns nicht wirklich stört, haben wir doch entsprechende Kleidung dabei. Allerdings sind die Temperaturen gegenüber gestern so, dass wir einen Pullover nicht als zu warm empfinden. Der Himmel ist und bleibt grau und bedeckt.

Steht Herbert mal nicht gerade am Steuer, dann beschäftigt er sich oft in der Kombüse: Er weiß dort immer was zu tun, und wenn es nur so viel ist, ein paar Salzstängel in einen Teller zu geben, um sie uns zu reichen.

Wir nehmen wieder eine dieser „Dérivations", also einer Flussbogenverkürzung, was meistens eine Schleuse nach sich zieht. Die *Dérivation de Vereux*. Die Kanalufer sind bewachsen mit jungen Erlen, deren Wildwuchs man wohl erst vor kurzer Zeit mit der Motorsäge zurechtgerückt ist. Frische Baum- und Aststümpfe belegen unsere Vermutung.

Herbert und Gerd sitzen an Deck und schälen Kartoffeln fürs Abendessen.

Plötzlich jagt uns ein so hässliches Geräusch in die Glieder, wie wir es noch nie zuvor vernommen hatten. Zudem schüttelt und vibriert *Sally* am ganzen Rumpf. Es hört sich an wie eine von jenen Straßenbaumaschinen, welche den oberen Asphaltbelag abschrämmen, nur gefühlsmäßig verstärkt durch das Zittern unseres Bootes.

Weil gerade ich am Steuer sitze, reiße ich den Gashebel sofort auf Leerlauf. Dann ist Ruhe. Das war's dann wohl mit unserer Fahrt, denke ich. Ende der Fahnenstange. Motorschaden total. Schraubenwellendefekt. Sapradie, sapradie.

„Was um alles in der Welt war denn das?", fragt Gerd neben mir und ist bleich um die Nase.

Von unserer Beendigung der Reise überzeugt, sage ich: „Wir müssen irgendwie ans Ufer. Der Motor ist hin."

Wir treiben steuer- und antriebslos in der Mitte des Kanals.

Ich schiebe den Gashebel langsam nach vorne, um zu sehen, was geschieht. Sofort mühlt der Motor, oder was es ist, wieder los. Schrapp-schrapp-schrapp.

Aber ich habe das Gefühl, dass es mehr von der Heckseite her kommt. Ich ziehe den Gashebel langsam in die Rückwärtsgangstufe. So ein Mist. Schrapp-schrapp-schrapp. Langsam wieder in die Vorwärtsgang-Stufe. Langsam. Langsam. Die Ohren gespitzt – es bleibt ruhig, kein Schrappen und Schütteln, es bleibt weiter ruhig, wir fahren sogar vorwärts, können steuern. Wir geben mehr Gas, viel Gas, wenig Gas - *Sally* folgt, als hätte es nie ein Problem gegeben.

Herbert steht am Heck und beobachtet das Wasser. „Ein Holzprügel, es war ein Holzprügel", ruft er mir zu, und tatsächlich dümpelt in der Mitte des Fahrwassers ein oller, knorriger Ast, der in unsere Schiffsschraube geraten sein muss. Wir kombinieren: ‚Baumschnitt und ein Ast im Wasser macht noch jeden Seemann blasser.'

Na, darauf aber ein Glas Wein, wenn's beliebt.

Wir legen erst mal eine Pause ein. Zigarette.

Wir schaffen das. Wir schaffen alles.

An der Schleuse von *Vereux* bietet uns der Schleusenwärter Eier, Wurst, Honig und Wein zum Verkauf an. Da wir eben fast unser Leben gelassen hätten, entscheide ich mich für eine Flasche Rosé. Der Schleusenwärter ist sehr raffiniert: Auf meinen Zwanzig-Euro-Schein gibt er mir kurz vor der Ausfahrt aus der Schleuse und im letzten Moment, so eben bevor entweder er oder ich ins Wasser plumpsen, grade noch zwei Euro zurück. Wohl bekomme sie uns, die teure Flasche. Aber man sieht sich ja immer zweimal im Leben, denke ich, und hege keinen übertriebenen Groll.

Dass wir uns einer größeren Ortschaft nähern, merken wir an den baulichen Veränderungen der Ufer. Kiesverladestege, Betonfabriken, Wochenendhütten, Schrebergärten und Lauben, Wassersportvereine, Angelstege und Promenaden säumen den Fahrweg.

Nach dem Studium unserer Flusskarte wollen wir in *Gray*, so heißt die nächste Stadt, den Anker werfen, und zwar noch vor dem eingezeichneten Stauwehr.

Schon kommt das Stauwehr in Sicht und ich halte mich steuermäßig in langsamer Fahrt ziemlich weit am rechten Ufer. Alte, rostige Schiffsrümpfe, die nie mehr einen Meter auf der „Saône" fahren werden, liegen vertäut im Wasser, bevölkert von –zig Anglern.

Zweihundert Meter weiter vorne sehe ich unsere Anlegestelle. Zielstrebig halte ich schnurgerade drauflos. Ansonsten nehme ich ja stets Rücksicht auf die Angler und umfahre ihre Ruten und Leinen in weitem Abstand. Hier allerdings fahre ich einem der Gilde über die Angelschnur oder zu dicht dran vorbei, so genau ist es gar nicht feststellbar, auf jeden Fall flucht und schimpft er hinter uns her, als hätte er den Fluss gepachtet. Zwar zeige ich ihm nicht den Stinkefinger, aber an meiner Reaktion konnte er ablesen: Leck mich.

Gerd übernimmt das Anlegemanöver an der Kaimauer dermaßen geschickt, dass man ein Ei zwischen Rumpf und Mauer hätte schieben können ohne es zu zerdeppern. Nachdem ich behelfsmäßig die *Sally* angeleint habe, marschiere ich zweihundert Meter zurück und entschuldige mich förmlich bei dem Angler für meine Ungeschicktheit. Generös akzeptiert es der Angler und ich bin straffrei entlassen. Dann erst zurre ich die Schiffsleinen endgültig fest.

Fünf Stunden Fahrt bei windigem Wetter - das macht hungrig. Herbert kocht uns sogleich ein formidables Menü: Fisch, Salzkartoffeln und eine Salatkreation. Dazu nehmen wir Brot und den einen oder anderen Dipp von passenden Saucen.

Es fasziniert mich einfach, auf welch hohem Niveau Herbert selbst bei Camping-Verhältnissen kulinarische Genüsse aus der Wundertüte holt, und das ohne seitenlange Rezepturen. Aus der Kombüse haben wir eine tolle Rundumsicht. Wir liegen kurz vor dem Saône-Wehr, kurz vor der Bogenbrücke, die über das Wehr führt, kurz vor der Schleusen- Ein- und Ausfahrt, vis-à-vis der Altstadt, vis-à-vis einer Bootsvermietungsfirma, nahe bei dem Schifffahrtsamt, und dennoch am Rande der Stadt in behaglicher Position.

Wollen wir noch eine Stadtbesichtigung unternehmen?

Ach, lass uns nur ein wenig bummeln, aber nicht über die Brücke. Schauen wir uns die Schleuse an und das Wehr. Bleiben wir auf der rechten Seite des Flusses. Trinken wir irgendwo ein Bier. Lass uns bald ins Bett gehen. Die Stadt hat Zeit bis morgen.

Wie gesagt, so getan. Wir finden ein gemütliches Lokal mit uralten, gusseisernen Stützsäulen im Gastraum. Überdimensionale Spiegel hängen an den Wänden. Ich liebe solche Kneipen, die ein Kosmos für sich sind. An der Theke sitzen überall und immer die gleichen Leute, und sie sind universell austauschbar, egal über welchem Thema sie brüten oder welche Zigarettenmarke sie rauchen. Wirtin oder Wirt sind unter Garantie sowohl Kummerkasten, Problemlöser und Auskunftsdienst, als auch Großmeister der Philosophie. Wenn dazu gutes Bier aus dem Hahn läuft und die Heimmannschaft das Auswärtsspiel gewonnen hat, ist die Welt in ihren Grundfesten noch in Ordnung.

Jeder von uns trinkt zwei Bier und Müdigkeit überfällt uns wie eine Horde Raubritter, die schon lange keine Beute mehr gemacht haben. Dann ist es gut für heute. So soll es sein. Der Fluss gibt und wir nehmen. Wir geben, und der Fluss nimmt, als wir nebeneinander, verdeckt hinter unserem Boot, in den Fluss pinkeln.

Es ist zweiundzwanzig Uhr dreißig, als wir wieder auf *Sallys* Planken stehen. Dort springt uns der Schlaf an wie ein Raubtier im Dschungel. Wie es uns frisst, spüre ich schon nicht mehr.

18. 05.2003, Sonntag

Gray

Alte Stadt. Stadt mit Vergangenheit.

Mehrmals in den früheren Jahrhunderten von der Pest heimgesucht und von Kriegen überrollt, war sie doch stets ein strategisch wichtiger Ort. Häufig zerstört und wieder aufgebaut, erlebte sie zwischendurch seltene, glückliche Perioden. Textilindustrie, Handwerk und Handel gaben der Stadt über alle Wirrnisse der Zeiten hinweg ein sicheres Fundament, um sich doch immer wieder aus der Asche der Katastrophen zu erheben. „Reich und schön erbaut" sei sie einstmals gewesen. „Königin Jeanne", „Ludwig XI.", „Heinrich IV", „Ludwig XIV" sind, geschichtlich betrachtet, illustre Namen, die allerdings nicht immer Segen über die Bewohner von *Gray* gebracht haben.

Heute birgt die Stadt ein bedeutendes Museum der Archäologie und der Gemälde, das „Musée Baron-Martin". Ebenso das « Musée Carmelite", das religiöse Kunstgegenstände zeigt. Ein Naturhistorisches Museum gibt es außerdem.

Im Bootsführer ist auch das eine oder andere Restaurant erwähnt; sie liegen entweder außerhalb der Stadt oder innerhalb von Hotel-Komplexen. Ich finde, Herbert kocht am besten.

Ich bin schon früh auf den Beinen.

Zum einen treibt mich die Sorge um das Klo, zum anderen verfolgt mich eine Sache, die mir schon gestern Abend aufgefallen war.

Zuerst das Klo. Natürlich steht es voll Wasser. Ich pumpe ab, bevor ich meinen Hintern in das Becken senke. Anschließend pumpe ich wieder gründlich ab und nach. Vorläufig bleibt die Schüssel leer.

Die andere Sache ist die, dass gestern unter der Wasserlinie des Uferkais ein betonierter Wulst, eine Art Sockel zu sehen war. Wenn der Kai senkrecht gemauert wäre, würde ich mir keine Gedanken machen, aber unser Kai ist schräg, ca. fünfundvierzig Grad. Das heißt, dass sich der Rumpf der *Sally* seitlich soweit bewegen kann, dass er auf den Wulst aufläuft und, wenn der Wasserspiegel sinkt, darauf aufliegt.

Ich beuge mich über die Reling - und genau das ist der Fall. *Sally* wurde während der Nacht an den schrägen Kai gedrängt, der Rumpf schaukelte sich auf den Wulst, dann ist der Wasserspiegel gesunken - unser Boot liegt fest!!!

Ich merke auch, dass das Bootsdeck schräg ist.

Die „Saône" ist dafür berüchtigt, dass sich ihr Pegel innerhalb kürzester Zeit verändern kann, und nicht immer zum Vorteil der Schifffahrt.

Ja, was mach ich jetzt? Das Schiff wiegt vier Tonnen! Ich wiege zweiundsiebzig Kilo, und im Schlafanzug noch ein Kilo weniger.

Also rein in die Kajüte und die schwere Montur angelegt. Jeans, Jacke, Schuhe.

Raus auf den Kai, Arsch gegen die Hose, Rücken gegen das Boot und -- drücken.

Nichts passiert.

Das Ganze noch mal, aber diesmal am Heck.

Nichts passiert.

Leinen lockern.

Von Neuem. Und dann tut sich was. Gaaanz behäbig rutscht das Heck vom Wulst und schwimmt.

Jetzt nach vorne zum Bug. Große Kraft.

Und auch da gelingt es.

Na, wenn das kein Sonntag ist?

In der Nähe steht ein alter Rostkahn auf dem Trockendock. Unter seinem Rumpf finde ich ein Kantholz. Dieses schiebe ich zwischen *Sally's* Rumpf und den Wulst vor dem Kai. Bonne chance.

In der Nacht hatte es immer wieder mal geregnet. Nicht kräftig, aber halt öfter.

Jetzt am Morgen ist es trocken und endlich hat der Wind nachgelassen.

Aufgewacht war ich von einem Geräusch. Immer noch misstrauisch und nicht ganz im Urlaub, ging ich dem Geräusch nach und sah, dass es von Spatzen stammte, die über das Bootsdeck trippelten und die Fliegen und Motten aufpickten, die auf dem regennassen Deck kleben geblieben waren.

Hey Mann, komm zur Besinnung. Du hast Ferien. Keiner verfolgt dich. Alles hat eine ganz einfache Ursache.

Wir frühstücken sehr gemütlich und gut. Die erste Stunde an Bord.

Eine absolute Ruhe ist um uns. Wir sind die einzigen lebenden Menschen.

Wir richten uns für die Tour in die Stadt.

Über die Bogenbrücke kommt man sofort ins Zentrum. Hier reihen sich Fast-Food-Restaurants an Bistros und Dienstleistungsbranchen an Immobilien-Büros. Wenigstens ist Leben in den Straßen. Das historische Zentrum befindet sich jedoch bergwärts die Gassen hoch, wo die Museen alle stehen. Dort oben ist auch die Altstadt.

Wir lassen uns Zeit. Vorbei an putzabblätternden Häuserwänden, vernachlässigten Winkeln, versteckten Schäbigkeiten und grausam renovierten Altbauten gelangen wir vor das sehenswerte Rathaus. Es ist ein Schmuckstück. Das Dach mit seinen glasierten Ziegeln glänzt wie frisch lackiert.

Vom Hof des „Musée Baron-Martin", wo zwei schwere, alte Kanonen stehen, haben wir einen tollen Blick über die Dächer der Stadt und über das Tal der „Saône". Ins Museum wollen wir allerdings nicht.

In der Nähe des Rathauses finden wir eine Epicerie, die geöffnet hat. Wir decken uns ein mit frischem Obst und Gemüse, mit Käse, Knabbereien und Wein. Von dort aus schlendern wir an Kasernen- und Schulgebäuden über eine Ringstraße zu Tal, bis wir wieder an der Brücke stehen.

Angesichts der Tatsache, dass *Gray* im Lauf der Jahrhunderte mehrfach zerstört und abgebrannt und wiederaufgebaut wurde, ist es wirklich eine alte Stadt. Sie sieht auch so aus. Nicht ab-, sondern ausgebrannt. Nicht auf-, sondern verbaut.

Ab und zu kommt die Sonne, schreibe ich ins Tagebuch.

Tja, das war's.

Wir gönnen uns eine Stunde Schlaf in den Kojen.
Das ist das Schöne. Wir haben das Hotel und das Restaurant dabei.
Drum richte ich uns nach dem Stündchen eine Platte mit Butterbroten und Radieschen. Das ist ein Geschmacksfestival, wenn ein Bier dabei ist.

Wir werfen die Leinen los und steuern das nächste Ziel, *Mantoche,* an.
Das ist nur eine Stunde Fahrzeit entfernt, aber dort wollen wir übernachten. Außerdem ist im Navigationsplan an der Anlegestelle eine Wasserzapfstelle vermerkt. Wir liegen ja direkt vor der Schleuse, so dass die Passage rasch geschehen ist.
Der Schleusenwärter hat uns gesagt, dass morgen ein landesweiter Streik aller öffentlichen Dienste vorgesehen ist. Polizisten, Lehrer, Beamte, Behörden, alle wollen die Arbeit niederlegen. Die Schleusenwärter wahrscheinlich auch. Gut, dass man es weiß.

Unterhalb der Schleuse, mit deren Hilfe man das Stauwehr überwindet, erstrecken sich links und rechts der Saône zunächst reichlich dimensionierte Stufenkais, die zum Anlegen von Schiffen gebaut sind, aber nicht ein einziges Boot liegt heute vor Ort, so dass die Anlagen nackt und eigentlich nur praktisch wirken. Auf dem Mond steht wenigstens ein Auto.
Da wir jedoch vor der Hauptsaison unterwegs sind, kann ich mir vorstellen, dass sich hier zu Stoßzeiten die Boote drängeln.
Geraume Zeit fahren wir noch an typischer Stadt-Agglomeration vorbei: Fabriken, Werke, Werften, Lager, bis diese dann abgelöst wird von Wochenendhäuschen, Fischerhütten, privaten Bootshäusern.
Nach einer Linksbiegung des Flusses kommt aber auch bald das am rechten Ufer gelegene *Mantoche* in Sicht.
Da wir die örtlichen Gegebenheiten nicht kennen, fahren wir in langsamer Fahrt erst mal flussmittig an allem vorbei. Besorgt beobachten wir die Anlegestelle. Warum? Weil in der Flussbeschreibung „Flachwasser" und „Vorsichtiges Manövrieren" ausgeschrieben ist. Es liegt allerdings ein Hausboot Marke „Titanic" an der Ufermauer. Was soll also unser Sechzig-cm-Tiefgang-Light-Schiff am Ankern hindern?
Gerd wendet unsere Fregatte sofort und wir kursen den Landeplatz an. Einige jugendliche Angler weichen etwas widerwillig, aber schließlich doch zur Seite,

und Herbert demonstriert ihnen eine Anfahrt zur Kaimauer von der Sorte Zucker und Sahne.

Alles ist da: Die dicksten Poller und Ringe zum Festmachen, eine Wasserzapfstelle, ein Toilettenhäuschen mit Duschraum und Waschzuber, Bäume, Rasen, und - ein Schloss. Echt, direkt vor unserer Nase.

Dicke Einfriedungsmauern umfassen ein riesiges Areal. Wuchtige, runde und rustikale Wehrtürme schützen den Schlosspark auf der Flussseite vor Eindringlingen. Aber gerade gegenüber unseres Liegeplatzes gewährt ein Stück Schmiedegitter Durchblick auf den Schlosshof und auf die Frontseite des herrschaftlichen Anwesens, flankiert von seinen Versorgungsanbauten zur Rechten und zur Linken. Der Hof wird wohl die vernichtend geringe Größe von zwei Fußballfeldern haben. Naja, wenn's nicht mehr ist ---

Wenn der Anlegeplatz von *Ray-sur-Saône* einer der prächtigsten entlang der Saône ist, dann ist der von *Mantoche* sicher einer der schönsten. Hier liegt das Schloss zu Füßen. Die Türme sind greifbar nahe. Der Fluss schmiegt sich wie Samt in die Windung.

Dort neben der Kaimauer liegt eine seichte Bucht, ein Fischer-Nachen schläft darin. In den Bäumen jenseits des Hafens tummeln sich Vögel aller Art; zum Beispiel hören wir einen Kuckuck. Enten, Schwäne, Schwalben bevölkern Wasser und Luft.

Im Wasser wimmelt es von kleinen Fischen. Angler, die ihre Köder von der Kaimauer aus in den Fluss werfen, lassen vermuten, dass sich auch größere Beute in den Fluten tummelt.

Der Flusskarte nach ist *Mantoche* nur ein kleines Dorf. Es ist entsprechend ruhig. Bei dem Toilettenhäuschen, das ganz nah an der Bucht steht, muss der Latscharieplatz für die Jugend des Ortes sein. Man trifft sich dort und hängt herum, labert und verabredet sich, raucht heimlich, knutsch heimlich.

Es gibt ein Restaurant im Dorfzentrum. Das ist nur einen Steinwurf vom Hafen entfernt. Dort, sowie in der Metzgerei, kann man Jetons für die Wasserzapfstelle kaufen.

Wir beschließen, essen zu gehen. Leider kann man nur zwei Menus anbieten. Das eine ist irgendwas mit „Heißer Wurst", das andere ist was mit „Truthahn".

„Truthahn mag ich nicht, also versuche ich die heiße Wurst", sagt Herbert, und Gerd und ich schließen uns seiner Bestellung an. Kaum haben wir ein erstes Bier getrunken, schiebt der Wirt unsere drei Menüs zum Selberholen auf die Theke. Es dampft gewaltig an die niedrige Decke und riecht verdächtig nach Kohl. Wir sehen glasige Kartoffeln auf dem Teller und eine grüne Masse Stampfkohl. Die Wurst glänzt verdächtig nach Fett und sie schreit förmlich nach einem Schnaps als Verdauungshilfe. Wir vermuten als Idee hinter dem Ganzen: Was an Qualität fehlt, wird durch Masse ausgeglichen, und an Schnaps verdient der Wirt erheblich mehr als am Essen. Kein Wunder, denn wir kippen jeder vorsorglich gleich zwei davon. Nach einem Bummel durch das Dorf gelangen wir bald darauf an den Kai zu unserem Boot. Das andere Großschiff, das bei unserer Ankunft noch am Kai gelegen hatte, ist weg. Es grummelt verdächtig in unseren Därmen.

Abends spielen wir Buchstaben-Scrabble und lassen die Ruhe und Stille unsere Trommelfelle pflegen.

Bevor wir zu Bett gehen, packe ich mein Bettzeug und ziehe in die kleine Koje im Niedergang um. Ich tausche mit Gerd, der sein Bett bei Herbert in der geräumigen Bugkajüte baut. Warum jetzt auch das? Ich hatte die beiden letzten Nächte nicht gut geschlafen. Die Bullerwärme in der Doppelkajüte bei Herbert hielt mich trotz Schlaftrunks recht lange wach und ich wälzte mich nur hin und her, ohne die Schlafkurve zu erwischen.

Übrigens pumpen wir immer noch an unserem WC herum; ein Stachel des Missfallens.

19.05.2003, Montag

„Pit ist etwas erkältet."
    So steht es im Bord-Tagebuch.
    Aber er hat gut geschlafen.
    Der Morgen ist sehr idyllisch. Die „Saône" fließt glitzernd und ruhig dahin.
    Nach der morgendlichen Katzenwäsche gehen wir gemeinsam in die Epicerie und kaufen frisches Brot, Gemüse und Salate und Wein und Wasser. In der Metzgerei bekommen wir Sülze, Presskopf, Schnitzel.

Hut ab vor *Mantoche*. Dieses Kaff zeigt sich besser versorgt als *Ray-sur-Saône*. Sehr freundliche Leute bedienen uns.

In der Epicerie erfahren wir von der Verkäuferin, dass heute am Montag der angekündigte Streik stattfinden wird und dass auch die Bediensteten der Schifffahrtsämter und der Wasserwirtschaftsbehörden nicht arbeiten werden. Die Schleusen bleiben geschlossen bzw. nicht bedient.

Zuerst aber tischen wir zum Frühstück auf. Von Kaffee über Butter bis zur Wurst und zum Käse stellen wir die Tischplatte voll und lassen uns so riiiichtig Zeit. Mit unserem Salon haben wir die herausragende Plattform, um Himmel und Wald, Wasser und Wetter zu beobachten. Seitdem der Wind nachgelassen hat, sind die Temperaturen, außer noch früh morgens, T-Shirt-gerecht. Meistens versteckt sich die Sonne zwar hinter einer dünnen Wolkendecke, manchmal spritzt ein Regenguss unser weißes Bootsdeck nass, aber es ist nicht eklig und nicht wüst und nicht unangenehm. So wie es ist, ist es gut.

Gestern Abend, während einer unserer Scrabble-Runden, hatte noch ein anderes Boot nach uns am Kai festgemacht, welches, ebenfalls aus *Gray* herkommend, flussabwärts unterwegs ist. Die Besatzung ist deutsch. Wir unterhalten uns kurz mit ihnen über Weg und Plan. Sie müssen die Letzten gewesen sein, die gestern Abend die Schleuse von *Gray* noch passieren konnten, denn nach ihnen ist seither kein anderes Boot mehr vorbeigekommen. Auf jeden Fall wollen sie heute noch weiterfahren und weiterkommen. Von einem Streik wüssten sie nichts. Ihr Zeitplan würde eine uneingeplante Zwangspause auch schlecht verkraften, denn sie hätten ein ziemlich straffes Abwicklungsprogramm.

Bald nach dem Gespräch werfen die Leute ihre Leinen an Bord und rauschen mit ihrem Super-Tanker von dannen.

Sally und wir bleiben vorerst ganz gelassen.

Zwar stellen wir fest, dass kein weiteres Boot, ob flussab- oder aufwärts, vorbeikommt, aber der Super-Tanker von vorhin kommt auch nicht zurück. Wie ist das nun mit den automatischen Schleusen? Werden sie bedient oder überwacht? Sind sie mittels Fernsteuerung blockiert oder funktionieren sie trotz Streik? Woher wissen, wenn nicht probieren?

Zwei Stunden später jedenfalls machen wir *Sally* reisefertig und drehen in den Strom.

Das Wetter ist gut. Immer noch bedeckter Himmel, aber trocken. Das Licht ist halt nicht so optimal zum Fotografieren oder Filmen, dafür ist es unser Wetter.

Fast unmittelbar nach *Mantoche* wird der Schiffsverkehr über eine der „Dérivations" geleitet, eine Flussbegradigung. Schon beim Einbiegen in den Kanalabschnitt sehen wir, dass am weit entfernten Ende, vor der obligatorischen Schleuse, ein Boot am Pollersteg festgemacht ist. Gerd erkennt sofort ohne Fernglas, dass es sich um den Super-Tanker handelt, der uns vor zwei Stunden im Hafen verlassen hat. Ich erkenne es nicht mal mit Fernglas, aber ein Boot liegt dort vor Anker, und wir nutzen eine Ausbuchtung des Kanals, um direkt zu wenden und nach *Mantoche* zurück zu fahren.

Eine halbe Stunde später liegen wir wieder dort, wo wir losgefahren waren, und wir bereiten uns auf eine „Überwinterung" vor.

Ein kleiner Imbiss noch, dann sind wir fertig für eine genauere Erkundigung des Ortes.

Bereits beim Wassertanken gestern war uns ein Pappschild aufgefallen: „Kunstausstellung"!

„Also erst mal seh'n, was ‚Quelle' hat."

An der Seitenmauer des Schlosses von *Mantoche* entlang kommen wir in die Dorfmitte. Dort ist an einer Laterne wieder ein Pappschild mit einem Pfeil angebracht, der uns die Richtung zu einem Fachwerkhaus weist. Kaum sind wir nur in die Nähe des Hauses gekommen, tritt ein freundlicher Herr aus der Tür und bittet uns, seine Kunstgalerie zu bestaunen.

Der Herr heißt Mr. Lazzarotti. Durch einen engen Treppenaufgang führt er uns, wortreich und freundlich, in die Gemächer im ersten Stock. Die Wände sind mit Zeichnungen, Radierungen und Ölschinken vollgehängt, alle aus eigener Produktion des „Künstlers."

Sich wiederholende Motive von der Bogenbrücke von *Gray*, Kitschiges aus der Ecke „Naive Kunst", versuchte Verbrechen in Anlehnung an Größen wie Picasso oder Dali.

Eigentlich dilettantisch das gesamte Gemenge, aber zum einen in der liebenswürdigen Präsentation voller Überzeugung, zum anderen in der überbordenden Schaffensvielfalt, fand ich die ganze Chose gar nicht so übel. Hier zeigte ein Mann sein Lebenswerk und war stolz darauf. Gerd unterhielt sich angeregt mit Mr. Lazzarotti und zeigte sich sehr interessiert. Herbert war wegen der schlechten

Luft in den Räumen längst ins Freie geflüchtet, als ich dem Meister ein kleines zehn x zehn – Bild für zehn Euro abkaufe; die Bogenbrücke von *Gray* als Aquarell.

Herbert guckt mich schräg an, sagt jedoch nicht, warum, aber ich denke, dass es mit dem Kauf des Bildes zusammenhängen muss.

Rund um das Dorf. Wir spazieren entlang alter Gehöfte mit modernen Landwirtschaftsmaschinen; vorbei an nach außen abgeschotteten Bungalows mit schwersteisernen Torgittern; durch Gassen mit vernachlässigten, aber reizvollen Häusern und Scheunen; in Winkeln mit viel Aufwand, aber schlecht beratenem Stil renovierten „Altbauten".

Wie viel Zeit braucht man, um um ein Dort herum zu gehen?

Zufällig kommen wir wieder an dem Restaurant mit den zwei Gerichten vorbei.
Hurra!!
Heute gibt es wieder zwei Gerichte.
Leider die gleichen wie gestern.
Von der Telefonzelle vis-à-vis rufen wir meinen Sohn an, der zu Hause auf meine Katze „Lisa" aufpassen soll. Alles im grünen Bereich, sagt er.

Wieder an Bord.
Nirgends eine Menschenseele außer uns. Ruhe und Stille um uns herum.
Während Herbert Nudeln mit einer Kreation „Sauce Surprise" kocht, haben Gerd und ich es uns mit den Gitarren auf Deck bequem gemacht. Wir spielen zwei Eigenkompositionen: *„Don't spit into my beer"*, wobei es im Text darum geht, dass ein Mann den Weg seiner Überzeugung gehen muss und sich nicht dreinreden lässt, und *„Coffee and Cigarettes"*, worin ein Ritual nach dem Aufstehen beschrieben wird. Herbert wirft aus der Kombüse lautstark die Texte dazu, bis er uns mit seiner rauchigen Stimme zum Essen ruft. Wir haben uns angewöhnt, dass im Kalender solche Sternstunden als „Zufall und Beifall in der Küche" vermerkt werden. Und dann vergnügen wir uns an dampfenden Nudeln, dass die Fenster beschlagen, und wir tunken Sauce mit Weißbrot, und wir knacken grüne Salatblätter wie Muscheln, und wir trinken einen Rosé davor, dazu und danach. Wir fühlen uns wie Götter, und da wir in Frankreich sind, fällt es uns umso leichter.

Bevor wir zur Nacht unter Deck gehen, beobachten wir, wie ein Schwarzmilan im Sturzflug einen Fisch aus dem Fluss zieht. Wahnsinn.

20.05.2003, Dienstag

Wetter: stark bewölkt, frisch.

Wir sind früh auf den Beinen und schon kurz nach acht Uhr morgens sitzen wir bei unserem Frühstück. Kaffee weckt unsere Lebensgeister. Bis auf das Geschnatter einer Horde bettelnder Enten neben dem Boot herrscht absolute Ruhe.

Um acht Uhr fünfundvierzig haben wir die Leinen eingeholt und sind bereit zur Abfahrt. Das Bootsdeck ist patschnass und ich wische erst mal mit einem Lappen unsere *Sally* trocken.

Nach zehn Minuten gemächlicher Fahrt kommen wir an der Stelle vorüber, wo wir gestern gewendet hatten als wir sahen, dass die Schleuse nicht arbeitet. Von weitem schon können wir sehen, mögen es noch gute zwei Kilometer bis zur Schleuse sein, dass sich dort einiges tut. Ich hole das Fernglas und berichte Herbert und Gerd, was ich beobachte. Zunächst kann ich zwei Boote ausmachen, die vor der Schleusenkammer rangieren. Dann schiebt sich noch ein drittes dazu, welches ich als den „Super-Tanker" von gestern erkenne.

„Mach mal langsam, Gerd", rate ich ihm, der am Steuer steht, „da vorne drängeln sie sich zu dritt in die Schleuse."

Gerd lässt gerade so viel Gas stehen, dass wir eben noch vorwärts kommen. Ein Boot ohne Antrieb ist bekanntlich nicht steuerbar.

Tatsächlich quetschen sich alle drei Schiffe in die Schleuse; es wird geschoben und bugsiert, gezogen und gedrückt, gerufen und gestikuliert – bis das große Tor sich schließt und das Schauspiel beendet ist.

Durch unsere Schleichfahrt kommen wir justement dann an die Schleuse, als sie für die nächste Talschleusung öffnet. Gerd fährt praktisch ohne Aufenthalt hinein und abwärts geht's. Bequemer kann man es nicht haben. Gutes Timing.

Wir bleiben bei langsamer Fahrt. So weit das Auge reicht ist vor und hinter uns kein anderes Boot zu sehen. Müssen es eilig haben, die anderen. Wir sind allein auf Gottes weiter Flur. Der Himmel ist nicht mehr so dunkelgrau bewölkt, sondern hellgrau. Ich richte meine alte Video-Kamera her und steige an Deck, um ein paar Eindrücke von Fluss und Landschaft zu filmen. Vor uns liegt ein langer Abschnitt, auf dem wir hauptsächlich durch bewaldetes Gebiet kommen werden. Auf der Karte ist für die nächsten zehn Kilometer weder ein Dorf noch eine Brücke eingezeichnet.

Schön, dass der Dieselmotor von *Sally* so leise ist. Ich sitze auf dem breiten Laufsteg und lausche dem sanften Plätschern der Bugwelle, verfolge mit den Augen, wie sie sich in einem weichen Bogen, immer flacher werdend, unter den Bäumen am Ufer verliert.

Es ist für mich nicht so wichtig, irgendwohin zu kommen. Ich denke, dass es einfach der Fluss ist. Der Fluss ist das Ziel.

Und wie er uns aufnimmt: Er zeigt sich in seiner ganzen Pracht. Er lädt uns ein, auf ihm zu wohnen und zu leben. Er ist gutmütig und überfordert uns in keinster Weise. Er lässt uns an sich teilhaben. Er schenkt uns seine Ruhe und sein Vertrauen und ich bin sicher, dass auch er unser Vertrauen in ihn spürt. Es gibt keinen anderen Ort, an dem ich mich im Moment wohler fühlen könnte. Meine Freunde sind da und Gerd steuert unser Boot so gelassen und behutsam, dass ich überzeugt bin, dass auch sie dem Fluss Dank und Respekt entgegenbringen.

Die Ufer sind so dicht bewaldet, dass kein Blick bis ins Unterholz dringen kann. Gelegentlich passieren wir Reiher, die, auf hervorstehenden Ästen sitzend, wie Polizisten die Einhaltung der Flussgesetze überwachen. Hin und wieder steuern Schwanenpaare unser Boot an; sie wollen Weißbrot.

Herbert schreibt ins Tagebuch: ‚Pit filmt die Gegend – Wasserreiher. Einfahrt in die nächste Schleuse, und er vergisst fast, das Schiff an der Schleuse festzumachen. Er ist ganz weit weg im Wunderland oder wo auch immer. Die Spargelsuppe läuft über am Stufenkai in *Pontailler*. Zwölf Uhr dreißig. Ja, so ist unser Pit - er ist nun endlich im Urlaub.'

Ich begrüße *Pontailler-sur-Saône* mit einer übergelaufenen Suppe.

Und das mir. Ausgerechnet bei dem, was ich am besten kann, nämlich Suppe kochen, läuft mir diese über den Topf und auf den Herd – so eine Sauerei. Dabei war es gaaaanz bestimmt nicht meine Schuld. Es war der hohe Wellengang, die sturmgepeitschte See, der Orkan ...

Auch das mit der Schleuse: ich war irgendwie einfach mit dem Kopf nicht bei der Sache. Gerd war wie immer perfekt in die Schleuse geschippert. Ich war ausgestiegen und hatte die Betätigungsstange bedient und stand dann zuschauend auf der Schleusenmauer ohne auch nur eine Faser eines Taues in den Händen zu halten. Erst als mir Herbert zurief, wachte ich aus meinen Träumen auf und konnte dann gerade noch verhindern, dass *Sally* gegen das vordere Schleusentor knallte.

Bald danach hatten wir an *Heuilley sur Saône* vorbei *Pontailler-sur-Saône* erreicht.

Pontailler bietet zwei Anlegestellen an. Die eine ist ein Stufenkai direkt nach der Autobrücke, die andere ist ein gebührenpflichtiger Hafen, den man durch einen Stichkanal anfahren muss. Wir entscheiden uns für den Stufenkai, denn wir sind von den engen Häfen nicht so sehr begeistert.

Weil Mittagszeit ist, verspreche ich den Herren eine Spargelsuppe. Naja, weiteres siehe oben.

Nach einem geringer ausgefallenen Mahl legen wir uns ein Stündchen aufs Ohr.

Der Stufenkai ist okay. Zwar dringen die Fahrgeräusche der Autos von der Brücke nach hierher, aber es stört uns nicht. Über mehrere flache Stufen steigt die Kai-Anlage bis zu einer schwach befahrenen Seitenstraße. Jenseits der Straße, beim Eingang zu einem kleinen Park, stehen ein Toilettenhäuschen, eine Telefonzelle, Müllcontainer. Wir sind fürs Erste das einzige Boot.

Unbedingt will ich nach *Vonges* spazieren. Von der Landkarte her verspricht es ein malerisch idyllisches Dorf zu sein. Ringförmig angelegte Kanäle, Brücken, alte Winkel, halt was für die Kamera, fürs Auge, fürs Gemüt. Ich stelle mir was vor wie „Klein Amsterdam". Herbert, Gerd und ich trotten, nachdem wir zuerst durch *Pontailler* flaniert sind, zwei Kilometer an der Landstraße entlang. Ausgerechnet jetzt brüllt die Sonne mit aller Lautstärke vom Himmel. Puuh, ist das schweißtreibend. LKW an LKW braust vorüber, und zu sehen bekommen wir, als wir schließlich in *Vonges* angekommen sind, eine Pulverfabrik. Eingang, Durchgang verboten. Einige wenige zivile Häuser.

Ach schau, dort ist ein Restaurant. Wir stehen davor. Es ist für Nichtraucher, es ist geschlossen. Nix mit Idylle, nix mit „Klein Amsterdam", viel ist mit müden Beinen, viel ist mit Durst. Vorwärts Leute, wir gehen zurück. Erschöpft und abgekämpft retten wir uns in *Pontailler* in ein Café und lassen es dort zischen.

Vier Kilometer in praller Sonne auf harter, staubiger Straße gelatscht für nix. Dafür ist französisches Bier gut.

Beim Wirt erkundigen wir uns nach einem Supermarkt. Klasse, er liegt auf der anderen Seite des Dorfes, aber es sind keine zwei Kilometer mehr, sondern nur noch einer. Schwer mit den Schätzen zwar nicht des Orients, aber des Supermarktes beladen, kehren wir zu unserer *Sally* zurück.

Vor dem Essen sitzen wir drei für eine Weile gemütlich an Deck und betrachten den Fluss, der wohl immer ein Fluss war, ist und sein wird, aber der doch ein Leben hat: Er kommt, bleibt und geht. Ganz interessant sind die Enten zu beobachten bei ihren Paarungsspielen.

Herbert kocht Bratkartoffeln und leckere Grillwürste, und nichts läuft über. Herbert kann das halt. Als Koch in einem Pflegeheim darf er schon so einiges können, und er mault nicht darüber, dass er auch bei uns auf dem Schiff die meiste Küchenarbeit verrichtet. Er macht das freiwillig. Zudem ist das „Klar-Schiff-Machen" nach dem Essen immer Gemeinschaftsarbeit.

Wir rufen von der Telefonzelle Horst an, einen unserer Freunde, mit dem wir vor zwei Jahren zusammen eine fünftägige Wanderung in den Alpen unternommen hatten. Wir laden ihn zu einem Kurzbesuch zu uns ein, und tatsächlich kann er sich bereits morgen für einen oder zwei Tage von seinem Job loseisen. Wir verabreden uns nach *Auxonne*, der nächsten Stadt mit Anlegemöglichkeit. Er will mit dem Auto von *Weil am Rhein* kommen. Gerd beschwört ihn, vorher bei seiner Mutter vorbeizufahren und seine Angelrute mitzubringen, die er vergessen hatte einzupacken. Wir freuen uns.

Die schöne Abendstunde lädt uns zu einem Spaziergang am Ufer ein. Über eine Brücke stoßen wir auf den gebührenpflichtigen Hafen. Ungefähr vierzig – fünfzig Schiffe liegen auf engstem Raum in einem Baggerloch, welches mit Wasser gefüllt ist. Dicht an dicht, man möchte sagen ‚Stoßstange an Stoßstange', liegen die Boote beieinander wie Nudeln in einem Nudeltopf. Oh nein, hier würde es mir nicht gefallen. Man kann ja überhaupt nicht über den Rand des Loches hinweg sehen. Die Leute hocken auf den Decks ihrer Schiffe beim Essen und Trinken, gucken sich gegenseitig in die Teller, hören die Gespräche der anderen oder deren Musik. Durchweg sind es dicke, ausladende Boote, Kaventsmänner, Super-Tanker, Schlachtschiffe. Wir würden mit unserer kleinen *Sally* auffallen mitten unter ihnen, weil sie so klein ist gegen sie.

An den geparkten Autos prangen überwiegend deutsche oder Schweizer Nummernschilder.

Ohne festes Ziel, schlendern wir auf einem ehemaligen Treidelpfad dahin, unterhalten uns über Buddha, sprechen über das Alter.

Junge Leute stehen wartend vor der Telefonzelle am Stufenkai, als wir zu *Sally* zurückkehren. Kennt man hier noch keine Handys? Ach so, das Problem mit dem Netz.

Ein zweites Hausboot hat ein Stück hinter unserer *Sally* festgemacht. Fünf Senioren, alles Herren so um die siebzig – achtzig Jahre, bilden die Besatzung. Köstlich zu sehen, wie man ohne Altersgrenze, je nach Temperament und natürlich auch nach Gesundheit, Freude und Abenteuer erleben kann.

Ein weiteres Schiff legt noch für die Nacht an. Es ist ein schlankes, englisches Flussboot, aus dem eine Frau und ein Mann steigen. Wir kommen über das Betrachten des schönen Kahnes mit den Leuten ins Gespräch. Es sind Briten. Seit zehn Jahren verbringen sie je sechs Monate zu Hause, sechs Monate auf dem Boot. Sie waren damit bereits über alle Flüsse und Kanäle Europas gereist, bis nach Polen. Das Boot sieht ein bisschen aus wie ein schwimmender Balkon, denn vor allen Fenstern und auf dem Dach und am Heck hängen und stehen Blumenkästen mit blühenden Geranien. Einfach toll. Wir sind ganz begeistert.

Bei einem Glas Wein lassen wir den Abend zur Neige gehen. Gegen dreiundzwanzig Uhr gehen wir zu Bett. Es regnet.

21.05.2003, Mittwoch

Um sieben Uhr dreißig Sonne.
  Um acht Uhr dunkel.
  Wir gehen noch mal einkaufen.
  Frühstück: Frisches Baguette, Käse, Salami, Honig, Butter, Radieschen.
  Abfahrt nach *Auxonne* um zehn Uhr fünfzehn.
  So steht es im Tagebuch.

Nur durch ein kurzes Stück bewaldeter Strecke in der Höhe der Pulverfabrik von *Vonges* unterbrochen, fahren wir nun auf einem weit überschaubaren Flussabschnitt. Ungehindert schweifen unsere Blicke zu entfernt liegenden Ortschaften. Maisfelder, Grasweiden, Rapsfelder, Sonnenblumenfelder, dazwischen blühende Haine von Schlehdorn und Kartoffelrosen. Kühe und Kälber, Schafe und Lämmer, Pferde und Fohlen sind unsere Zuschauer.

Gerd nutzt die ruhige Bootsfahrt zu einem seiner geheimnisvollen Telefonate. Er führt eindeutig was im Schilde, das geht aus seinem gesamten Verhalten hervor. Ich denke, er wird schon wissen, was er tut. Herbert ist da weniger gelassen. Ihn stört die Heimlichtuerei, aber noch schweigt er.

Lamarche sur Saône bleibt zu unserer Rechten hinter uns, wie auch *Poncey lès Athée*.

Obwohl wir ganz gemütlich dahin tuckern, sehen wir schon kurz nach Mittag die Silhouette von *Auxonne*. Gerd übernimmt das Steuer und ich die Navigation an den diversen Bojen und Wasserzeichen vorbei.

Eine Bogenbrücke überspannt die „Saône" vor uns. Linker Hand vor der Brücke ist ein Anlegeplatz. Drei Wohnblocks überragen den Fluss im Hintergrund. Zunächst gefällt mir diese Aussicht nicht so prächtig. Es soll jedoch noch einen zweiten Platz nach der Brücke geben. Ich bitte Gerd, unter der Brücke durchzufahren. Unmittelbar danach befinden wir uns an einem Stufenkai unter mächtigen Ahornbäumen. Dieses Bild passt eher in meine Vorstellungen, woraufhin Gerd beidreht und butterweich an die Mauer steuert.

Auxonne ist eine mittelalterliche Stadt. Imposant sind die gewaltigen Befestigungsanlagen, an denen über mehrere Jahrhunderte lang gebaut wurde. Sehenswert ist die Altstadt mit den Fachwerkhäusern und der Kirche „Notre Dame" aus dem 13.-15. Jahrhundert.

Auxonne ist auch eine Garnisonsstadt, in der es mehrere Kasernenkomplexe gibt. Der spätere Kaiser Napoleon Bonaparte kam als achtzehnjähriger Leutnant in die Stadt und studierte für drei Jahre das Kriegshandwerk. Heute ist ein nach ihm benanntes Museum mit persönlichen Gegenständen N.B.'s in der Stadt zu besichtigen. Vor dem Rathaus steht eine Statue Bonapartes.

Wir unternehmen zuerst nur einen kurzen Rundgang durch die Gassen. Als wir zu *Sally* zurückkommen, ist der Stufenkai belagert mit Jugendlichen, Familien und Anglern. Es geht recht lebhaft und laut zu. Nach raschem Überlegen drehen wir unseren Kahn von dem Stufenkai ab und fahren die zweihundert Meter retour zu dem ersten Anlegeplatz mit der Wohnblock-Aussicht. Wir wählen eine Stelle, von der wir zum einen ohne Probleme wieder ablegen können und an der zum anderen höchstens noch ein anderes Boot anlegen kann, nämlich am äußeren Ende der Anlegestege.

Es sind schwimmende Stege, sehr stabil, von oder zu denen man jeweils über eine Gangway gelangt. Ach, so übel ist es gar nicht. Der Rasen um das Areal ist gepflegt, Müllkübel sind vorhanden, ein Toilettenhäuschen ist nicht weit und eine Wassertankstelle erkenne ich an der Festungsmauer. Allerdings: Zu dem Wasserhahn scheint es mir etwas weit zu sein. Wir werden sehen. Gut finde ich dafür die Beleuchtung und dass die Anlage abseits des Straßenverkehrs liegt.

Es ist sechzehn Uhr, ich hantiere gerade in der Kombüse, als mich jemand durch das Fenster breit angrinst. Horst ist da.

Die Begrüßung ist herzlich und wir alle freuen uns. Ihm gefällt unsere *Sally*.

Er hat in der Nähe sein Auto geparkt und gemeinsam schleppen wir zum Boot, was er mitgebracht hat. Darunter ist eine Flasche Champagner, mit der wir gleich einmal Begrüßung feiern. Dabei hat er aber auch Gerds Angelrute, und eine viertel Stunde später sitzen wir an Deck und Gerd füttert glücklich die Fische.

Eine deutsche Familie, die zum ersten Mal auf einem Hausboot Ferien macht und in unserer Nachbarschaft angelegt hat, schaut uns zu. Gerd bastelt für den Jungen der Familie, der etwa zehn Jahre alt ist, aus dem Schrubberstiel und Angelschnur eine eigene Angel. Stolz zieht er davon und wirft unermüdlich seine Brotköder ins Wasser.

Heute ist Gerds große Kochstunde gekommen, wie es sich Herbert vor Beginn der Reise gewünscht hat. Woher Gerd das Rezept hat, will er partout nicht verraten, aber in der Kombüse duftet es sehr stark nach Wein. Gut möglich, dass es eine Eigenkreation ist. Als er endlich mit Dampf beschlagener Brille und Schweiß durchtränktem T-Shirt serviert, beinhaltet das Menü Vorspeise, Hauptgang und Dessert in einem. Es gibt mit Camembert gefüllte Champignons aus dem Backofen, gedämpfte Schalotten in Weißweinsauce und, wie nicht anders zu erwarten, die unvermeidlichen Salzkartoffeln. Dazu trinken wir Weißwein, und bald sind nicht nur unsere Brillen beschlagen, sondern auch die Fenster unseres Schiffes.

Wir erzählen von unseren Erlebnissen auf dem Fluss und Horst berichtet von seinem Job als Inhaber einer Erotik-Bar, die er erst seit ein paar Wochen besitzt. Hat ihn viel Geld gekostet, wie er angibt. Ich gebe zu, dass das nicht unbedingt mein Fall wäre, tun mir hauptsächlich die Frauen leid, denen man die Würde nimmt und sie ausbeutet. Horst merkt auch ziemlich rasch, dass er allein auf weiter Flur steht, denn Gerd und Herbert schließen sich meiner Meinung an, und bald nehmen seine Erzählungen ein verschämtes Ende.

Dann ziehen wir los in die Stadt. Wir bummeln durch die alten Gassen, besichtigen die Kirche „Notre Dame". Die West-Fassade der altehrwürdigen Gemäuer ist total marode und wird zurzeit mit viel technischem Aufwand restauriert.

Wir begrüßen Bonapartes Denkmal auf dem Rathausplatz.

Um das gesamte Stadtbild in seiner mittelalterlichen Pracht zu erhalten, sind gewiss Unsummen von Geld notwendig. Wer soll dass alles bezahlen? Jetzt, im Augenblick, hat es gerade noch seinen charmanten Reiz. In wenigen Jahren allerdings wird man die Trottoirs sperren müssen, um die Passanten vor herabstürzendem Stuck zu schützen. Viele Stockwerke von sehr vielen Häuserzeilen stehen bereits jetzt leer. Schade, schade um so viel eigentlich erhaltenswertes Kulturgut.

Als es Abend wird, landen wir in einem Café. Es hat Billard-Tische und Tischfußballgeräte, und nach einem Pastis spielen wir die ersten Partien gegeneinander. Im Fernsehen wird irgendein Spiel einer französischen Mannschaft übertragen. Es kümmert uns nicht.

Horst findet dagegen die Bedienung ganz anziehend, weswegen er uns, damit wir ja recht lange bleiben mögen, ein Bier nach dem anderen bestellt. Er schafft es auch, mit der Mademoiselle ins Gespräch zu kommen. Letztlich, und aus diesem Grund, sind wir die letzten Gäste, die spät in der Nacht das Lokal verlassen. Jetzt haben wir aber ein Bett nötig.

Gerd findet unterwegs zum Boot noch ein Geschäft, in dem man lebende Würmer zum Angeln kaufen kann. Natürlich nicht jetzt, aber morgen, bzw. heute.

Wir gehen schnurstracks unter Deck. Nur Gerd glaubt, dass diese Nacht noch für einen dicken Fisch gut wäre.

22.05.2003, Donnerstag

Es hat die ganze Nacht geregnet.

Als ich morgens um acht aufstehe, hat es aber aufgehört. Der Himmel ist bewölkt.

Gerd liegt noch in der Koje. Er umarmt einen Eimer. Hat er es doch noch geschafft, einen Fisch zu fangen, denke ich, und hat ihn sicherheitshalber mit ins Bett genommen. Verrückter Kerl.

Herbert denkt das gleiche, als er zu mir in die Kombüse kommt, um beim Zubereiten des Frühstücks zu helfen.

Wir klappern ein wenig mit Geschirr und Besteck bis Gerd aus der Koje blinzelt.

„Hallo, guten Morgen Gerd, der Fisch ist bestimmt weiblich, den du dort in dem Eimer hast."

„Ich versteh' immer nur Fisch. Es hat mir heut' Nacht ins Bett geregnet."

Oh je. Ich hatte in meiner Kajüte das Klappfenster offen. Regenwasser muss entlang einer Leiste gedrungen und dann in Gerds Koje getropft sein. Der Eimer ist viertel voll.

„Nicht so schlimm. Wenn ich mal schlaf, dann schlaf ich", meint Gerd vergnügt. „Wo steckt eigentlich Horst?"

„Na hier", zeige ich mit dem Daumen über die Schulter. „Er hat auf der Sitzbank geschlafen."

Verschlafen winkt Horst aus seinem Schlafsack. „Moinmoin", brummelt er.

Nach dem Frühstück, es gibt Speckeier, Tomaten und Butterbrot, richte ich mich ein zum Wassertanken. Gerd hängt schon wieder am Telefon. Als er mit dem Gespräch fertig ist, will er während des Tankvorgangs in die Stadt, um Würmer zu kaufen. „Wer kommt mit?"

„Ich bleib' da, um das Boot zu betanken", melde ich mich ab. Die anderen drei verschwinden.

Weil alle anderen Boote schon weg sind, reicht es, wenn ich *Sally* von Hand und mit dem Tau den schwimmenden Steg entlang ziehe. Selbst als wir am äußeren Ende des Stegs angelangt sind, ist es immer noch eine enorme Strecke bis zum Wasserhahn. Ich lege den Schlauch aus und - jawohl - es fehlen noch zwei

Meter. *Sally* also nochmals ein Stück weiter. Diesmal müsste es reichen, wenn auch das Boot schon zur Hälfte über den Steg hinausragt. Jetzt kriege ich den verflixten Tankverschluss auf der rechten Seite nicht auf.

Eine viertel Stunde würge ich an dem Schraubverschluss herum, aber kein Werkzeug will fassen. Müssen wir halt den Tankverschluss auf der linken Seite benutzen. Den kriege ich zwar auf, aber jetzt reicht der Schlauch nicht mehr hin. Ja Blitz und Donner, ist das ein Murks.

Ich muss das ganze Boot herumdrehen. Prima geht das mit den Leinen. *Sally* lässt sich ja so leicht bewegen. Dann reicht auch endlich der Schlauch bis zum Einfüllstutzen.

Wasser marsch - ach wie niedlich, es tröpfelt so zaghaft vor sich hin.

Weil es ein Wasserhahn mit Absperrmechanismus ist, stehe ich eine halbe Stunde dort und drücke minütlich auf das Ventil. Geduld wird aber belohnt und unser Tank wird gefüllt. Gerd, Herbert und Horst sind auch wieder da, also können wir starten. Es ist dreizehn Uhr fünfzehn und es nieselt ganz eklig.

Nach der Durchfahrt der Schleuse von *Auxonne* habe ich das Gefühl, dass die „Saône" an Breite deutlich zugenommen hat. Etwa nach einer Stunde Fahrt hört der Nieselregen auf und am Horizont erscheint ein lichter Streifen. Die Sicht wird gut und Gerd und ich trocknen das Deck mit dem Wischlappen. In der Flussebene liegen Dörfer verstreut. *Mailly, Laperrière sur Saône*. Die landwirtschaftlichen Flächen verändern sich, oder vielleicht der Stil der Bearbeitung. Es sieht gewerbsmäßiger aus, ökonomischer. Die Maschinen der Bauern sind größer, effizienter.

In Höhe von *St. Symphorien-sur-Saône* zweigt nach links der Rhein-Rhone-Kanal ab. Wir könnten also bis nach *Basel* fahren, wollen wir aber nicht, denn unser Ziel ist *St. Jean-de-Losne*.

Durch das Zusammentreffen des Rhein-Rhone-Kanals und des Burgunder-Kanals mit der „Saône" hat *St. Jean-de-Losne* eine überregionale Bedeutung für die Fluss- und Kanalschifffahrt in Frankreich. Alljährlich findet im Juni hier ein traditionelles Fest der Binnenschiffer statt, eine Wallfahrt. Mit nur sechsunddreißig ha Grundfläche ist die Gemeinde flächenmäßig eine der kleinsten in Frankreich, wovon zwanzig ha außerdem auf Wasserfläche entfallen. Von der ehemaligen Festung ist heute nichts mehr zu sehen. Das älteste Gebäude in der Stadt ist die Kirche, die im fünfzehnten und siebzehnten Jahrhundert neu aufgebaut wurde, nachdem sie im vierzehnten Jahrhundert abgebrannt war. König Ludwig XIV. soll das Rathaus im Jahre 1650 als Sommeraufenthalt genutzt haben.

Wieder haben wir die Wahl, wo wir anlegen möchten oder können. Auf die Brücke zusteuernd, liegt am rechten Ufer ein breit ausladender Stufenkai. Oberhalb davon verläuft die sogenannte Flaniermeile von *St. Jean-de-Losne*. Allerdings scheint das Anlegen am Stufenkai den Fahrgastschiffen vorbehalten zu sein und es ist uns auch etwas zu exponiert. So dermaßen auf dem Präsentierteller wollen wir nicht gleich sein.

Unter der Brücke durch und kurz danach befinden sich gleichfalls rechts zum einen die Einfahrt zum gebührenpflichtigen, großen Hafenbecken, zum anderen die Einfahrt in den Burgunder-Kanal. Schnell entschlossen steuern wir in die Aufnahmeschleuse des Burgunder- Kanals.

Gerd ist unsicher. Es gibt keine Signalisation, ob man in die Schleuse überhaupt einfahren darf oder nicht, aber weil das Tor offen steht befinden wir uns plötzlich unversehens mittendrin. Was machen wir jetzt?

Die Schleuse ist bedrückend. Die Mauern beiderseits sind bestimmt sechs Meter hoch. Sollen wir rückwärts wieder rausfahren?

Ich hangle mich zu einer Schleusenleiter und klettere hoch. Dort steht ein Schleusenwärterhaus und als ich laut „Hallo" rufe, kommt sofort ein Mann im Overall heraus. Dem brauche ich gar nicht zu erklären, was wir wollen, er fängt ohne zu zögern mit dem Schleusungsvorgang an.

Er geht zuerst an das von uns aus gesehen hintere rechte Schleusenende und schließt mittels einer Zahnstange und einiger körperlicher Kraft das rechte Schleusentor. Dann geht er über eine niedrige Treppe auf die kleine Brücke, die den Schleuseneingang überspannt, überquert so die Schleuse. Jetzt ist er links hinten und schließt, wieder mit Zahnstange und seiner Muskelkraft, das linke Tor. So. Danach geht er am Rand der Schleusenkammer entlang nach von uns aus gesehen links vorne und öffnet dort mit einer Kurbel den linken Schieber am Schleusentor. Wasser beginnt in die Kammer zu strömen. Er geht zurück zu der erwähnten Brücke, gelangt über diese wieder auf die rechte Seite der Schleusenkammer, geht nach vorne zum rechten Schleusentor und kurbelt dort den Schieber auf. Noch mehr Wasser stürzt nun in die Schleuse und langsam hebt sich *Sally* mit steigendem Wasserspiegel.

Schneller als erwartet ist der Wasserspiegel mit dem Niveau des Burgunder-Kanals ausgeglichen. Wieder wird der Wärter tätig. Zahnstange, Kraft: das rechte Schleusentor öffnet sich. Weg zurück, zur Brücke, andere Seite, Weg nach vorne, Zahnstange, Kraft: Der Weg ist frei. Also wenn das nicht ein Bakschisch wert ist.

Bei fünfzig – sechzig Schleusungen am Tag, zum Beispiel in der Hochsaison, muss der Mann abends völlig geschafft sein, aber auch ein redliches Zubrot verdient haben.

So wie wir aus dem dunklen Schacht der Schleuse langsam ans Licht emporgehoben werden, fängt auch immer mehr die Sonne an zu scheinen. Die Wolken reißen auf und blauer Himmel breitet sich aus. Von einer Minute auf die andere wird es warm und wärmer und im Nu haben wir die Pullover aus- und die T-Shirts angezogen. Gerd selbstverständlich turnt mit nacktem Oberkörper auf dem Schiff herum.

Nominell befinden wir uns jetzt zwar schon auf dem Burgunder-Kanal, aber direkt nach der Schleuse ist dieser zu einem großzügigen Hafenbecken ausgebaut, etwa hundert Meter breit und ein Kilometer lang. Hier sind Werften angesiedelt und kleinere Industriebetriebe, Bootszimmerer, Lackierer usw.

An den Kais liegen die tollsten Kähne. Von alten, rostigen und abgetakelten Pénischen bis hin zum Luxus-Hotel-Fluss-Kreuzfahrtschiff mit Swimmingpool, Disco und Bediensteten in weißer Livrée. Auch an privaten Hausbooten und Jachten aller Couleur fahren wir vorbei, aber das ist es eben: Wir fahren vorbei, weil nirgendwo ein freier Anlegeplatz ist.

Auf der Detailkarte von *St. Jean-de-Losne* ist unmittelbar nach diesem Hafenbecken eine Straßenbrücke eingezeichnet, hinter der das Festmachen erlaubt ist. Wir längen also das Hafenbecken ab, unter der Brücke durch, wo der eigentliche Kanal beginnt, und sehen gleich rechts an grünem Ufer neben einem Treidelweg eine schöne Stelle. Es macht uns nichts aus, dass vor oder hinter uns noch Boote liegen. Herbert parkt ein wie mit einem Auto.

Gerd und ich binden *Sally* an unseren Eisen fest, legen die Planke vom Schiff ans Ufer, und besser konnten wir es gar nicht finden. Wir sind im Grünen.

Hinter uns sind zwei Boote als Dauer-Wohnsitz verankert; vor uns liegen zwei unbewohnte, reparaturbedürftige Kähne an der Leine.

Schon sitzen Gerd und Horst an Deck, Utensilien und Würmer und Angelruten parat, ein Glas Rotwein neben sich und werfen bald die ersten Köder den Fischen vor. Dass es Fische hat, steht zweifelsfrei fest, denn manchmal können wir einen silbernen Rücken vorbeischwimmen sehen. Herbert und ich gesellen uns zu ihnen, und zum ersten Mal seit unserem Aufbruch vor einer Woche können wir wohligwarme Sonnenstrahlen genießen, können uns der Länge nach auf dem Vorderdeck ausstrecken und Löcher in die Luft gucken.

Unsere „SALLY" im Canal-de-Bourgogne 23.5.03

Ich schnappe mir die Fotokamera und schlendere die wenigen Meter bis zur Autobrücke zurück. Von dort hat man einen grandiosen Blick über die Hafenanlage und die vertäuten Schiffe. Ich gehe auf der anderen Seite des Kanals ein Stück den Treidelpfad entlang und schieße ein paar prächtige Fotos von unserer *Sally* im Sonnenschein. Gerd telefoniert wieder. Also echt.

Das Boot, das direkt vor uns liegt, steht zum Verkauf. Holla, Pit, schleich dich doch mal dahin und schau dir die Sache ein bisschen genauer an.

Es ist ein Hausboot mit ähnlichen Decksaufbauten, wie sie *Sally* hat und auch eine ähnliche Rumpfform, das heißt: Der Bug ist hochgezogen und das Heck abgerundet. Der Steuerstand in der Mitte ist leicht erhöht, hinten sind die Kombüse und der Salon, vorne sind die Kajüten. Der Laufsteg an Bord ist mindestens genauso breit wie bei *Sally* und eine durchgehende, hohe Reling verläuft ringsum. Insgesamt ist das Boot etwas größer, wuchtiger, länger, breiter als *Sally*, und es ist mit dreiundzwanzigtausend Euro angeschrieben. Meine Anfrage bei der Firma *„Locaboat"*, welche die Pénischetten herstellt, ob es die Möglichkeit gäbe, eines ihre Boote gebraucht oder im Teilausbau privat zu erwerben, ergab eine Preisauskunft für eine „Occassions-Pénischette 1130" von dreiundfünfzigtausend Euro. Nun gut, das wäre dann aber ein Boot ab Werk.

In diesem speziell vor mir liegenden Falle kann man von „ab Werk" leider nicht mehr sprechen, eher von „ab in die Werkstatt". Aber es schwimmt und liegt gerade und voll im Wasser. Das ehemals weiße Deck ist grau, fast schwarz. Silikonfugen und -dichtungen sind lose oder brüchig. Die Reling teilweise verbogen. Wie es im Innern aussieht, kann ich von außen natürlich nicht sehen. Dennoch gerate ich ins Träumen, bin ich handwerklich ja nicht ganz unbegabt. Auf dem Hausboot, das hinter uns am Ufer liegt, wird schließlich auch geschliffen, gespachtelt, gestrichen und lackiert. Und so sehe ich mich bereits mit Schleifmaschine an freien Tagen auf den Decks rumrutschen, um den Dreck und alte Farben zu beseitigen, sehe mich mit Silikonspritzen an den Fugen sitzen, mit Pinsel und Farbspritze neuen Glanz auf die Oberflächen bringen, mit Eimer und Putzlappen die Innenräume putzen, mit Säge und Hobel nach eigenen Plänen ausbauen, die Elektrik kontrollieren und den Motor überprüfen, mit einem Kran den Kahn aus dem Wasser heben, Rumpf, Ruderblatt und Schiffsschraube bearbeiten, einen neuen Namen an den Bug schreiben, ein Wochenendschiffchen für mich …

Ich weiß nicht, wie lange ich da stehe und einfach nur träume. Sind es nur Sekunden oder sind es Minuten?

Irgendwann danach bin ich wieder auf der *Sally* zurück. Die beiden Angler haben noch nichts gefangen.

Komm Gerd, wir gehen mal zu der Beiz bei der Brücke und erkundigen uns, was es zu essen gibt.

Weil Herbert und Horst ein Nickerchen machen möchten, gehen Gerd und ich alleine. Zu mehr als einem Pastis und einem Pression, einem gezapften Bier, kommen wir aber nicht.

Horst hat uns für den Abend zum Essen eingeladen. So gegen halb acht wandeln wir los, am Hafen vorbei Richtung Flaniermeile beim Stufenkai. Wir suchen nicht lang herum und lassen uns schnell in einem kleinen Restaurant in der Nähe der „Saône" nieder. Herbert bestellt für sich Steak und Gemüse und eine Platte Pommes für alle, Gerd und ich nehmen jeweils Coq au vin. Horst ordert ein Fischgericht. Als Aufmacher serviert uns der Wirt eine Schale mit kleinen, frittierten Fischchen, die man mit den Fingern und mit „Haut und Haaren" im Ganzen verschlingt. Göttlich.

Wir speisen fürstlich und lassen uns bei der Auswahl des Weines vom Wirt beraten.

Nach Beendigung der Tafel sprechen wir ihm und seinem Maître de cuisine unser Lob aus, woraufhin er uns seinen Koch persönlich vorstellt. Es ist seine Frau, eine zierliche Thailänderin. Bravo.

Herbert und ich sind müde und kaputt. Gerd meint, dass das die Zeit ist, in der er für gewöhnlich erst richtig wach wird. Es ist dreiundzwanzig Uhr, er will noch in die Stadt. Horst erklärt sich bereit, ihn zu begleiten. Unsere Wege trennen uns für diese Nacht dort, wo der Burgunder-Kanal in die „Saône" mündet.

Als wir zu *Sally* heimkehren, sehe ich, dass es bei den Angelruten ein Gewirr gegeben hat. Ebenso plätschert und spritzt es im Wasser. Siehe da, ein Fisch hat während unserer Abwesenheit angebissen. Ich ziehe ihn hoch, bekomme aber den Haken nicht aus seinem Maul. Das muss Gerd machen, wenn er heimkommt. Ich versenke den Fisch samt Haken in einem gefüllten Eimer und von Stund an weiß ich nichts mehr.

23.05.2003, Freitag

Wann Gerd und Horst, die beiden Nachtschwärmer, heute Nacht an Bord gekommen sind, haben wir nicht mitgekriegt. Zu tief und fest waren Herberts und mein Schlaf. Nach meinem ersten Rundgang auf dem Laufsteg sehe ich in dem Eimer aber noch zwei weitere Fische schwimmen, welche uns bestimmt niemand geschenkt hat. Gerd muss sie noch geangelt haben.

Es ist acht Uhr. Der Himmel ist bleiern und es verspricht ein schöner Tag zu werden.

Ach, ist es herrlich, sich draußen auf Deck zu recken und zu strecken, zu gähnen und sich zu dehnen.

Herbert und ich frühstücken gemütlich und gehen anschließend am Burgunder-Kanal ein bisschen spazieren. Bis jetzt haben wir auf dem Kanal erst ein Hausboot gezählt, das an uns vorbei- und mit unbekanntem Ziel weitergefahren ist. Ich glaube jedoch nicht, dass es zur Hochsaison von Juni bis August ähnlich ruhig bleibt.

Meistens, wenn Herbert und ich alleine unterwegs sind, nutzt Herbert die Gelegenheit für ein Gespräch unter vier Augen. So auch jetzt, wo er förmlich darauf zu warten scheint, dass ich ihm die entscheidende Frage stelle.

„Ab heute Nachmittag fahren wir wieder zurück, Herbert. Freust du dich drauf?"

„Was heißt freuen? Ich weiß ja, dass Ferien nicht endlos dauern können."

„Ich meine, dass du wieder nach Hause kommst, zu Noemi und vielleicht auch zu Fiona?"

„Fiona?", stellt er sich dumm.

„Ach stell dich doch nicht dumm, Alter, Da läuft doch was mit ihr, oder?"

Herbert schluckt. „Weißt du noch, was wir vor einem dreiviertel Jahr für ein Gespräch hatten? Erfüllung der Sehnsucht, und so weiter?"

„Klaro. Solche Edelsteine vergisst man nicht."

„Fiona arbeitet seit Januar als Ärztin im Pflegeheim in Basel, wo ich auch arbeite."

„Ja toll, Mensch, da …"

„Wenn meine Scheidung von Pia geregelt ist, suchen wir uns eine gemeinsame Wohnung."

„Ach was …"

„In Basel."

„Dass ihr schon so weit …"

„Es ist genau das eingetroffen, wovon ich immer geträumt hatte, aber nicht mehr daran glauben wollte."

„Also das, worüber wir damals gesprochen …"

„Und stell dir vor, Fiona ergeht es ganz genauso wie mir."

„Das ist ja fant …"

„Wir lieben uns, Pit."

„Gratuliere, Herbert, und …"

„Es ist die ganz große Liebe."

„Wie …"

„Die Liebe unseres Lebens, Pit."

„Ja verflixt …"

„Kein Wort vorerst davon zu Gerd, Pit."

„Kann ich …"

„Der kann manchmal so zynisch sein. Das vertrag ich nicht immer."

„Darf ich jetzt vielleicht auch mal was sagen?"

„Aber du redest doch die ganze Zeit."

„Jetzt bin ich aber sprachlos. Danke, Herbert."

Am Ufer stehen vereinzelte, hochstängelige Pflanzen mit kleinen, gelben Blüten. Herbert meint, dass es Johanniskraut sei. An Bord haben wir ein Kräuterbestimmungsbuch, können die gesehene Pflanze nach unserer Rückkehr nicht einordnen. Johanniskraut ist es nicht.

Heute haben wir Zeit. Wir haben nichts vor und planen nichts. Wir wissen nur, dass Horst morgen früh wieder in seiner Bar anwesend sein muss. Und wir wissen nicht, welche Eier uns Gerd ins Nest legen wird, denn er hat mal wieder den Hörer am Ohr.

Aber danach scheint auch er zu relaxen. Wir treffen ihn bereits wieder bei seiner Lieblingsbeschäftigung an, dem Angeln. Neptun, oder wie auch immer der Gott der Fischer heißen mag, muss ihm wohlgesonnen sein, denn er zieht einen Fisch nach dem anderen aus dem Kanal. Vielleicht ist dieses Anglerglück ein wenig zweifelhaft verteilt: Mir wäre ein richtiger Brocken erheblich lieber als die mittlerweile zehn Minis, welche da im Eimer japsen. Ich meine damit, dass ich es rechtfertigen könnte, einen „rechten" Fisch zu töten um ihn essen zu können, als zehnmal zu töten und kaum was in der Pfanne zu finden.

Sei's drum, wir haben eine feine Zeit. Die Sonne steigt am Firmament höher und höher und es wird sogar heiß.

Ich kann es nicht mehr mit ansehen. Die Fische im Eimer tun mir leid, weil sie leiden. Sie schnappen „nach Luft" sozusagen. Ich bitte Gerd, sie zu befreien.

Wir schütten den Eimer vorsichtig in den Kanal aus und beobachten, wie sich die Winzlinge nach und nach erholen und, der eine mehr, der andere weniger benommen, in ihre gewohnten Gefilde zurücktaumeln.

Nachmittags verfahre ich so, wie es mir bisher am besten gelang: Ich wende unsere *Sally* nur mit Muskelkraft und Seilzug vom Ufer aus. Immer wieder bin ich erstaunt, wie leicht das geht. Wir fahren zurück. *St. Jean-de-Losne* ist unsere südlichste Position, zumindest was dieses Jahr betrifft.

Durch den Hafen und durch die Schleuse …„and the same procedure as yesterday, James" … wieder hinaus auf die „Saône". Natürlich bekommt der Schleusenwärter wieder einen Obolus.

Danke, danke, dass wir in Fahrt sind. Wir haben sämtliche Fenster, Luken und Türen aufgerissen, um den Fahrtwind durch Kajüten und Kojen blasen zu lassen. Die Temperaturen in der prallen Sonne sind grandios. Erstmals geben wir der *Sally* ordentlich Zunder und wir haben Spaß daran, dass sie auch flott dahin brummen kann, wenn sie auch nie ein Rennboot sein wird. *Sally* bleibt trotzdem gutmütig. Sie denkt: Zehn km/h sind genug.

Weil wir so „wahnsinnig schnell" unterwegs sind, kommen wir auch angemessen bald wieder in *Auxonne* an, wo Horst sein Auto stehen hat. Der gleiche Liegeplatz wie gestern ist frei. Nix wie hin.

Zügig verladen wir Horsts Gepäck in das geparkte Auto. Ob wir nicht mit dem Wagen ein paar Runden durch die Stadt fahren wollen? Suchen wir uns ein nettes Restaurant oder gondeln wir einfach so herum? Na, warum nicht? Also „rin in det Auto, die Türe zujeklappt".

Zuerst fahren wir kreuz und quer durch die Innenstadt. Planlos, ziellos.

Der Hunger ist's, der unsere Wege lenkt, weswegen wir abends bei einem Restaurant halten, wo wir einen Sitzplatz im Freien neben der vielbefahrenen Straße belegen. Alle essen wir das Gleiche, obwohl jeder etwas anderes bestellt hat. Letztendlich hat jeder ein Schweinesteak auf dem Teller mit austauschbaren Beilagen. Was soll's? Nicht so schlimm. Es hat gemundet.

Wir vertreiben uns die Zeit bis nachts um zwölf mit einem Besuch in einer Bar. Sehr laute Musik. Dann muss Horst wirklich los. Er düst mit seinem Auto Richtung *Weil am Rhein*, und Gerd, Herbert und ich dösen nicht viel später erschöpft und müde an Bord in den nächsten Tag.

24.05.2003, Samstag

Obwohl es gestern Abend spät geworden war, sind wir um acht Uhr auf den Beinen.
    Gottseidank haben wir das Problem mit dem Toilettenwasser seit zwei-drei Tagen im Griff. Wir pumpen einfach so lange, bis die Pumpenstange glüht und absolut kein Tropfen Flüssigkeit mehr in der Schüssel ist. Es funktioniert.
    Auf den Tisch mit den guten Sachen zum Frühstück. Heute fällt es mal wieder etwas üppiger aus. Herbert hat mit Quark und Sahne und Kräutern einen Frischkäse bereitet. Dazu nehmen wir Radieschen und Tomaten, Salami, Schinken, Butter, Marmelade und Weißbrot. Kaffee wie immer selbstverständlich. Herbert brüht sich einen Tee.

Herbert entschließt sich, heute zum Coiffeur zu gehen. Wir zotteln leger in die Altstadt und finden relativ schnell ein Coiffeurgeschäft. Er erkundigt sich nach der Wartezeit, wird aber sofort bedient. Ich biete an, als Dolmetscher zu fungieren, aber Herbert verständigt sich auch ohne mich ganz prima mit der Coiffeuse und zeigt ihr, was er will. Es dauert vielleicht eine dreiviertel Stunde, dann erscheint er im neuen Look. Er hat sich sogar ein paar Strähnchen verpassen lassen. Gut gemacht, Mädels.
    Proviant. Immer wichtig an Bord. Wir bunkern noch ein paar Vorräte und legen gegen elf Uhr in *Auxonne* ab.

Es wird schwül-heiß. Wir fahren so viel „Cabrio" wie möglich. Also auch die Dachluke auf, die man über Schienen nach hinten schieben kann. Das ist besonders für den Steuermann und den Smutje gleich eine Erleichterung.

Gerd sitzt auf dem Dach der Kombüse und telefoniert wild gestikulierend. Herbert und ich schütteln darüber den Kopf.

Die „Saône" gleißt im extremen Sonnenlicht. Wir pflügen hindurch wie durch geschmolzenes Glas. Der Aufenthalt an Deck bringt die meiste Abkühlung, nur können nicht alle drei gleichzeitig dort sein. Wir wechseln uns häufig und regelmäßig ab und sind bald alle drei gleichwertige und geübte Manöverfahrer, was das Anlanden oder das Schleusen angeht. Wir nennen uns jetzt schon nicht mehr „Anfänger", sondern „alte Hasen" oder „erfahrene Skipper". Ja was aber auch. `S ist nun mal so.

Lamarche-sur-Saône hat uns bei der Talfahrt schon interessiert. Das Dorfbild lädt uns zu einer Besichtigung ein, jetzt, da wir uns auf der Bergfahrt, der Rückfahrt befinden. Aber wo anlegen? Alle Stege, an denen wir vorbeifahren, sind privat. Die Ufer auf unserer rechten Seite sind sehr unterschiedlich. Es ist überhaupt nicht zu erkennen, wo man ungefährdet hinfahren, geschweige denn anlanden könnte. Zu viele Bruchsteine aus der Uferbefestigung liegen am Rande. Und schon sind wir an dem Dorf vorbei.

An backbord, in einer Flussschleife, thront hoch über dem Ufer ein Haus. Es hat einen Anlegesteg am Ufer. Gerd will wissen, um was es sich dabei handelt und steuert *Sally* näher an die linke Flussseite. Wegen der Wassertiefe brauchen wir uns wohl keine Sorgen zu machen, denn es ist eine Auswaschungskurve des Flusses, was heißen will, dass dort, wo die Hauptmasse des Wassers am schnellsten fließt, es auch am tiefsten ist.

Hurra, es ist ein Restaurant. Eine Pause ist uns gerade willkommen, und wir haben ab heute jede Menge Zeit.

Schnell reagieren ist eins, gut an den Steg fahren ein Zweites. Wir sind ein hervorragend eingespieltes Team geworden. Ich schätze die Präzision von Gerds Steuerkünsten sehr, denn es erleichtert mir und Herbert als den Männern an den Tauen die Arbeit ungemein; mit Ruder und Schraube stellt Gerd mir das Schiff jedes Mal so hin, dass ich nur noch einen Knoten zu legen brauche, um das Boot zu sichern. Da gibt es kein Ziehen, kein Reißen, kein Rufen und kein Schreien. Es ist einfach perfekt. Mittlerweile finden meine Knoten auch unter Gerds kritischen Augen Gnade.

Wir betreten ein Restaurant der gehobenen Klasse, wohinein unser Piratenoutfit nicht so recht passen will. Schon ernten wir manch schräge Blicke einiger Gäste und des Personals. Immerhin hat man von der Aussichtsterrasse unser Manöver verfolgen können, weswegen wir vorher schnell ein bisschen Hand an unsere Klamotten und unser Aussehen gelegt haben: Sauberes T-Shirt, Kamm durch die Haare, aber wohl doch nicht mit dem gewünschten Erfolg. Wir erhalten, vielleicht gerade deswegen, einen bevorzugten Tisch ganz vorne über dem Fluss mit Aussicht über den geschwungenen Flusslauf und auf *Sally*, die malerisch zum Gesamtbild passt. Wahrscheinlich will man so unsere Gunst erkaufen und damit verhindern, dass wir hier ein Massaker anrichten.

Es muss ein Feiertag sein, denn es ist für zwei Gesellschaften gedeckt, die nicht lange nach uns eintreffen.

Ich frage, ob ich meine Video-Akkus aufladen darf. Kein Problem.

Gerd wählt ein Menü mit Lachs und Kartoffeln, Herbert ein schlichtes Omelette-aux-herbes mit Champignons, während ich mich mit einem „Hasen" begnüge.

Es schmeckt „delicieux".

Nach dem Essen vertreten wir uns die Beine auf einem Spaziergang in das Dorf *Lamarche-sur-Saône*. In den Randlagen der Ortschaft ist bestimmt eine Menge Geld verbaut worden. Moderne, kostspielige Bungalows reihen sich aneinander. Je weiter wir Richtung Dorfkern wandern, desto traditioneller und authentischer werden die Häuser. Im Zentrum des Ortes finden wir natürlich die Kirche und den Kirchplatz. Ganz besonders niedlich finde ich das öffentliche Pissoir zwischen Kirche und Wirtschaft gelegen, und ich benutze es augenblicklich.

Immer wieder fasziniert bin ich von den Fußböden der Kirchen im Elsass oder, wo wir jetzt sind, in Burgund. Seit Errichtung der Gotteshäuser wurde offenbar nie an eine Erneuerung der Böden gedacht. Generationen von Besuchern und Gläubigen haben über Jahrhunderte hinweg die steinernen Platten ausgetreten, ausgelatscht, abgeschlurft, sodass sich tiefe Furchen gebildet haben. Zeugnis dafür, dass sämtliche Streitereien zwischen den Franken und den Alemannen rein politischer Natur gewesen sein müssen, denn an denselben Gott haben beide geglaubt. Unvorstellbar das Szenarium, in der Kirche um den Sieg der eigenen oder um die Niederlage der anderen Nation zu Kriegszeiten gebetet zu haben. Und doch war es, gerade in dieser Region, millionenfach so.

Die Kirche von *Lamarche-sur-Saône* hat einen sehr schönen Kreuzgang. Ölgemälde zeigen den Leidensweg von Jesus Christus, sehr deutlich und sehr stimmungsvoll nach. Allein die Rahmen um die Großgemälde sind der Beachtung wert. Aber jedes Einzelne der Gemälde ist beschädigt. Die Leinwand ist gerissen und ausgefranst, bei dem einen Bild mehr, bei dem anderen weniger, aber unbetroffen ist keines. Hier vergammeln Schätze, die vielleicht nicht eines „Klassikers" würdig sind, aber die dennoch mit einer Klasse gemalt wurden, deren man heute nicht mehr fähig wäre. Keine Fragen, bitte. Die Antwort bleibe ich mir selbst schuldig.

Herbert ist fertig, fix und fertig.
Das Essen, der Spaziergang in der prallen Sonne, die Müdigkeit, ... wir schleppen uns mit letzter Kraft zu unserem Boot zurück.

Ich hole die Akkus aus dem Restaurant, und dann fahren wir sofort weiter nach *Pontailler-sur-Saône*, wo wir übernachten wollen.
Es ist eine Fahrt fast ohne Genuss, weil wir wirklich alle drei sehr abgespannt sind.
Die Dinge, die wir tun müssen, wie Steuern oder Beobachten, spulen wir ab wie routinierte Flussfahrer. Kein Auge für die Ufer, kein Blick für die Natur um uns. Wir haben nur eine Sehnsucht: *Pontailler-sur-Saône*, Anlegen, Ruhe und Schluss für heute.
Es ist sechzehn Uhr, als wir *Pontailler* erreichen.
Wir versorgen uns mit „kalter Küche", zwingen uns noch zu einem Spaziergang, versuchen uns vorsichtig optimistisch an einem Buchstaben-Scrabble, aber es kommt keine positive Stimmung mehr auf. Selbst, als ich meine Gitarre aus dem Koffer auspacke und versuche einige Akkorde zu spielen, ist unsere Stimmung einfach nur müde, müde, müde.
Dann „Gute Nacht".

25.05.2003, Sonntag

Ein Nachtsturm hat unsere *Sally*, die frisch geputzt war, in einen schmutzigen Pott verwandelt. Blätter von den benachbarten Platanen liegen nass und modrig über das ganze Deck verstreut. Es hat geregnet. Morgens um halb acht ist der Himmel bewölkt.

Wir besorgen uns zuerst frisches Brot, das bedeutet „Schlange stehen" vor der einzigen Bäckerei. Alle Leute sind aber gut gelaunt und extrem freundlich. Nur Gerd wirkt eigentümlich reserviert.

Wir frühstücken heute vielleicht etwas behutsamer als sonst, vielleicht etwas bewusster. Das Zählen der Tage hat plötzlich begonnen. Wir sind unweigerlich auf dem Rückweg.

Obwohl Herbert das Treppensteigen innerhalb des Bootes arge Mühe bereitet, hält er ohne zu klagen durch. Rückenschmerzen und Gelenkschmerzen hindern ihn an den freien Bewegungen an Bord doch mehr als vorhersehbar war.

Um den Kirchplatz und in der Mehrzweckhalle von *Pontailler* findet diesen Sonntag ein Künstlermarkt statt. Profis und Amateure stellen ihre Werke zur Besichtigung sowie zum Kauf aus. Während Gerd an Bord bleiben will, schlendern Herbert und ich gemütlich zwischen den Marktständen hindurch. Herbert ersteht einen Spiegel in Delphin-Form und ein Thermometer.

Ob wir frische Forellen fürs Abendessen mitnehmen wollen?

Nein, wir wildern und freveln selber.

„Wo bleibt ihr denn so lange?", fragt Gerd ungeduldig, sonst die Ausgeglichenheit in Person.

„Hoppla, sind wir auf der Flucht?", fragt Herbert leichthin, ohne zu ahnen, dass wir genau das in wenigen Stunden sein werden.

„Nein", wiegelt Gerd ab, „aber es wird langsam Zeit."

„Zeit wofür?", werde ich langsam argwöhnisch. „Läuft da irgendwas, das wir wissen sollten?"

„Später, Pit, später."

Schon um elf Uhr sind wir wieder auf dem Fluss und fahren nach Norden. Gerd steht am Steuerrad und beäugt angespannt das rechte Ufer, als würde er etwas suchen. Also mir ist das nicht mehr geheuer.

Eine gute Stunde später erspähen seine Augen an Steuerbord eine Anlegestelle für Kies-Schiffe. Der Flusskarte nach ist das *Port St.-Pierre*. Gerd steigt voll in die Bremse und ran an die Mauer.

„So, da wären wir." Gerd schaut dabei auf seine Armbanduhr. „Etwas zu früh, aber das macht nichts. Warten wir halt."

„Aha", stelle ich fest, „also da wären wir. Toller Ort. Gibt es hier was Interessantes zu sehen außer dieser Kiesladerampe? Sehenswürdigkeiten irgendwo? Oder wann gedenkst du uns endlich aufzuklären? Meinst du, ich hätte nicht bemerkt, dass du, wenn du dich unbeobachtet gefühlt hast, konspirative Telefongespräche geführt hast? Was hast du vor? Was geht hier vor sich?"

Gerd windet sich. „Ich treffe mich hier mit Leuten."

„Du triffst dich hier mit Leuten? Mit was für Leuten denn?"

„Mit Kollegen."

„Also du triffst dich hier mit Kollegen. Was sind das für Leute? Und warum triffst du dich mit denen hier, wo sich Fuchs und Hase gute Nacht sagen?"

„Ja genau", mischt sich nun auch Herbert in das Gespräch ein. „Warum hier und warum überhaupt?"

„Es sind Kollegen von der ‚Weißen Feder' aus Deutschland und Freunde von der französischen Organisation ‚Plume Blanche'. Wir treffen uns, weil hier in der Nähe eine Aktion geplant ist. Heute Nacht. Und man sollte uns nicht zusammen sehen, deswegen hier und nicht in einer Ortschaft."

„Wenn ich dich richtig verstehe, dann hast du mit deinen einheimischen und französischen Komparsen von langer Hand eine Aktion geplant, die hier und heute Nacht über die Bühne gehen soll. Darum deine Telefonate, um euch abzusprechen und so weiter. Nun sind wir also da, und wie soll es jetzt weitergehen?"

„Exakt", nun ist Herbert wieder an der Reihe, „und was für eine Aktion ist das denn?"

Gerd schaut sich um, als ob jemand zuhören könnte, und flüstert dann verschwörerisch: „Es ist eine Befreiungsaktion. Hier in der Nähe ist ein Gänsestopfbetrieb. Wir befreien die Gänse."

Herbert und mir bleibt der Mund offen stehen.

Gerd fährt fort: „Wir treffen uns hier um fünf Uhr nachmittags. Danach, solange es hell ist, erkunden wir das Objekt aus der Ferne. Dann warten wir bis um elf Uhr nachts und schlagen zu. Ein Lastwagen unserer französischen Freunde fährt bis an die Scheune, in der die Gänse sind. Das Scheunentor wird offen sein, das ist bereits organisiert. Dann rein in die Scheune, die Gänse gepackt, auf den Lastwagen mit ihnen und ab damit durch die Mitte."

„Das", sage ich in meiner ersten Überraschung, „ist zumindest schwerer Diebstahl und somit kriminell."

„Manchmal muss man Zeichen setzen", erwidert Gerd. „Die Tiere werden mit Gewalt krank gemacht. Zweimal, manchmal sogar dreimal am Tag, wird den Gänsen ein langes Metallrohr in den Hals gesteckt, und dann wird ihnen unter Druck Maisbrei und Fett in den Magen gepumpt. Dadurch verfettet ihre Leber total. Es ist Tierquälerei unter Duldung des Staates. Das Endprodukt ist die Gänsestopfleber, oder die ‚Foie Gras', wie die Franzosen sagen. Kein Mensch sollte sowas mit Genuss essen."

„Warum hast du uns eigentlich nicht vorher Bescheid gesagt?"

„Na, ich wollte euch ja nicht den ganzen Urlaub verderben."

„Ach ja", motzt Herbert, „und mit dem halben verdorbenen Urlaub kannst du leben?"

„Genau so ist es", grinst Gerd.

Da es gerade kurz vor ein Uhr am Mittag ist und somit bis fünf Uhr noch viel Zeit, beschließt Herbert, uns mit Spaghetti zu verwöhnen.

Während Herbert kocht und Gerd nervös und in gespannter Erwartung auf dem Deck sitzt, schleiche ich mich mit der Fotokamera etwas abseits und entdecke einen stillen, überwachsenen Seitenarm der Saône; eine vollgrüne Höhle, in die nicht ein heiterer Lichtstrahl dringen mag. Ein Ruderboot aus Holz liegt da, halb im Schlamm versunken. Prächtiges Motiv. Ob das funktioniert ohne Blitz?

„Essen ist fertig", schallt Herberts Stimme über die Wildnis. „Kommt und holt es euch, bevor ich es den Fischen zum Fraß vorwerfe."

Diese Aufforderung verlangt keinen weiteren Aufschub. Also klettere ich auf allen Vieren aus dem Gebüsch und kehre zum Boot zurück. Es ist schon sehr anerkennenswert, dass Herbert sich vor Beginn der Reise dazu bereit erklärt hat, der „Smutje" zu sein, tut er ja schon von Berufs wegen nichts anderes als Kochen.

Drum schmecken die Spaghetti auch so, wie sie bei Herbert immer schmecken: einfach gut.

Danach legen wir uns für eine Stunde auf die Ohren.

Als wir wieder fit sind für weitere Unternehmungen, riegeln wir *Sally* ab und machen einen Abstecher über Wiesen und Felder der näheren Umgebung. Mal sehen, ob wir nicht eben mal eine Scheune ausmachen können, aus der Gänse zu hören sind. Herbert hat das Kräuterbüchlein mitgenommen und ich die Fotokamera. So sieht man drei Menschen, scheinbar mutterseelenallein auf weiter Flur, mal mit ausgestreckten Armen zeigend, mal in merkwürdig gebückter Haltung stehend oder schleichend, an den Rändern der Wege und an den Hecken und Hainen.

Über uns spannt sich der unendliche Himmel. In der Ferne liegt, wie zufällig hingestreut, ein Dorf, von dem wir nur die Dächer und den Kirchturm erkennen können. Gerd schnuppert in die Luft wie ein Hund, blickt aufmerksam, fast sehnsüchtig in die Richtung der Häuser. „Dort in der Nähe ist es. Der Ort heißt *Broye*." Drei Glockenschläge von dort verkünden uns die Zeit. Aber welche Zeit? Die aktuelle, moderne, nüchterne? Dass es fünfzehn Uhr ist? Oder die Zeit des Innehaltens, des Aufblickens, des Verbundenseins mit Geschichte und Glauben? Die Zeit einer ländlichen Ordnung? Die Zeit des Bewusstwerdens darüber, wo wir sind? Dass es lebendige Strukturen gibt, in denen ein über das Land hallender Glockenschlag uns näher an die eigenen Wurzeln bringt als sämtliche Bücher oder Bilder? Unwillkürlich erinnere ich mich meiner Kindheit und des Dorfes, wo ich herkomme. Auch dort und damals bestimmte die Kirchturmglocke den Rhythmus allen Seins.

„Was geschieht mit den Gänsen, wenn ihr sie dann befreit habt? Lasst ihr sie laufen?"

Wir lümmeln auf dem Deck herum, rauchen und trinken Bier und warten.

„Das Ganze ist eine konzertierte Aktion", erklärt Gerd. „An mehreren Orten gleichzeitig, nicht nur hier in der Region, werden ähnliche Aktionen stattfinden. Zuerst war geplant, die Gänse in einer Sternfahrt nach Paris zu bringen und mit ihnen, an die dreihundert oder mehr, auf den *Champs-Elysées* zu protestieren. Aber davon ist man wieder abgekommen, weil der Stress für die Gänse zu groß geworden wäre. Zudem würde man alle Beteiligten verhaften und die Gänse wieder an ihre ehemaligen Besitzer zurückgeben, und nichts wäre gewonnen. Jetzt hat man vor, übermorgen direkt vor dem *Elysée-Palast* eine Demonstration zu veranstalten, bei der einige Aktivisten das Stopfen der Gänse als Schauspiel präsentieren. Die Gänse werden an Orte gebracht, wo sie artgerecht leben können. Das wird für die Tiere nicht einfach, denn sie werden praktisch auf kalten Entzug gesetzt. Wohin, das wissen nur wenige. Was euch übrigens noch interessieren dürfte: Die ehemaligen Besitzer werden mit dem Marktwert je Kilo Lebendgewicht finanziell entschädigt. Das habe ich durchgesetzt, als wir uns in der Planungsphase befanden."

„Wenn damit dein Gewissen beruhigt ist", hake ich nach. „Sind Herbert und ich bei der Aktion eigentlich mit von der Partie?"

„Nur als Freiwillige und nur als Beobachter, wenn überhaupt." Gerd öffnet noch ein Bier. „Einer von euch muss jedoch unbedingt beim Boot bleiben."

Dann rollen zwei Autos auf den *Port St.-Pierre* zu und insgesamt steigen acht Männer aus. Ein Blick auf die Uhr: Es ist kurz nach fünf.

Ich weiß nicht, wie ich mir Aktivisten vorgestellt habe. So allerdings nicht. Es sind Leute wie du und ich, weder besonders drahtig oder sportlich, noch in irgendeiner Art verwegen oder verbissen. Ihr Alter ist gemischt, zwischen dreißig und fünfzig Jahre. Man stellt sich gegenseitig vor, nennt jedoch nur die Vornamen: Vier Franzosen und vier Deutsche.

An der direkten Befreiungsaktion sollen, inklusive Gerd, acht Personen teilnehmen. Zwei werden mit den PKW in der Ortschaft *Broye* für die Fluchtmöglichkeit sorgen. Dann wird noch ein LKW mit Fahrer zum Transport der Gänse erwartet.

Nach einem Begrüßungstrunk begeben wir uns auf den Weg zum Objekt. Herbert bleibt zurück am Schiff. Es geht über Feldwege Richtung *Broye*, längst nicht in gerader Richtung. Die Entfernung auf der asphaltierten Straße beträgt ungefähr zwei Kilometer, durch die Felder sind es sicher mehr.

Ungefähr drei- bis vierhundert Meter vor den ersten Häusern bleiben wir stehen. Etwa zur Hälfte der Entfernung liegt eine Scheune. Das soll es sein. Keine Geräusche zum Beispiel von Gänsen aus dieser Richtung.

Ein offenbar ortskundiger Aktivist, Name spielt keine Rolle, stellt sich vor die Gruppe hin: „Der Lastwagen kommt von der Straße dort drüben direkt vor die Scheune gefahren. Es ist ein schmaler Grasweg. Das Scheunentor ist unverschlossen. Gerd, du kommst den gleichen Weg, den wir eben gegangen sind. Wir anderen sind im Lastwagen. Komm´ etwas früher, dann siehst du uns rechtzeitig.

Dann raus aus dem LKW, rein in die Scheune. Gänse unter den Arm und rauf auf den Lastwagen. Es werden um die dreißig Gänse sein. Und dann nix wie weg. Vergesst vorsichtshalber eure Masken nicht. Keiner darf erkannt werden. Noch Fragen?"

„Und wenn was schiefgeht?", frage ich.

„Es wird nichts schiefgehen", sagt er.

Kurz nach zehn Uhr abends.

Gerd und ich machen uns auf den Weg, um Gänse zu befreien. Gerd hat eine Motorradsturmhaube dabei, die, außer den Augen, sein Gesicht verdeckt.

„Ich warte hier auf euch", sagt Herbert. „Mit laufendem Motor."

Das Wetter ist beschissen. Es nieselt leicht, der Himmel ist bedeckt, die Sicht gleich null.

„Ideal", sagt Gerd. „Die Nacht ist unser Freund."

Es ist ein Wunder, dass wir die Scheune überhaupt wiederfinden. Wir sind zu früh dran. Meine Hose ist nass bis zu den Knien, meine Schuhe quietschen. Ich friere. Wir sind jetzt näher an der Scheune als heute Nachmittag, etwa bei vierzig Meter, und hören besser als sehen, wo sie ist. Gänsegeschnatter. Warum schnattern die mitten in der Nacht?

Dort, zwei Scheinwerfer. Sind die verrückt? Die sollen doch das Licht ausschalten. Doch, jetzt machen sie es aus, biegen von der Straße auf den Grasweg ein, machen ordentlich Lärm, fahren bis zur Scheune und wenden sofort, um schnell wegfahren zu können.

Gerd zieht sich die Sturmhaube über den Kopf. Er sieht aus wie ein Bankräuber. Er rennt davon, ich bleibe zurück auf meinem Beobachtungsposten.

Ich erkenne nur Schemen, die sich dort vorne bewegen. Nicht mehr als Schatten. Die Gänse quieken laut wie Schweine. Wie viel Zeit ist vergangen? Fünf Minuten? Zehn? Das scheint ewig zu dauern. Wie lange brauchen die denn für dreißig Gänse?

Plötzlich schneiden zwei andere Scheinwerfer durch die Nacht. Sie kommen vom Dorf her. Ich höre das Aufheulen eines Motors, sehe, wie die Scheinwerfer auf den Grasweg einbiegen. Oh verdammt. Ich rufe und schreie „Achtung, Achtung".

Dann geht es ganz schnell. Die Aktivisten springen auf die Ladefläche des LKW. Die Klappe schließt sich. Der Dieselmotor brüllt los. Die Scheinwerfer gehen an. Der LKW vollführt einen Satz nach vorne, gibt Gas und beschleunigt auf dem Grasweg Richtung Straße, blendet das entgegenkommende Fahrzeug. Wildes Hupen. Die beiden Fahrzeuge passen nicht aneinander vorbei, können nicht aneinander ... Der LKW drängt das andere Fahrzeug brutal vom Weg, fährt stur weiter, erreicht die Straße und rast davon.

Gebrüll von dem Fahrzeug, dessen Scheinwerfer noch brennen und das festzustecken scheint. Im Graben? Im Feld? Der Boden ist weich und tief. Die Scheinwerfer beleuchten die Szene an der Scheune. Das Tor steht weit offen. Mein Gott, dort steht Gerd. Wieso ist er nicht mit auf den LKW gesprungen? Er steht dort und hält eine Gans unterm Arm.

„Gerd", schreie ich, „Gerd, hierher!!"

Gerd rennt los, in meine Richtung, mit der Gans.

„Weg", brüllt er mit sich überschlagender Stimme, „weg, zurück!!"

Ich bleibe stehen, bis er fast bei mir ist. Dann höre ich einen Hund bellen, einmal, zweimal, und dann höre ich jemanden rufen: „Arretez, arretez", eine hohe Stimme, eine Frauenstimme, und dann sehe ich einen hellen Blitz von dort, wo das Fahrzeug stecken muss und höre im gleichen Atemzug das Knallen eines Schusses. Batz! Gleich darauf noch ein Blitz und wieder ein Knall. Batz! Doppellaufschrotflinte, denke ich und weiß nicht, woher der Gedanke kommt. Oh, Scheiße, fürchte ich, das geht nicht gut aus.

Das Hecheln und Japsen eines Hundes kommt näher, ist uns auf den Fersen. Gerd und ich befinden uns auf der Flucht, quer über die Felder. Dann schreit eine schneidende, messerscharfe Stimme: „Hector! Hector!", dann ein greller Pfiff, Kommandopfiff. „Fini! Hector!Fini! Place! Couche!" Das Japsen und Hecheln hört auf. Dann wieder: „Arretez! Arretez!"

Wir bleiben gehetzt stehen. Eine Gestalt mit einer Sturmhaube kommt atemlos näher. „Nehmt mich mit, bitte. Nehmt mich mit." Nanu, verhör ich mich? Eine Frau?

Völlig erschöpft und atemlos erreichen wir unser Boot. Es ist hell erleuchtet und der Motor läuft. Wir rufen: „Herbert, Herbert!" Ich kann meine eigene Stimme nicht hören, so sehr rauscht das Blut in meinen Ohren.

Er steht im Steuerhaus, wir quetschen uns durch die Tür. Die Klamotten mit Dreck verschmiert von unten bis oben. Gerds Gans flattert den Gang zu den

Kajüten hinunter, schlägt mit den Flügeln und vollführt einen Heidenlärm. Federn stieben durch die Luft.

„Weg von hier, Herbert", schnauft Gerd, „schnell weg von hier. Raus in die Mitte des Flusses oder besser, vorwärts auf die andere Seite, irgendwohin, wo es Wald gibt. Lichter aus."

Ich löse in aller Eile die Tampen am Kai, und bald schwimmen wir, nachts um zwölf, auf der ruhigen „Saône".

„Und wer ist das hier?" Herbert zeigt auf die kleine Gestalt, die noch immer eine Sturmmaske über den Kopf gezogen hat.

„Oh, pardon", keucht die kleine Person und zieht die Haube vom Kopf. Eine junge schwarze Frau, deren Augen leuchten wie weiße Kieselsteine. „Ich bin Lorraine, einfach nur Lorraine."

Wir verhalten uns fast wie im Kriege. Wir befinden uns in Feindesland, fahren Schleichfahrt mit *Sally,* ohne jegliche Beleuchtung. Es ist finster wie im Kuharsch.

„Ich geh´ mit der Taschenlampe nach vorne. Wenn wir nichts sehen, ist es zu gefährlich", sage ich und stelle mich an den Bug. Wenn die „Saône" eine Strömung von circa zwei Meter pro Sekunde führt, dann dieseln wir augenblicklich mit zweikommazwanzig vorwärts. Linkerhand schieben sich Bäume an das Ufer. „Schau mal auf der Flusskarte, ob das ein Waldgebiet sein kann", raune ich nach hinten. „Ja, das ist ein Waldstück", kommt es zurück. „Kannst du irgendwas sehen, wo wir festmachen können?"

Ein ins Flussprofil ragender dürrer Baum bringt die Lösung. Ich dirigiere Herbert am Steuer so langsam wie möglich heran, zentimeterweise, schlinge einen Tampen um den Stamm. Probiere, ob wir sicher sind. Wir sind sicher. Motor aus. Kerzenlicht an.

Eine Flasche mit Hochprozentigem macht die Runde. Wir sitzen in der Kombüse zusammen. Die Gans im Tiefgang vor der Toilette hat vielleicht gemerkt, dass es ihr bei uns nicht gleich an den Kragen gehen wird und verhält sich relativ ruhig.

„Du blutest ja", bemerkt Herbert. „Am Ohr. Und hier am Arm auch." Er kramt in der Sitzbank nach Verbandszeug.

Wein steht auf dem Tisch, auch Bier. Sogenannte Adrenalinbremsen.

„Plötzlich fiel Licht in die Scheune", erzählt Gerd. „Ich war gerade auf dem Weg in den hinteren Bereich der Scheune, um die Gans zu holen. Dann hörte ich aufgeregte Rufe, dann den Motor vom LKW, und dann waren alle weg und ich stand da. Die Leute, der LKW, weg."

„Ich nicht", sagt Lorraine keck. „Ich war noch da." Sie lächelt.

„Ja stimmt", gibt Gerd schmunzelnd zurück. „Du warst noch da. Von deiner Existenz habe ich überhaupt nichts gewusst."

„Ich war doch die, die das Scheunentor geöffnet hat. Das hab´ ich gemacht, und dann bin ich geblieben, um mit die Gänse zu befreien."

„Wie ist man überhaupt auf dich gekommen, ich meine wegen des Scheunentors?"

„Ich arbeite in diesem Betrieb", sagt sie. „Ich habe die Gänse gestopft."

„Was? Du? Das ist ja grausam."

„Ja", sagt sie. „Das war grausam. Und mein Patron war auch ein grausamer Mann. Einer von den ‚Plumes Blanches' hatte mich angesprochen und mir eine kleine Kamera gegeben. Damit habe ich die Filme fürs Internet gemacht. Ich glaube, der Patron hat rausgefunden, dass ich dahinterstecke. Ich kann nicht wieder zurück."

„Wie, um alles in der Welt, bist du denn an diesen Job gekommen?"

„Weißt du, wie schwer es ist, in Frankreich eine Arbeit zu finden? Selbst mit Matura muss man nehmen, was man angeboten bekommt. Man kann zwar ein paarmal ablehnen, doch irgendwann muss man einen Nachweis erbringen, dass man arbeitswillig ist, sonst bekommt man keine Stütze mehr. Lange gemacht hätte ich das aber sowieso nicht mehr. Die Tiere taten mir einfach leid. Und der Patron hat mich ständig begrapscht."

„Was willst du jetzt machen?"

„Ich weiß noch nicht. Vielleicht gehe ich zurück nach Lothringen. Meine Mutter wohnt dort und mein Name Lorraine ist von dort. Mein Vater stammt aus Martinique, wie ihr sehen könnt." Sie strahlte über beide Backen. „Auf jeden Fall gehe ich nicht mehr zurück. Aber ich habe noch meine Sachen in einem Zimmer in *Pontailler*. Die muss ich irgendwann holen. Kann ich erst mal ein paar Tage bei euch bleiben?"

„Selbstverständlich kannst du vorerst hier bleiben", beruhigt sie Gerd. „Das mit deinem Zimmer und deinen Kleidern regeln wir später. Apropos Kleider: Du bist total verdreckt. Du kannst Hose und Hemd von mir haben, bis deine Sachen wieder gewaschen und trocken sind. Okay?"

„Ja, das ist lieb", seufzt sie glücklich. „Vielen Dank für eure Hilfe."

„Gerd, hast du dich irgendwo gerissen? Stacheldrahtzaun oder so?" Herbert hält zwei Pflaster bereit.

„Nein, nicht dass ich wüsste", schüttelt Gerd den Kopf, „aber es hat geklungen, als ob jemand auf uns schießen würde. Vielleicht bin ich getroffen worden."

„Schrot vielleicht", meint Herbert. „Dann habt ihr alle aber Glück gehabt."

„Mehr Angst", gesteht Gerd, „hatte ich eigentlich vor dem Hund, gell Pit? Lorraine, wie bist du mit dem denn fertig geworden?"

„Ach, der Hector folgt mir aufs Wort. Ich kenne ihn schon lange. Er ist besser als der Patron."

„Und was soll aus der Gans werden, Herrschaften? Kann mir das einer bitte mal erklären? Also in meine Küche kommt sie nicht." Sagt Herbert mit verschränkten Armen vor der Brust.

„Die Gans nehme ich mit nach Hause", bestimmt Gerd. „Sagt mal, will hier eigentlich keiner ins Bett? Es war immerhin ein aufregender Tag."

„Daran bist du wohl selber schuld", stichelt Herbert.

Die Schlafplätze werden wegen der Gans neu verteilt. Herbert und Gerd schlafen in der Kombüse auf den Bänken und dem tiefgelegten Tisch. Das ist zwar etwas umständlich, weil man jeden Morgen wieder alles in den Küchenmodus rückverwandeln muss, aber zur Not geht's. Hat bei Horst ja auch geklappt. Ich bleibe in meiner Koje, und Lorraine und die Gans belegen bis auf Weiteres die Doppelkajüte unter dem Vorderdeck. Also gute Nacht, Leute und Gans.

26.05.2003, Montag

Hmmm, wie das duftet. Gänsekeule mit Rotkraut und Kartoffelklößen. Mir läuft das Wasser im Mund zusammen. Ich schlage gerade meine Zähne in das Gänsefleisch, und beiße auf eine Schrotkugel. Autsch, mein Zahn. Pfui Teufel ... Und dann erwache ich aus dem Traum.

Ich spähe aus meiner Koje um die Ecke in die Kombüse. Herbert ist bereits aufgestanden und hat schon Kaffeewasser aufgesetzt. Ich stehe auf und verschwinde rasch in die Toilettenkabine.

Als ich mit der Morgenverrichtung durch bin, hat Herbert den Kaffee fertig. „Komm, wir setzen uns aufs Deck."

Wir klettern hinaus, die dampfenden Tassen in Händen. Hui, ist das kühl an Deck. Dunst liegt über dem Wasser. Jetzt sehen wir zum ersten Mal, wo wir heute Nacht gelandet sind. Unsere *Sally* hat sich die Zwangsmaßnahme stoisch gefallen lassen, sie einfach an einem alten Baum anzubinden. Backbords blicken wir in undurchdringliches Gestrüpp, während steuerbords die „Saône" strömt, unerschütterlich in ihrer Ruhe.

Kaffee und Zigaretten, ein jahrelanges Ritual. Es findet sich, was zusammengehört. Es ist schwer, so eingefahrene Rituale zu durchbrechen. Derart ist unser Blues *„Coffee and Cigarettes"* entstanden.

„Heute müssen wir eure dreckigen Kleider waschen. Und die Klamotten von Lorraine gleich mit." Herbert bläst den Zigarettenrauch steil in die Luft.

„Ja", nehme ich den Faden auf, „und das Schiff hat ebenfalls eine Wäsche nötig. Zumindest innen. Wir haben heute Nacht ganz schön viel Dreck mitgebracht. Kein Wunder, bei dem Sauwetter, das es war."

„Was machen wir nun mit den beiden?", fragt er. „ Mit Lorraine und der Gans, meine ich."

Ich lass´ mir mit einem tiefen Schluck Kaffee Zeit: „Nun, Gerd ist der Ansicht, dass er sie mitnehmen will."

„Wie soll das denn funktionieren?", mault er. „Vier Personen und eine Gans, die so sperrig ist wie ein Sack Kartoffeln, in unserem kleinen Fiat? Dazu noch die Gitarren, die Trommel und das ganze Gepäck? Nie im Leben."

„Könntest recht haben. Wie alt ist Lorraine denn? Was schätzt du?"

„Lorraine ist sechsundzwanzig, meine Herren", sagt Lorraine, die unbemerkt von uns aus dem Steuerstand gestiegen war und nun plötzlich hinter uns steht. „Herbert, kannst du mir bitte auch so einen Kaffee zubereiten und vielleicht eine Zigarette mitbringen? Geht das? Du bist lieb, Herbert."

„Herbert ist lieb", erwidert Herbert und nimmt auch meine und seine Tasse in die Kombüse mit.

„Hast du einigermaßen schlafen können nach der Aufregung gestern? Und wie ging es mit der Gans in deiner Kajüte?", frage ich sie.

„Ach ja", meint Lorraine, „es ging besser als gedacht. Es war ja dunkel, und Gänse schlafen sowieso auch in der Nacht. Das Problem ist nur, dass sie auf den Boden gekackt hat."

„Das muss man halt aufwischen. Woher sprichst du so gut Deutsch?"

„In Lothringen, wo ich aufgewachsen bin, sprechen fast alle Deutsch. Meine Mutter natürlich. Mein Vater sprach dagegen nur französisch."

„Sprach? Vergangenheit?", packt mich der Wunderfitz.

„Ja, leider", sagt sie. „Er ist nach Martinique zurück, als ich noch ein Kind war. C' est la vie."

„Ich verstehe. Ach, da kommt schon der Kaffee."

Als Gerd endlich aufwacht, rüsten wir den Kombüsenschlafplatz wieder zu einem Esszimmer um. Gerd verfrachtet die Gans unter deren lauten Protest, derweil der Frühstückstisch gedeckt wird, nach draußen auf den Rundgang und bindet sie mit einem Strick kurzerhand an der Reling fest. Nicht, dass die Gans davonfliegen könnte, denn ihre Flügel sind gestutzt, aber sie könnte uns theoretisch schwimmender Weise übers Wasser entkommen. Aber ehrlich gesagt glaube ich nicht, dass dieser Vogel jemals mehr Wasser gesehen hat als das in einer Vogeltränke.

Bei Brot, Butter, Käse, Schinken und Marmelade beraten wir uns über den Ablauf des heutigen Tages. Unter Zuhilfenahme der Flusskarte steht ziemlich bald fest, dass es heute nur eine kurze Etappe werden soll. *Mantoche* wird unser Tagesziel, weil wir dort die günstigsten Möglichkeiten für Wäsche und Versorgung sehen. „Wie soll unser Schnattertier denn heißen? Ich finde, sie hat ein kräftiges Stimmorgan. Was haltet ihr von *Edith*? Nach *Edith Piaf*. Immerhin ist die Gans Französin."

„Nein, nicht *Edith*", überlegt Herbert. „Aber *Mireille* würde mir gefallen. Die Matthieu, versteht ihr? Auch Französin und Sängerin."

Wir stimmen ab. Drei für *Mireille*. Bonjour, *Mireille*.

„Was frisst so ein Vogel eigentlich, wenn er nicht zur Mast auserkoren ist?"

Gerd behauptet: „Sie fressen, wenn sie die Möglichkeit haben, Wasserpflanzen, aber auch Gras und Sämereien. Sonst begnügen sie sich durchaus mit gekochten Kartoffeln und Brot."

„Also das heißt, Gerd, kein altes Brot mehr für die Fische, sondern für *Mireille*", frotzelt Herbert.

Es ist eine halbe Stunde später, als wir weiterfahren. *Mireille* muss vorerst leider wieder in ihre Kajüte.

Als wir nach gemütlicher Fahrt in *Mantoche* eintreffen, liegt ein langes Hausboot, eine große „Eau Claire" am Kai. Ein junges Paar aus der Schweiz stellt die Besatzung. Sie haben einen quirligen Wuschelhund dabei. Sie sprechen uns an und fragen, ob wir zufällig einen passenden Adapter für die Wasserzapfsäule haben.

Wer fragt, dem wird geholfen.

Die Schweizer erzählen, dass sie eigentlich gar kein so großes Boot haben wollten und auch ein kleineres gebucht hatten, aber wegen einer Verwechslung beim Vermieter wurde ihnen als Ersatz das größere Schiff angeboten. Sie können fast jede Nacht in einer anderen Kabine schlafen, sagen sie.

Wir bummeln durch die Gassen von *Mantoche* und studieren wieder die Speisekarte des einzigen Restaurants. Es hat immer noch die Auswahl zwischen zwei Menüs: Etwas mit Truthahn und etwas mit Wurst. Kommt uns das nicht bekannt vor?

Weil wir das selber können, werden wir uns Bratkartoffeln, Chippolatas und grüne Bohnen selbst kochen.

Wir biegen gerade um die Ecke des Schlossparks, und bleiben abrupt stehen. Die Polizei, beziehungsweise die Gendarmerie, ist auf dem Gelände. Ihr dunkelblauer Kombi steht vorne am Kai. Zwei Uniformierte unterhalten sich gerade mit dem Schweizer Paar von der „Eau Claire." Jetzt haben sie uns samt der Gans beim Wickel, ist mein erster und einziger Gedanke.

Wir sehen, wie sie sich von der „Eau Claire" abwenden und zur *Sally* weitergehen. Einer ruft „Hallo?", klopft an den Rumpf. „Il y a quelqu'un?" Es ist ganz offensichtlich: Die suchen nach uns. Der Patron von der Gänsemästerei muss die Polizei verständigt haben. Logisch, hätten wir auch gemacht.

Wir schlendern gemütlich näher. „Bonjour, messieurs les gendarmes."

Sie fragen uns, aus welcher Richtung wir mit dem Schiff kommen. „Aha, très intéressant", staunt einer der beiden, als wir wahrheitsgemäß „aus dem Süden" sagen. Ob sie mal kurz einen Blick in das Boot werfen dürfen?

Jetzt, denke ich, das ist der Moment der Wahrheit. So ein Mist aber auch.

Herbert steigt an Bord, schiebt die Tür zur Steuerkabine auf und lässt die Gendarmen hinein.

Nach einer Minute klettern sie wieder heraus, fragen, ob wir ein Boot mit einer Gans oder eine dunkelhäutige Frau mit einer Gans oder überhaupt eine Gans gesehen hätten. Und oh, heiliger Bimbam steh mir bei: Am Hosenbein des einen Gendarmen hängt eine Flaumfeder.

Ich will meinen Ohren nicht trauen. Die haben *Mireille* und Lorraine nicht gefunden? Als wir zu unserem Spaziergang aufgebrochen waren, befanden sich beide noch an Bord. Also schütteln wir alle drei aber so was von tüchtig den Kopf, dass die Halswirbel knirschen.

„Nein, tut uns leid, keine Gans gesehen." Ach, wie können wir durch die Bank treudoof aus der Wäsche schauen.

Die Polizisten mustern uns, als würden sie uns nicht so recht trauen. Darum schütteln wir gerade noch einmal die Köpfe und verstecken unsere Hände unschuldig in den Hosentaschen.

Kaum ist die Gendarmerie mit ihrem blauen Kombi verschwunden, taucht seelenruhig an der anderen Ecke des Schlossparks Lorraine auf, die fette Gans *Mireille* wie ein Hündchen an der Leine. Ein Bild für die Götter. „Ich war mit *Mireille* ein wenig spazieren und dabei hat sie auch ein wenig gefressen."

„Komm an meine Brust, Lorraine", ruft Gerd erleichtert und streckt die Arme nach ihr aus. „Du hast uns allen das Leben gerettet."

Während Herbert unser Menü zubereitet, waschen Gerd, Lorraine und ich unsere schmutzigen Kleider im Wasser der „Saône", und wahrscheinlich zum ersten Mal in ihrem Leben kommt *Mireille* mit dem Element Wasser in Berührung. Sie benimmt sich dermaßen ausgelassen und verrückt, dass wir sie kaum bändigen können.

Der Kai füllt sich. Am Abend liegen acht Boote am Kai. Alles Besatzungen aus Deutschland oder aus der Schweiz. Gnade mir Gott: Auf dem riesigen Pott in unserer unmittelbaren Nachbarschaft stolziert ein älterer Herr mit Kapitänsmütze umher. Ist's möglich? Laus' mich der Affe.

Das muss einer aus Deutschland sein - und wie erwartet, so ist es. Zu allem Übel scheint er die Kunst des Handorgelspiels zu beherrschen. Bald schallen deutsche Stimmungslieder von ihrer „MS Deutschland" über den Kai.

„Die haben mir gerade noch gefehlt", stöhnt Herbert. „Deutsche Gemütlichkeitsfuzzies. Gleich zünden sie bestimmt auch ein Lagerfeuer an."

„Ach Jungs", meint Gerd belustigt, „seid tolerant. Das ist halt *ihre* Art, den *Blues* zu spielen. Gönnen wir es ihnen. Wir lassen uns mit unserer Musik ja auch nicht aufhalten."

„*Blues* ist gut", mault Herbert. „Aber sieh mal dort, Gerd. Es sind Frauen mit dabei."

„Tatsächlich." Gerd späht wie ein Indianer hinüber zu dem Schiff. „Ich hab´ zwar keinen akuten Notstand, aber Frauen sind immer gut. Wisst ihr was? Schnappt die Instrumente, und dann gehen wir hinüber und laden sie zum Musizieren ein. Wir spielen ein Stück, dann sie ein Stück. Abwechselnd. Versteht ihr?"

Gesagt, getan. Während sich Lorraine mit *Mireille* auf unserem Deck ein gemütliches Plätzen sucht, machen wir uns mit den Instrumenten bei der benachbarten Crew vorstellig.

Allerdings handelt es sich bei der deutschen Nachbarschaft, wie sich herausstellt, um insgesamt acht Personen: Drei Frauen und fünf Männer, wovon nur zwei als anerkanntes Paar gelten. Die restlichen sind „nur" miteinander befreundet. Mit uns dreien auf elf Leute addiert, haben so viele selbst auf ihrem großzügig bemessenen Deck keinen Platz. Wir schaffen also Tische und Sitzgelegenheiten, dann auch Getränke und Knabbereien, auf den Kai zwischen unsere Boote, und dann geht´s los. Bald grölen wir, unterstützt von kühlem Bier, begeistert die Lieder vom „lustigen Zigeunerleben" und einer gewissen „Manuela" mit, und Gerd stimmt unsererseits ein Stück von *„Django Reinhardt"* an. Ich hasse dieses Stück, weil ich dabei mit meinen Fingern auf dem Griffbrett kaum nachkomme. Danach lässt Herbert mit seiner Blues-Harp, der Mundharmonika, die Sau raus und improvisiert einen *Blues* so fettig und ölig wie eine Pommes-Pfanne. Das kommt richtig gut an bei den Leuten.

Wir sprechen uns ab und spielen dann ausschließlich Stücke aus unserem Repertoire, bei denen alle mitsingen können, wenn auch nur beim Refrain, wie zum Beispiel *„Country roads"* von *John Denver* oder *„Heart of gold"* von *Neil Young*.

Die Frauen und Männer sind durch die Bank um die zehn Jahre älter als wir. Sie kommen aus der Nähe von Kaiserslautern in der Pfalz, und wie wir erfahren, treffen sie sich alljährlich zu einer gemeinsamen Reise.

Gerade als die Stimmung am besten ist, fängt es abends um halb elf an zu regnen. Man bedankt sich herzlich für die spontane Idee und verspricht, den Abend in guter Erinnerung zu behalten. Genau so habe man sich einen Bootsurlaub heimlich immer vorgestellt, beteuern unisono die Damen der Gesellschaft, und es sei einfach traumhaft gewesen.

„So oder so ähnlich muss es damals in *Woodstock* gewesen sein", schwärmt eine von ihnen.

„Genau so war es", lügt Gerd. „Ich war dort."

Dieser offensichtliche Schalk löst dann einen letzten befreienden Lacher aus.

„Ich glaube, du bist ein Schelm. Für *Woodstock* bist du wohl doch noch etwas zu grün.", kneift sie Gerd in die Wange. „Gute Nacht, ihr Hippies."

Rasch wird wieder alles auf die Boote geräumt.

Ich frage Gerd, mit einem Hinweis auf die Leute vom Nachbarschiff, ob es sich bei solchen Erscheinungen um eine Art typisch deutsche Kultur handeln mag.

„In gewisser Weise schon", meint er. „Aber das ist hinnehmbar, wie du gesehen hast. Keiner ist an Körper oder Geiste verletzt worden; alle haben sich gefreut; bis auf die *lustigen Zigeuner* wurden keine ethnischen Volksgruppen verunglimpft; braunes Gedankengut war nicht nachweisbar – damit kann man leben. Und überhaupt: Was ist an dem, was wir tun, groß anders? Nur weil wir in einer anderen Sprache singen und einen anderen Rhythmus spielen? Ich seh´ da keinen Unterschied."

Es ist finstere Nacht. Um elf fängt es sogar an zu schütten. Wir genießen es. Wir spielen ein Würfelspiel, bei dem wir von Lorraine eine Niederlage nach der anderen kassieren, und hören dem Rauschen und Prasseln des Regens zu, sehen hinaus auf den Fluss und ergötzen uns an dem Naturschauspiel. So etwas kann man in keinem Reisebüro buchen.

Ich bedanke mich in Gedanken bei *Sally*, dass sie, als wir müde waren, uns nicht gefordert hat. Ich bedanke mich bei der „Saône", dass sie, als wir unaufmerksam waren, uns nicht gefährdet hat. Danke euch, danke allen.

27.05.2003, Dienstag

Acht Uhr. Das Wetter ist düster.
 Es hat die ganze Nacht geregnet.
 Auf dem nassen Deck kleben unzählige Fliegen. Üppiges Frühstück für die Schwalben. Die Enten lauern auch schon auf Beute, doch heute müssen sie ein altes Baguette mit *Mireille* teilen.

Am Kai wird es munter. Man richtet sich zum Gang ins Dorf, um Baguettes zu kaufen.
 Einfach toll, diese Liebe zu den frischen Brotstangen. Es gibt ja auch kaum was Besseres als die noch warmen Krusten zu brechen und in der Regel das erste nur mal so, trocken und ohne alles, zu verdrücken.
 Aber halt nur frisch aus dem Ofen sind sie wirklich gut. Bereits einen Tag alt, dienen sie hauptsächlich als Entenfutter.
 Lorraine watschelt mit *Mireille* an der Leine zu einem Spaziergang davon. Meine Freunde und ich warten, Kaffee trinkend, bis sich die morgendliche Rennerei etwas beruhigt hat. Lange dauert es auch nicht, bis alle anderen Boote, außer der „Eau Clair" des jungen Schweizer Paares, abgelegt haben. Aber auch sie sind bereit, die Leinen einzuholen. Wir sehen die junge Frau, wie sie mit dem kleinen Hund auf dem Rasen herumtobt. Dann fahren sie los und winken uns zum Abschied zu ... weg sind sie. Wir sind die Letzten.
 Wir drehen uns um, und ein kleiner Wuschelhund springt auf dem Rasen umher.
 Die haben ihren Hund vergessen!!!
 Wir winken und rufen und pfeifen dem abfahrenden Boot hinterher, aber unbeirrt zieht es weiter.
 Gerd geht an Land, um den Kleinen zu sich zu locken, aber er folgt seinen Bemühungen nicht. Von der Größe und von der Farbe des Fells her sieht er genauso aus wie der von den Schweizern. Gerd kommt wieder an Bord und sagt, dass es ein anderer Hund sei. Dieser hier habe einen längeren Schwanz und er hat kein Halsband. Der andere vom Boot hätte ein rotes Halsband gehabt. Vielleicht ist es ein Streuner aus dem Dorf.

Nach dem Frühstück, Lorraine und die Gans sind wieder eingetroffen, fahren wir weiter flussaufwärts. Es ist elf Uhr.

Herbert macht heute einen nervösen Eindruck auf mich. Gerd, dem das ebenfalls nicht entgangen ist, interpretiert es mittels eindeutiger Handzeichen: Er tippt mit dem Finger an die Stirn. Das bedeutet für uns: Wir behandeln Herbert vorbeugend wie ein rohes Ei.

In *Gray* sind wir zu einem Zwangsaufenthalt genötigt. Die Schleuse ist defekt. Das kommt uns allen wie gerufen. Wir machen am Stufenkai unterhalb der Schleuse fest, sperren *Mireille* in der Kajüte ein und gehen über die Bogenbrücke in die Stadt, um Einkäufe zu tätigen. Lorraine will sich mit etwas Unterwäsche, einer Hose, T-Shirts und den nötigsten Toilettenartikeln eindecken.

Taucher sind am Schleusentor beschäftigt. Der Schleusenwärter meint, dass die Arbeiten vielleicht noch eine Stunde dauern werden.

Während wir in der Stadt sind, bemerke ich an Herbert ein etwas sonderbares Verhalten. Er bewegt sich, als würde er verfolgt werden, von wem auch immer. Er dreht sich andauernd um, späht in jede Gasse, ist irgendwie nicht ganz bei sich selbst. Darauf angesprochen, murmelt er etwas in die Bartstoppeln, von dem ich lediglich das Wort „telefonieren" verstehe. Dann muss er das, wonach er sucht, wohl entdeckt haben, denn er lässt uns plötzlich wortlos stehen und strebt einer Telefonzelle zu. Er steckt eine Telefonkarte in den Automat, wählt, und führt dann offensichtlich ein Gespräch, das seiner Körperhaltung nach ein sehr geheimes Gespräch sein muss. Wir beobachten ihn aus einiger Entfernung, können von dem Telefonat aber nicht die Bohne hören. Nach wenigen Minuten legt er auf, schaut sich wieder um als würde er unter Beobachtung stehen (was er durch uns ja auch ist), und stakst auf steifen Beinen zu uns her, grinsend wie ein gerade des Zuckerdiebstahls überführter Lausbub, puterrot im Gesicht.

„Was glotzt ihr denn so blöd?", fragt Herbert pikiert. „Habt ihr noch nie jemanden telefonieren gesehen?"

„Doch schon", kontert Gerd rasch, „aber nicht so einen wie dich. Schau mir in die Augen, Kleiner. Ich diagnostiziere: Hochgradige Erregung infolge intensiver Süßholzraspelei."

„Idiot."

„Warum hast du denn nicht das Handy benutzt, das du so unbedingt hast mitnehmen wollen?"

„Es war ja kein Notfall, oder?"

„Hat aber ganz danach ausgesehen."

„Ach Gerd", mault Herbert, „halte dich doch einfach aus Sachen raus, von denen du nichts verstehst."

„Ich? Ich hab´ keine Probleme mit den Frauen", höhnt dieser.

„Sag´ ich doch. Darum verstehst du es nicht."

Jetzt reicht´s mir aber. „Ruhe jetzt", poltere ich dazwischen. „Ausg´red´ ist."

Wir verabreden mit Lorraine einen Treffpunkt in der Stadt und trennen uns, damit jeder seine Einkäufe erledigen kann. Gerd hat Lorraine zu diesem Zweck großzügig mit Geld ausgeholfen.

Als wir mit unseren Taschen aus dem Supermarkt zurückkommen, ist die Schleuse wieder in Betrieb.

Wir schleusen aufwärts zusammen mit einer Segeljacht. Der Mast ist demontiert und über dem Deck befestigt. Im Schlepp haben sie ein Beiboot aus Kunststoff. Bequemerweise hat die Crew, ein Paar aus Holland, in der Mitte der Schleuse angehalten. Als wir von hinten dazu stoßen, bricht Hektik bei ihnen aus. Sie sehen ihr Beiboot bereits zwischen *Sally* und ihrer Jacht zermalmt. Dass die Schleuse nach vorne noch genügend Platz zum Ausweichen hat, muss ihnen erst gesagt werden, und nur widerwillig fahren sie ihr Schiff zehn Meter in der Kammer nach vorne. Wo ist das Problem?

Herbert äußert den Wunsch, die Nacht in freier Natur zu verbringen. In Ruhe und mit Bedacht, wie er meint, und nicht wie auf der Flucht. Nachdem wir aus der Schleuse von *Gray* gefahren sind, suchen wir mit den Augen die Ufer nach einem geeigneten Platz ab. Es dauert aber bis nach der Dérivation von *Rigny*, dass wir hoffen können, fündig zu werden, denn bis dahin ist das Gelände zu industriell geprägt.

Etwa bei Flusskilometer zweihunderteinundneunzig erspähen wir voraus eine Flussinsel und sozusagen im Inselschatten, auf der von uns aus gesehen linken Seite, liegt eine kleine Bucht unter einem mächtigen Baum mit ausladender Krone. Das Gelände unter dem Baum ist licht und nicht zugewachsen.

Ich brauche Gerd gar keine Anweisungen zu geben, dass er langsam und vorsichtig fahren soll - er macht das von ganz alleine. Wirklich behutsam nähern wir uns dem grünen Ufer, währenddessen ich mit Argusaugen die Wassertiefe studiere. Es sieht blendend aus.

Mit einem Sprung stehe ich neben dem Baum, es ist eine riesige Akazie, und ich ziehe *Sally* samt Besatzung längsseits. Die Bugleine schlinge ich behände um den Baumstamm und schlage rasch einen Nagel für die Heckleine in den weichen Grund.

Ja mei, ist das ein herziges, kuscheliges Plätzchen. Dass wir nicht die Erstentdecker sind, beweist uns die Asche eines alten Lagerfeuers. Außerdem hängt ein verrottetes Seil von einem der starken Äste aus dem Baum, das wahrscheinlich von Kindern dazu benutzt wurde, daran zu schwingen und sich in die Fluten der „Saône" zu stürzen.

Schnell die Planke ausgelegt, und schon breiten wir die Decke für ein „Sit in" aus. Im Nu haben wir die Musikinstrumente zur Hand und spielen den *Blues* „*Bottle of wine*" von *John Lee Hooker*. Dabei leeren wir freilich eine Selbige. Danach folgt unser eigener Song „*I've left my hat in the bar*". Das Lied handelt von einem Mann, der jede Nacht seinen Hut in einer Bar vergisst, um gegenüber seiner Frau einen Grund zu haben, nächste Nacht wieder hinzugehen.

Herbert ist glücklich. Liegt es am Telefongespräch, das er geführt hat, oder am Ambiente unseres spontanen Konzerts, oder am Wein, oder an allem? Seine Augen glänzen und seine Mundwinkel zeigen nach oben. Das sind gute Zeichen.

Wir gewähren *Mireille* einen Freigang ohne Leine an Land, und genüsslich schnatternd schlägt sie sich durch die hohen Gräser am Ufer. Lorraine räkelt sich frisch eingekleidet gemütlich an Deck, die Gans ständig im Blick und die Ohren offen für unseren *Blues*.

Zu unserem Gefallen hat sich das Wetter von einem verdrießlichen Grau in einen hellen, blauen Nachmittag verwandelt. Unser Boot liegt gut an einer Wurzel des Baumes an. Mit dem Bootshaken prüfe ich die Wassertiefe noch einmal. Am Bug ist sie ausreichend. Am Heck haben wir vielleicht noch zwei Handbreit Wasser zwischen Grund und Rumpf. Ist das genug?

Bei einem Pinkelgang hinter den Baum finde ich einen Holzklotz, den ich zwischen die Baumwurzel und *Sallys* Rumpf klemme. Es bringt einige Zentimeter Abstand und *Sally* scheuert mit dem Wellengang nicht so sehr auf und ab.

Wir setzen uns mit einem Glas Rosé an Deck und blicken über den Fluss, hinüber zur Inselzunge. Boote ziehen vorbei und grüßen uns. Die tiefstehende Sonne taucht die Szenerie in ein phantastisches Licht. Es scheint, als hätten die gegenüberliegenden Bäume am Ufer keine Blätter, sondern grelle Neonlampen. Das Grün leuchtet dermaßen intensiv, dass man einen natürlichen Effekt kaum vermuten mag. Zum einen sind die Kontraste so krass wie bei einem Scherenschnitt, dann wieder fließen Himmel und Wasser konturenlos ineinander über, dass man nicht weiß, wo Anfang oder Ende ist.

Von unserem Liegeplatz aus können wir im weiten Umkreis keine Bebauung, ob Dorf oder Scheune, erkennen. Lediglich Weidezäune verlieren sich hinter Buschwerk in der Ferne.

Gerd und ich beschließen, uns ein bisschen die Beine zu vertreten. Lorraine fragt, ob sie sich anschließen darf. Herbert möchte lieber beim Schiff bleiben. Bei unserem kurzen Erkundungstrip entlang des Ufers waten wir durch hüfthohes Gras und durch ausgedehnte Brennnesselkolonien. Roter Mohn sticht markant aus dem Grün hervor, unterbrochen von kecken weißen Tupfen der Gänseblümchen dort, wo das Gras mal nicht so hoch steht. Es ist Vorsicht geboten: Hin und wieder versperren rostige Stacheldrahtzäune unseren Weg, teilweise im Gestrüpp völlig unsichtbar. Nur jetzt keinen Kratzer und somit eventuell eine Infektion einhandeln.

Wir haben uns ungefähr einen halben Kilometer flussaufwärts parallel zu der Insel gekämpft, als Gerd abrupt stehen bleibt und mich und Lorraine mit der Hand auffordert, stehen zu bleiben. „Pscht, hört ihr das?"

Wir lauschen mit angehaltenem Atem.

„Ist das der Wind?", fragt er angespannt. „Oder eine Glocke? Hört ihr´s?"

Ein heller Ton kommt durch die warme Luft daher, leicht ab- und anschwellend, kaum hörbar. Es weht ein leichter Wind, und von ihm getragen hören wir den Ton oder die Töne mal stärker, mal schwächer, je nachdem wie stark der Wind ist. Er kommt aus Richtung unseres Bootes.

„Das ist Herbert", meint Gerd dann. „Er spielt auf seiner Flöte."

Gerd hat recht, so muss es sein. Wir kehren um und streben unserem Liegeplatz zu. Je näher wir kommen, desto deutlicher hören wir es. Ja, es ist Musik. Der Rückweg fällt uns leichter, denn wir haben uns auf dem Herweg schon einen Pfad gebahnt. Zuletzt rennen wir. Dann erkennen wir die Melodie, das Motiv. Herbert spielt das Flötensolo aus *„Nights in white satin"* von den *Moody Blues*.

Fünfzig Meter vor unserem Boot bleiben wir stehen und betrachten die Szenerie: Herbert steht mit der Querflöte auf dem Dach des Bootes. Hinter ihm, von uns aus gesehen, das prächtigste Abendrot. Er steht dort oben, seine Silhouette sticht schwarz aus dem Abendrot hervor, und nun ist das Motiv aus *„Nights in white satin"* zu Ende, aber er improvisiert weiter, und die Töne schwellen wieder an im gleichen Stil, silberklar, ergreifend, werden getragen, weit über den Fluss und das Land in die beginnende Nacht hinaus. Wir stehen wie zu Salzsäulen erstarrt, sind hingerissen von der Situation, weil sie zum einen so unendlich schön ist, aber zum andern auch über alle Maßen dramatisch. Wobei, und das weiß ich, Herbert überhaupt nicht traurig ist, sondern eher umgekehrt.

Und dann passiert etwas Seltsames. Herbert hört zu spielen auf. Er legt die Flöte zu seinen Füßen ab. Dann richtet er sich wieder auf, breitet die Arme auseinander und lässt sich vom Dach rückwärts in den dunklen Fluss fallen.

Sofort rennt Gerd ans Ufer und stürzt sich Herbert hinterher ins Wasser. Ich hangele mich halsbrecherisch über die Gangway an Bord, *Mireille* zetert in panischem Schrecken über die Reling, ich renne mir das Knie an einer Kante an, schnappe den Rettungsring und schleudere ihn dorthin, wo Gerd im Wasser krault. Aber nach ein paar Schwimmzügen kommt ihm Herbert selenruhig entgegen geschwommen und fragt ihn prustend, ob wir noch ganz gescheit im Kopf seien.

Mireille ist irgendwo da draußen auf dem Fluss. Lorraine steht bis zur Hüfte im Wasser und lockt die arme Gans mit Rufen, die sie wohl auch in dem Mastbetrieb angewendet hat, so eine Art „gck, gck, gck". Und sie hat Erfolg. Aus der grauen Dämmerlichtsuppe taucht ein heller Fleck auf, der sich, je näher er kommt, in die Umrisse von *Mireille* verwandelt. Mit offenen Armen nimmt Lorraine die Gans in Empfang und trägt sie an Deck.

Als alle wieder trocken an Bord sind, bittet Gerd um Aufklärung. „Was ist los mit dir? Bist du plemplem? Erschreckst uns ja zu Tode. Wir dachten, du willst dich ersäufen. Raus mit der Sprache. Geht es um eine Frau? Natürlich geht es um eine Frau. Also was ist?"

„So gut kennt ihr mich also", schüttelt Herbert den Kopf und erzählt nun auch extra für Gerd, was er mir bereits unter dem Siegel der Verschwiegenheit mitgeteilt hatte: Dass er an seiner Arbeitsstelle im Pflegeheim in *Basel* eine Frau kennengelernt habe. Vor etlichen Wochen schon. Eine Ärztin, die seit Januar im Pflegeheim arbeitet. Fiona, so ihr Name.

„Fiona?", horcht Gerd auf. „Fiona? Du meinst diese Fiona, die wir im September letzten Jahres …?

„Ja, genau diese Fiona", bestätigt Herbert. Und dass heute Morgen eine SMS von ihr auf dem Handy war, in der er gebeten wurde, sie zurückzurufen. „Ich hatte es nicht vor meiner Tochter verheimlichen können und auch nicht wollen, dass es in meinem Leben eine neue Frau gibt. Daraufhin hat Noemi mich natürlich mit Fragen gelöchert. Wie die Frau heißt, was sie für einen Beruf hat, wo sie arbeitet, wie sie aussieht, und so weiter, was Mädchen halt alles wissen wollen. Gestern nun hat Fiona Besuch von Noemi im Pflegeheim bekommen. Wahrscheinlich hat sie sich von ihrer Mutter mit dem Internat ziemlich unter Druck gesetzt gefühlt und dringend jemanden zum Reden gebraucht. Clever wie die Kleine ist, hat sie sich an Fiona gewandt, und eines sag´ ich euch: Fiona hat weit ihre Schwingen ausgebreitet, Noemi unter ihre Fittiche genommen, sie beruhigt und ihr Alternativen aufgezeigt. Und dann, lieber Gerd, hat sie noch gesagt, dass ich ihr fehlen würde. Und das ist für meine Verhältnisse etwa so, als würde sie *ich liebe dich* sagen. Das ist einfach stark, Gerd, dass ..."

„Aha", sagte Gerd lakonisch, „und deswegen spielst du das Stück mit dem größtmöglichen Schmalzfaktor und wirfst dich vor lauter Überdruss gleich ins Wasser."

„Es ist traurig, Gerd", meinte Herbert, „dass du so negativ denkst. Es geschehen im Moment Dinge, die mein Leben aufs Gravierendste verändern können. Und für mich war es nicht ein lebensmüder Sprung ins Wasser, sondern eine Taufe. Verstehst du? Eine Taufe *für* ein neues Leben. Und das Stück ist nicht schmalzig, sondern romantisch. Das halte ich für einen Unterschied. Und wenn ich sicher wäre, dass ich mir, egal was ich tue, von dir nicht ständig deine sarkastischen Kommentare anhören müsste, würdest du auch mehr erfahren. Deine Art von Humor ist für mich halt manchmal sehr gewöhnungsbedürftig. Versteh´ mich bitte nicht falsch, ich schätze dich deswegen als Freund und Mensch nicht weniger. Dass du mein Leben retten wolltest, werde ich dir sowieso sehr hoch ankreiden. Okay?"

„Oh entschuldige, lieber Herbert, aber du trägst da schon ein bisschen selber Schuld mit. Zum einen fühlst du dich immer gleich auf den Schlips getreten, wenn man dich mal auf den Arm nehmen will, und zum anderen erzählst du auch nie was darüber, wie es um dich bestellt ist. Alle zwei Wochen hocken wir zusammen und machen Musik und trinken ein Bier. Da darf man unter Freunden doch davon ausgehen, dass man sich ein wenig kennenlernt. Und hey, sag´ das nächste Mal halt gleich was, ja? Mach´s Maul auf. Der Wahlspruch einer meiner Bekannten lautet: ‚Reden ist Gold, Schweigen ist Gift'. Sonst können wir dir nicht mal gratulieren, gell Pit?"

„Ja Mensch, Herbert, wir gönnen dir das mit Fiona doch", stimme ich Gerd zu.

„Noch ist nichts in trockenen Tüchern, Freunde", mahnt Herbert. „Und damit ihr es wisst: Bei der Gelegenheit und in Anbetracht unseres prekären Platzangebotes für zwei zusätzliche Passagiere, habe ich Fiona gebeten, uns am Freitag in *Scey-sur-Saône* mit ihrem Auto abzuholen. In zwei Autos ist verständlicherweise mehr Platz, und ich will keinem zumuten, neben einer Gans eingequetscht zweihundert Kilometer über Landstraßen zu fahren. Und noch was. Verschont mich bitte mit Anzüglichkeiten, mit eindeutigen Zweideutigkeiten, mit geheimen Spitzen und sonstigen abgeschossenen Pfeilen. So, und jetzt Schluss damit. Was wollt ihr essen? Kann ich was mit Fleisch machen? So zur Feier des Tages?"

Auszug aus dem Tagebuch: ‚Alles ruhig, nur Pit und Gerd machen Radau mit der Gitarre. Herbert spielt die Blues-Harp dazu und kocht nebenbei auch noch. Es gibt Salzkartoffeln, Blumenkohl und Rahmgeschnetzeltes. Schmeckt perfekt.'

Also das Rahmgeschnetzelte hat Herbert selbst zubereitet, damit mal erwähnt wird, was er alles leistet, trotz ständig eingezogenen Kopfes und Rückenschmerzen. Außer der Spargelsuppe, die ich überkochen ließ, und einer Gulaschsuppe haben wir nie ein Fertiggericht benutzt. Herbert mag es, wenn aus Können und Kreativität anschließend ein Beifall wird. Sämtliche Saucen sind zum Beispiel Eigenkreationen, ebenso wie die Menü-Kompositionen, die sich zwar nach Verfügbarkeit der Mittel ergeben, aber immer zu einem vollendeten Essen werden.

Diesen Abend unserer Bootsreise genießen wir fünf mit Leib und Seele.

Alle machen wir uns dennoch einige negative Gedanken. Herbert ist die Einsamkeit und nur wir fünf darin nicht ganz geheuer. Wenn jetzt einer kommt und uns überfällt …?

Ach was, wir sind drei Männer und werden uns zu wehren wissen, falls …

Ich für meinen Teil habe mir an einem Stein in der Bucht eine Wassermarkierung gemerkt und im Laufe des Abends festgestellt, dass der Wasserspiegel um fast zehn Zentimeter gefallen ist. Was ist, wenn unser Boot auf Grund aufliegt?

So geht jeder mit seinen geheimen Nöten zu Bett.

Mitten in der Nacht wache ich wegen eines Geräusches auf. Ein Schlag oder etwas Ähnliches. Ich gehe nach draußen, rauche eine Zigarette, pinkle ins

Gebüsch, beobachte den Wasserstand des Flusses …alles ist normal. Augen zu und durch.

28.05.2003, Mittwoch

Trotz seiner besorgten Träume ist Herbert am Morgen frisch und fühlt sich wohl. „Hier bin ich Mensch, hier will ich sein" sagt er und gerät ins Schwärmen: „Ringsum Wasser und Weide. Von Vogelgezwitscher wurden wir geweckt. Endloses Land, offene Weite, und wir unter einem Akazienbaum, der uns beschützt. Das Wasser spiegelt den silbernen Himmel und die Bäume und uns selbst."

Während des Frühstücks bemerken wir eine Bisamratte bei der Arbeit. Sie schleppt Äste durch das Wasser und verschwindet damit in einer Böschung.
   Irgendwo muss doch eine Ortschaft in der Nähe sein, denn wir hören den Klang einer Glocke. Für Momente spüren wir einen tiefen Frieden in uns.
   Wehmütig fast verlassen wir diesen Platz und steuern unsere *Sally* wieder mit dem Bug voran in die Flussmitte.

Vor uns taucht die Schleuse von *Vereux* auf. War da nicht was?
   Es ist der gleiche Schleusenwärter, stelle ich mit Genugtuung fest.
   Da wir bergauf schleusen, warte ich oben am Rand der Schleusenkammer, bis *Sally* das Niveau zur Schleusenausfahrt erreicht hat. Als die Schleusentore sich gemächlich öffnen, löse ich die Tampen vom Poller und tue so, als würde mir erst jetzt einfallen, eine Flasche Wein zu kaufen. Der Schleusenwärter rennt in sein Häuschen, kommt mit einer Flasche Wein zurück. Ich höre, wie Herbert hinter meinem Rücken bereits den Gashebel nach vorne drückt um auszufahren. Ich mache den Schritt von der Mauer aufs Boot, und nun erst gebe ich dem Schleusenwärter das Geld. Fünf Euro, meine ich, sind angemessen, wenn ich die achtzehn Euro, die er auf der Talfahrt für eine Flasche Wein von uns kassiert hatte, mit hinzuaddiere.

In der Dérivation von *Vereux* legen wir am rechten Kanalufer an, um ein bisschen zu schlafen. Eine Brücke führt über den Kanal. Ich habe die Idee, über die Brücke nach *Vereux* zu spazieren. Zwar liegt das Dorf auf der anderen Seite der „Saône", aber vielleicht gibt es einen Steg oder ein Wehr, über die man gehen kann.

Nach kurzer Wegstrecke komme ich an eine Ansammlung von Gebäuden, die ich einer Mühle zuordne, oder jedenfalls etwas ähnlichem. Ein Mann kommt auf mich zu. Was ich will, fragt er. Als ich es ihm erkläre, sagt er, dass es nicht möglich sei, die „Saône" an dieser Stelle zu überqueren. Zudem sei das Gelände, auf dem wir uns befinden, Privatbesitz und ob ich nicht die Hinweistafeln gesehen hätte?

Natürlich habe ich sie gesehen, aber was glaubt er wohl, was ich ihm antworte?

Ich bin nicht sonderlich enttäuscht. So vielversprechend sieht *Vereux* dann auf der Landkarte auch nicht aus.

Vorwärts mit *Sally*. Braves Boot, treues Boot.

Bei angenehmem Wetter und passablen Temperaturen können wir die Fahrt und die Landschaft verinnerlichen. Es ist wie ein Reinigungsprozess, den wir durchlaufen. Frei von jeglichem Ballast; reduziert auf die Klarheit von Fluss, Himmel und Natur; beschränkt auf uns entgegenkommende Tagesrhythmen, spüren wir körperlich und seelisch, wie unser Filz aus Pflichterfüllung, Stress, Arbeit, Disziplin und Denken bis in die tiefsten Strukturen gehörig durchkämmt und kräftig entschlackt wird. Verkrampfungen lösen sich auf und unsere Bewegungen werden leger. Gelassenheit und schlichte Freude am Sein prägen unser Handeln und Tun an Bord und an Land. Der Sprung eines Fisches aus dem Wasser wird zu etwas Großem; ein Kräutlein am Ufer wird zu etwas Wichtigem; die Stille um uns herum wird zu etwas Bedeutendem. Wir werden sensibel für das Leben um uns, für die scheinbaren Kleinigkeiten, und brauchen uns dieser Erfahrungen nicht zu schämen. Im Gegenteil. Sie werden der Brunnen, die Quelle sein, aus denen wir in Zukunft unsere Kraft schöpfen werden.

Ich bezweifle, ob ich nach der Flussreise noch fit genug für meinen Job sein werde. Unbrauchbar. Verseucht.

Der Tunnel von *Savoyeux*, den wir heute in Gegenrichtung durchfahren, spuckt gerade eine Ladung Treibholz aus seinem Schlund, als wir mitten in der Zufahrt stecken. Angedenks unseres Malheurs mit der Schiffsschraube vor wenigen Tagen, bewaffne ich mich mit dem Bootshaken und räume, am Bug stehend, allen entgegenkommenden Kram beiseite.

Es riecht wie in einem Grab, denke ich und weiß natürlich nicht, wie es in einem Grab zu riechen hat, aber bei der modrigen und muffigen Luft im Tunnelinnern fällt mir kein anderer Vergleich ein.

Unabhängig voneinander hatten wir, wie sich beim Erzählen herausstellt, in der Nacht zuvor fast die gleichen oder doch ähnliche Träume. Herbert hatte geträumt, dass seine Mutter bei der Anlegestelle unter dem Akazienbaum gestorben wäre und alle Leute, die vorbei gekommen waren, hätten Blumen für sie gebracht.

Gerd hatte im Traum seine Mutter in ein Pflegeheim gebracht, während ich davon geträumt hatte, dass mein Vater gestorben sei.

Weil uns die Sache irgendwie beunruhigt, wollen wir heute Abend jeweils bei den „Betroffenen" zu Hause anrufen. Komische Träume. Sind wir jetzt alle durchgeknallt oder sind wir so vergeistigt, dass wir Gespenster sehen? Sind wir flusskrank?

Nix wie so schnell wie möglich raus aus diesem Tunnel. Man kriegt es ja an den Erbsen.

Zum letzten Mal taucht das Panorama von *Ray-sur-Saône* vor uns auf. Das Schloss grüßt uns schon von weitem. Diesmal sind wir vorsichtiger bei der roten Boje und steuern sie viel direkter an. Klappt ja alles. Auch ein Liegeplatz ist frei und nach einem feinen Bogen und perfektem Fahrmanöver hat der Dieselmotor für heute Ruhe. Rasch ist *Sally* gesichert und wir verlagern unseren Sitzplatz hinaus auf den Steg. Eine Decke und drei Kissen reichen dafür völlig aus.

Dass wir nicht zu früh gekommen sind, wird eine viertel Stunde später deutlich. Im Konvoi steuern drei Boot auf die Anlegestelle zu. Drei ganz große, turmhohe Schiffe. Dabei ist nur noch ein Holzsteg frei. Hoi, das wird eng.

Der eine Kahn macht dort fest, wo wir neulich gewesen waren, bei dem felsigen Abschnitt. Der zweite legt sich parallel an eines der am Steg befindlichen Schiffe und dockt an jenem fest. Der dritte versucht sich zunächst erfolglos zwischen das vor uns liegende Boot und unsere *Sally* zu zwängen, an den noch freien Steg. Aber trotz Bugstrahlruder und aller Dreh- und Wendemanöver kriegen die Leute das nicht hin. Erst als Herbert vom Ufer aus das Kommando übernimmt und eindeutige Steuerhinweise gibt, funktioniert die Sache wie geschmiert. Es ist gar kein Motor vonnöten. „Mit dem Bug zuerst an den Steg", hat er gerufen. „Motor aus", „Heckleine herwerfen", „Heck herziehen", und schon steht der Kahn wie gemalt am Steg. Es ist vielleicht ein bisschen dicht aufeinander, aber was soll's.

Ein buntes Treiben beginnt in den Abendstunden. Fußball wird gespielt, Federball, Frisbee, es wird aber auch nur gelesen oder nur zugeschaut. Dass wir eine ausgewachsene Acht-Kilo-Gans an Bord haben, fällt überhaupt niemandem auf.

Auszug aus dem Reisetagebuch: Pit steht in der Kombüse und kocht.

Im Prinzip kann man die Geschichte von Gerds Kochkünsten wiederholen, denn als ich fertig bin und serviere, stehe ich förmlich im eigenen Saft, also in Schweiß. Die Brille habe ich längst abgelegt. Da ich nun ein selbsternannter Spezialist für Suppen bin, ist meine Vorspeise eine echte Eigenkreation, nämlich: Klare Salzsticksuppe mit Käse überbacken, dazu Weißbrot mit Kräuterbutter. Als Hauptspeise: Sogenannte *Zuccdogs*, oder anders gesagt, mit Wiener Würstchen gefüllte ganze Zucchini aus dem Backofen, Reis als Beilage. Wir trinken Weißwein dazu.

Da ich die *Zuccdogs* vorher selbst noch nie gekocht, geschweige denn gegessen habe, bin ich auf die Reaktion meiner Mitesser sehr gespannt: „Naja", mampft Gerd, „etwas gewöhnungsbedürftig ist das Ganze schon, um nicht zu sagen sehr exotisch. Mit reichlich des guten Weines gerät man fast ins Schwärmen."

Herbert meint: „Mit der Suppe hast du wirklich den Vogel abgeschossen."

„Was soll das heißen?"

„Ich werde sie in mein Programm für die Küche im Pflegeheim aufnehmen. Das ist für dich wie der Ritterschlag plus Stern."

„Gell, du verarschst mich?"

„Pit", hält er drei Finger in die Höh und schwört mit treuherzigem Augenaufschlag, „sowas würde ich mir nie erlauben."

Mit unseren Instrumenten machen wir uns auf den Weg in den Park unterhalb des Schlosses und lassen uns unter einer der Erlen nieder. Wir wollen an der Anlegestelle niemanden mit unserer Musik stören, der vielleicht nach Ruhe sucht.

„*Wet shoes*" heißt unser erstes Stück, eine Eigenkomposition. Ein Mann bedauert den Verlust seiner großen Liebe und weint so sehr, dass von den Tränen seine Schuhe nass werden. Als nächsten Titel spielen wir „*Cheap Whiskey*".

Frauen wollen mit einem Mann nichts zu tun haben, der nur billigen Whiskey trinkt. Ist er aber nüchtern, mag er von den Frauen nichts mehr wissen.

Einige Bootsleute kommen nach und nach in den Park geschlendert und verteilen sich in lockeren Gruppen unter den Bäumen. Dann kommen einige mehr dazu, darunter der eine oder andere Einwohner von *Ray-sur-Saône,* Getränke und einfache Speisen dabei, lassen sich nieder. Wir spielen *"Boom, Boom, Boom, Boom"* von *John Lee Hooker,* eines seiner bekanntesten Stücke, manchem Zuhörer sicher geläufig. Es folgen einige eigene Nummern: *"You make me feel depressed"*, wobei der Titel für sich spricht; *"No money"* und *"Dark hotel"* und *"Whom do you think I belong to"*.

Wir spielen, bis es dunkel wird und wir einander fast nicht mehr sehen können. Als wir aufstehen und die Instrumente einpacken, hören wir von ringsum unter den Bäumen gedämpften Applaus. So zwanglos und stillschweigend, wie sich die Leute unter den Bäumen getroffen haben, löst sich die Versammlung wieder auf. Ein jeder strebt zu seinem Obdach, sprich seinem Boot oder Haus, zurück. Danke, liebe Leute, fürs Zuhören. Danke euch allen.

Einige Anmerkungen, die Herbert ins Tagebuch geschrieben hat:
,Ich bemerke, obwohl wir nicht viele Stunden am Tag fahren, dass ich an der Tagesendstation jeweils ziemlich geschafft bin, in positivem Sinn, denn es ist alles positiver Stress. All das aufzunehmen, was die Natur bietet, - Wasser, Grün, Geräusche, Wind, Sonne und das Sein – bereitet mir mehr Mühe als ich dachte, weil es der Sinneseindrücke so viele sind. Es sind Momente der Endlosigkeit in der Standhaftigkeit. Augenblicke der absoluten Stille und der inneren Aufregung und man kann diese Ruhe und das Fließen des Wassers nicht sofort verarbeiten.

Ich sitze während der Fahrt auf dem Deck und bin in der Vergangenheit und in der Zukunft zugleich. Alles fließt -- der Fluss, die Farbe Grün. Ich fließe mit.'

Wir rufen von der Telefonzelle bei unseren Lieben zu Hause an. Es ist alles in bester Ordnung. Niemand ist gestorben.

29.05.2003, Donnerstag

Frühstück mit frischem Baguette. Wir schmieren Sonnenschein mit aufs Brot.

Ich gehe mit der Fotokamera los, um die Gegend einzufangen, während die anderen etwas Körperpflege betreiben möchten.

An der „alten Saône" entlang, vorbei an Schilfgürteln und an Kiesbänken, vorbei an versteckten Buchten und überwucherten Randzonen, stoße ich nach einem Marsch durch Hecken und Dornen an die Spitze einer Landzunge, von wo aus man Sicht auf das alte Stauwehr von *Ray-sur-Saône* hat. Wohl produziert man dort noch Elektrizität, aber der Anblick selbst ist wenig romantisch. Hässlich-graue Betonmauern, Schutt und Müll sind das prägende Bild. Es lohnt nicht für ein Foto.

Ich gehe zurück zum Fuß des Hügels, auf dem das Schloss steht und sich der Erlenpark erstreckt, in dem wir gestern Abend Musik gemacht haben. Gefiltert durch das junge Laub der hohen Bäume, fällt ein phantastisches Licht auf die Niederung am Fluss. Malen möchte man können bei solch einem Anblick. Ich setze mich ein paar Minuten ins Gras und inhaliere diese Darbietungen mit all meinen Sinnen.

Zurück am Anlegeplatz bietet sich ein buntes Gewusel. Boote gehen, Boote kommen. Man gibt sich quasi die Klinke in die Hand. Erstaunlich, welch massige Pötte unterwegs sind. Unsere *Sally* ist mit Abstand das kleinste Boot von allen, aber mit Abstand auch das niedlichste. Ich liebe ihren Anblick, besonders wenn es, wie jetzt Herbert und Gerd, sich jemand an Deck gemütlich gemacht hat. Lorraine und *Mireille* sind unterwegs auf Futtersuche und zwecks Bewegung für die Gans.

„Hallo, guten Morgen die Herren", werden wir angesprochen.

Ein Mann unseres Alters, vielleicht ein bisschen jünger, steht auf unserem Steg. Sportliche Figur, kurzes Stoppelhaar, Wochenbart.

Gerd steht auf, steigt herunter, redet kurz mit ihm und bittet ihn dann in die Kombüse. Herbert und ich folgen. „Das ist Herr Weingärtner aus Freiburg." Herbert und ich schütteln die Hand.

„Tja", beginnt Herr Weingärtner aus Freiburg, „ich war gestern Abend Zuhörer dort hinten im Park unter den Erlen. Hat mir gut gefallen. Ich besitze in Freiburg ein Musikstudio. Klein, aber oho, sozusagen. Ich will euch den Vorschlag machen, bei mir im Studio eine professionelle CD zu produzieren. Ist nicht zu teuer. Und da ich ein eigenes Label betreibe, später, wenn es euch passt, könntet ihr mit meiner Unterstützung mehr daraus machen. Leider muss ich gleich zu meinem Boot zurück. Ich lasse euch aber gern meine Karte mit den notwendigen Daten hier. Also, wenn ihr Lust habt? Es hat mich sehr gefreut, und gute Reise noch."

Weg ist er, und Gerd sitzt da mit der Karte in der Hand. „Jetzt brat´ mir aber einer einen Storch", staunt er. „Sollen wir jetzt auch noch berühmt werden oder was?"

Mist. Jetzt haben wir uns noch einen Floh im Gehirn eingefangen. So sieht´s aus.

Um halb zwölf legen wir ab und nehmen die Schleuse von *Ray-sur-Saône* wie Routiniers.

Das herzliche Gespräch mit den Schleusenwärtern gehört mittlerweile zum Fluss-Alltag.

Wissend, dass sich unsere Reise langsam aber sicher dem Ende zuneigt, wollen wir ein letztes Mal am „Grünen Ufer" campieren. Auf der Strecke zwischen *Charentenay* und *Rupt-sur-Saône* offeriert sich eine einladende Stelle steuerbords. Bäuchlings liege ich am Bug und prüfe mit dem Bootshaken die Wassertiefe, während Gerd in langsamster Fahrt *Sally* immer näher heranbringt. Im Schatten der Bäume habe ich endlich Durchblick auf den Grund und kann Gerd grünes Licht zum Anlegen geben. Er hat echt den Bogen raus. Mit Fingerspitzengefühl bewegt er den Kahn, als wäre er leicht wie eine Feder, dabei bringt *Sally* als Netto-Gewicht immerhin vier Tonnen auf die Waage. Gerd aber „flüstert" *Sally* an Ort und Stelle.

Der Platz ist toll. *Sally* hängt zwischen zwei starken Bäumen. Rasch eine Decke ins Gras, Suppe gekocht, Brot gebrochen, Rotwein eingeschenkt, - fertig ist die Idylle.

In einiger Entfernung weiden Kühe. Wiesenchampignons strecken ihre weißen Hüte aus dem Gras.

Als wir aufschauen, sehen wir uns plötzlich umringt von den Kühen, die sich bei genauerem Hinsehen als Kälber herausstellen. Neugierig glotzen sie uns in die Teller, kommen immer näher heran. Herbert ist dieser Besuch nicht ganz geheuer, weil er gelesen hatte, dass in Österreich eine Touristin von einer verrückten Kuh angegriffen und verletzt worden war. Sicherheitshalber zieht sich Herbert unter die Bäume zum Boot zurück. Gerd fotografiert von dort das Schauspiel.

Um fünfzehn Uhr ziehen wir weiter. Nach nicht einmal einer halben Stunde türmen sich hinter uns dunkle Wolken auf. Es wird finster. Nach einer Stunde ist auch Finsternis über und vor uns. Das ist uns nicht geheuer. Wir geben *Sally* die Sporen.

Besorgte Blicke nach hinten übers Heck: Dort, wo wir vor nicht einer Stunde noch gemütlich gepicknickt haben, entladen sich jetzt Naturgewalten. Es blitzt und donnert. Güsse stürzen dort hernieder. Lila, violett, dunkelblau, schwarz, schwefelgelb sind die Farben der Fronten, die uns folgen, die von links und rechts auf uns zu quellen. Es kracht und donnert allenthalben. Windböen fegen hernieder. Hinter uns ist die Welt im Untergang begriffen.

Da! Vor uns der Tunnel von *St. Aubin*. Ob wir es bis dorthin schaffen? Oder werden wir einmal per „Vollwaschgang" + „Schleudern" in die Mangel genommen?

Gottseidank, die Ampel zeigt grün. Schnell rein in den Tunnel.

Ausfahrt aus dem Tunnel.

Rings um uns kotzt der Himmel.

Nicht nur Schleier fallen vom Firmament, da rauschen Vorhänge, ja, ganze Gewebeballen herunter.

Die Farben wechseln wie wild. Eine Lasershow ist ein schwacher Abklatsch dagegen. Ein riesiger Regentropfen knallt wie ein Gewehrschuss auf unser Deck.

„Lauf, *Sally*, lauf."

Gutes Boot, braves Boot.

Noch ein Regentropfen, wie mit der flachen Hand auf Deck gehauen. Peng.

„Weiter, *Sally*, weiter."

Die Schleuse von *Scey-sur-Saône*. Herbert betätigt den Anmeldeschlauchschalter, der mitten über dem Fluss hängt, bei Höchsttempo. Reiß das Tor auf, Schleusenmann. Fünf Minuten später sind wir durch die Schleuse und donnern an unserem Heimathafen *Scey-sur-Saône* vorbei, wo wir gestartet waren vor hundert Jahren, den Kanal entlang.

Weg, weg, weg von hier.

Vor uns ein hellgrauer Schimmer am Horizont. Der Fluss biegt sich in diese Richtung. Ein Sonnenstrahl quetscht sich durch ein Wolkenloch; wir hören geradezu, wie er quietscht.

Wir fahren tatsächlich dem Unwetter davon. Ich glaub es nicht.
Zwei Regentropfen abgekriegt. Reihum geben wir uns die Fünf.
Sally, ich will dich knutschen.

Der Schleusenwärter von *Port-sur-Saône* ist herzig. Er lädt Gerd und Herbert während des Schleusenvorgangs in seinen kleinen Garten hinter dem Schleusenwärterhäuschen ein, wo sie sich ganz frischen Salat aussuchen dürfen. Freundlichkeit pur. Da geht uns das Herz über.

Schnell die Leinen an den Straßenkai in *Port-sur-Saône*. Bald ist festgezurrt. Einmal, zweimal, dreimal tief Luft holen.
  Mann, war das eine Hatz.
  Zur Feier des Tages, und weil es unsere letzte Nacht an Bord der *Sally* sein wird, rase ich kurz vor Geschäftsschluss in die Stadt zum Metzger und hole uns vier respektable Steaks, die Herbert mit dem Salat des Schleusenwärters, mit Kartoffeln und einer „Sauce Hollandaise" zu einer exquisiten Mahlzeit verarbeitet. Es ist neunzehn Uhr. Die Kirchenglocken läuten.
  Zwanzig Uhr. Die Enten-Daltons-Bande attackiert unser Boot. Zu Wasser und zu Lande. Wir kaufen uns vorerst mit unserem letzten Baguette frei.

Der Himmel ist wolkenlos und klar. Unglaublich nach der Demonstration von heute Nachmittag.
  Der Liegeplatz ist okay. Zwar direkt an einer Straße, aber ich glaube, dass die Bewohner der anrainenden Häuser genauso froh sind über die eingehaltene Ruhe der Bootsbesatzungen wie die Schiffscrews auch. Auf der Straße herrscht so gut wie kein Verkehr. Viele Boote liegen eh nicht da: vier oder fünf.

Zuerst das Schiff, dann die Mannschaft. Also erst Geschirr klar, dann die Mannschaft in die Stadt. Es ist schon nach neun, als wir für einen Absacker in die Stadt ziehen. Darf es ein Pastis sein?

Wir sitzen in einer Bar an der Hauptstraße am Tresen über Eck.
  „Was haltet ihr von dem Typ von heute Morgen?", fragt Gerd nach dem ersten Bier und schnippt die Visitenkarte auf den Tresen.
  „Dem Weingärtner? Floh im Pelz, was?", rümpft Herbert die Nase.

„Meinetwegen, Herbert, Floh im Pelz. Aber denk doch nur mal an die Möglichkeit."

„Möchtest wohl noch berühmt werden?"

„Darum geht es doch gar nicht. Ich meine, wir könnten uns sowas wie ein Andenken schaffen. Eine eigene CD mit unseren eigenen Songs. Eure Kinder würden sich zum Beispiel bestimmt freuen. Oder hast du schon mal gehört, wie wir selber klingen? Wie wir ´rüberkommen?"

„Bist du sicher, dass der Weingärtner nicht einfach nur ein Geschäft machen will? Nachher drückt er uns einen Vertrag auf, und wir hängen Woche für Woche in irgendeinem Kaff in irgendeiner Spelunke und spielen unseren *Blues* vor fünf Nasen, denen wir dann auch noch diese CD verschachern sollen."

„Das sehe ich nicht so", sage ich. „Wir sind doch Manns genug um klarmachen zu können, was wir wollen und was nicht. Eine CD mit unserer Musik fände ich gut. Ich werde den Weingärtner und sein Studio mal *googlen*. Ob wir uns zu mehr als einer CD bequatschen lassen oder nicht, hängt dann schließlich von uns ab."

„Also ich bin ebenfalls dafür, die Sache mit einer CD näher ins Auge zu fassen", nickt Gerd.

„Macht ihr euch denn keine Sorgen um die Authentizität unserer Songs? Plötzlich wird ein komplettes Arrangement verlangt mit Bass, Klavier, Schlagzeug, Studiomusikern und dem ganzen Pipapo."

„Dann machen wir es nicht", antworte ich. „Wir machen unser Ding und nichts anderes. Eine Momentaufnahme, als würden wir im Renatostüble spielen, aber eben mit der Studiotechnik."

Herbert bestellt noch eine Runde Pression, gezapftes Bier. „Also gut, Leute. Wenn ihr so überzeugt davon seid und ihr eine eigene CD haben wollt – schauen wir uns die Sache halt mal an. Anschauen kostet noch nix. Prost zusammen."

30.05.2003, Freitag

Letzter Tag.

Der Mietvertrag für *Sally* läuft am 30.05.2003 aus, und wir sind auch mit unserer Tour fertig.

Der Abschied hat begonnen.

Weil wir in der Kombüse alles schon gereinigt haben, fällt das Frühstück heute ausnahmsweise etwas spärlich aus. Richtig schmecken will es eh keinem.

Da niemand vorbeikommt um die Liegegebühr von vier Euro zu kassieren, hinterlegen wir die vier Euro bei der Besatzung unseres Nachbarbootes.

Wir trudeln langsam nach *Scey-sur-Saône*.

Auch *Sally* spürt die bevorstehende Trennung. Ihr Herz, der Diesel, klingt traurig.

Wir haben sie oft gelobt, fast wie mit einem Menschen gesprochen. Das zu sagen ist bestimmt kein Quatsch: Wer zu solchen Sentimentalitäten nicht bereit ist, sollte keine *Sally* als Partner für eine Flussreise wählen. Unsere *Sally* hat Charakter wie wir auch.

Gerd legt zum Abschluss im Hafen von *Scey-sur-Saône* sein Examen ab und landet pfenniggenau am Steg von *Locaboat*.

Wir räumen alles was uns gehört aus, und dann wird *Sally* bei brütender Hitze von oben nach unten, von hinten nach vorne und von innen und außen geschrubbt und gewienert. Wir haben Zeit, denn *Locaboat* hat gerade Mittagspause.

Bei der Abrechnung des Treibstoffverbrauchs gibt es Probleme. Der Computer oder der Bediener ist nicht „online". Wir einigen uns daher auf telefonische Begleichung der Kosten per Kreditkarte.

Wir schleppen all unser Hab und Gut zum umfriedeten Parkplatz, wo unser Auto steht. Komisch: Hinter dem Auto steht ein kleines Iglu-Zelt, versperrt uns den Weg. Was soll das denn? Wir setzen unsere Lasten ab und rütteln mal eben kurz am Gestänge des Zeltes. „Hallihallo, ist jemand zuhause?"

Ein Geräusch, als würde jemand aus dem Schlaf geweckt. Ein kurzes Rascheln. Das Zirpen eines Reißverschlusses. Ein strubbeliger, wuscheliger Lockenkopf taucht im Zelteingang auf.

„Noemi?" Herbert.

„Papi?" Noemi.

„Noemi? Was machst du denn hier? Ich dachte …"

Noemi wirft sich mit einem Schluchzer an Herberts Brust, schlingt ihre Arme um seinen Hals. „Ach Papi, ich hab' so auf dich gewartet. Ich möchte bei dir sein."

Noch ein Kopf erscheint in der Zeltöffnung. Eine gutaussehende Frau um die Vierzig mit einem kastanienbraunen Pagenkopf, die uns irgendwie bekannt vorkommt, stellt sich hinter Noemi. Herbert verhält sich so ungeschickt steif, dass man ihm helfen möchte.

„Hallo Herbert", sagt die Frau lächelnd, „schön, dich zu sehen. Ich konnte Noemi den Wunsch, sie mitzunehmen, nicht abschlagen, und irgendwie wollte ich auch nicht allein hierher fahren, um dich abzuholen."

„Fiona!" Herbert nimmt seine beiden Frauen gerührt in die Arme.

„Du fährst natürlich mit uns, Papi", bestimmt Noemi.

Fiona legt ihren Arm um das Mädchen. „Lass' das mal den Papi entscheiden", meint Fiona und schaut Herbert dabei voller Wärme in die Augen.

Etwas hilflos dreht sich Herbert zu Gerd und mir um. „Äääh …"

„Keine Sorge, Herbert", klopft ihm Gerd auf die Schulter. „Wir finden den Weg auch ohne dich zurück. Deine Idee war wirklich die beste. Wir hätten alle in nur einem Auto keinen Platz gehabt."

Herberts Gesicht verwandelt sich in einen glücklichen Pfannkuchen, der eine Rasur dringend benötigt, und Noemi fliegt Fiona um den Hals. Wie pflegte Herbert stets zu sagen? „Ente gut, alles gut."

Auch unser geparktes „Fiatle" macht keine Mucken. Zuverlässig und rasch bringt es uns nach Hause. Eine Heimfahrt wie in Trance. Der Fiat ist wie eine Zeitmaschine und bringt uns zurück in die Gegenwart.

Ende einer Reise

Nachbetrachtet.

Danke Carlo, dass du auf meine Katze „Lisa" und auf meine Pflanzen und auf die Wohnung so gut aufgepasst hast.

Danke, lieber Gerd, lieber Herbert, dass wir es gemeinsam, in Freundschaft und mit Freude, mit Sinn für das Wunderbare, genießen konnten. Dass wir den Mut hatten, ein Weniger an Komfort anzunehmen und dass wir die Phantasie hatten, in allem einen Sinn zu sehen. Danke für eure Geduld, wenn ich euch ins Handwerk reden wollte und Danke für eure Nachsicht, wenn ich ungeduldig war. So wie wir Freunde im Leben sind, so waren wir auch auf dem Fluss und in unserem kleinen Abenteuer lebendige Freunde.

Vielleicht war es gut, von den Problemen zu Hause räumlichen, und ich neige dazu zu sagen, auch zeitlichen Abstand zu gewinnen. Unter Freunden, Gleichgesinnten, Gleichbetroffenen den persönlichen *Blues* zu erleben. Den *Blues* gewähren zu lassen und mit ihm auszukommen, mit ihm leben zu können.

Sally ist ein ideales Boot. Klar: Die kleinste der *Pénischettes* hat am wenigsten Raum. Es gibt größere Varianten, die einem das Treppensteigen wenigstens in die Kombüse ersparen. Es gibt allerdings auch Varianten, bei denen das Klettern geradezu geplant ist, zum Beispiel die *Flying-Bridge-Boote*. Von den technischen und nautischen Anforderungen her ist *Sally* sicher das optimale Hausboot für drei Personen. Unsere Begeisterung für *Sally* kommt nicht von ungefähr. Wir waren ein vierblättriges Kleeblatt.

Gerd hat *Mireille* noch am selben Tag der Ankunft im Garten seines Wochenendhauses im Schwarzwald untergebracht, wo sie auch heute hoffentlich glücklich und zufrieden ist.

Lorraine blieb noch einige Tage in *Weil am Rhein*. Gerd brachte sie danach mit seinem Auto nach *Pontailler-sur-Saône*, um ihr gemietetes Zimmer aufzulösen, und von dort weiter nach Lothringen zu ihrer Mutter. Die beiden pflegen seither einen lockeren Kontakt miteinander.

Was mir nicht gefallen hat, was ich aber erst später erfuhr, ist, dass es auf den Hausbooten keine Fäkal- oder Abwassertanks gibt, deren Vorhandensein für mich eine Selbstverständlichkeit darstellte. Was aus der Toilette abgepumpt wird und aus dem Spülbecken der Kombüse durch den Abguss fließt, landet ungefiltert direkt unterhalb oder seitlich des Schiffsrumpfs im Fluss- oder Kanalwasser. Das mag sich später zu vielleicht homöopathischen Mengen im Mikrobereich verdünnen, aber es ist keine Lösung auf Dauer und für den umweltbewussten Menschen einfach nicht in Ordnung. Da muss unbedingt nachgebessert werden. Ich habe Anlegestellen gesehen, die über keinerlei Möglichkeit des Wasseraustauschs verfügen, wie zum Beispiel in *Pontailler-sur-Saône*, die man lediglich durch einen Stichkanal vom Fluss aus erreicht. Böse Zungen behaupten, dass Häfen solcher Art früher oder später in der Scheiße ertrinken.

Einer der Gründe für unsere Bootsfahrten war der *Blues*. Was hätte uns das *Mississippi-Delta* geben können, das wir an der „Saône" nicht gefunden haben?

Ich denke, dass direkte Begegnungen mit Land, Leuten und Atmosphäre in den USA interessant gewesen wären, die wir so in Frankreich natürlich nicht haben konnten. Vor Ort hautnah dabei zu sein und zu hören und zu fühlen, wie der *Blues* sich von den Ursprüngen bis zur Moderne entwickelt hat, ja, das ist ein starkes Argument, und ist uns auf der „Saône" logischerweise nicht gelungen. Dennoch spielten wir unseren *Blues* aus innerer Überzeugung und aus ganz besonderen Stimmungen heraus. Uns wird zwar immer die Grundsubstanz, die Ursuppe fehlen, weil es uns dafür materiell und sozial viel zu gut geht. Uns ist auch bewusst, dass wir uns mit unserer Musik an Klischees hängen, wie wir sie von alten Vinyl-Platten übernommen haben. Doch wenn Herbert selbstvergessen seine Mundharmonika spielt und auf der einfachen Snare-Drum einen traumwandlerischen Groove zaubert; wenn Gerd auf der Resonator-Gitarre den Slide drin hat und ihm Schweißperlen auf der Stirn erscheinen; wenn sich das Renatostüble mit Leuten füllt, die einem Geheimtipp gefolgt sind – dann sind wir mit Herz und Seele und Bauch dabei. Dieses Gefühl muss man in sich spüren. Wem die Grundlage dafür fehlt, kann sie auch am *Mississippi* nicht finden.

Ich stelle mir vor, dass wir in den USA vielleicht von einem Ort zum andern gehetzt wären, um angeblich ursprünglichen *Blues* zu hören, und dabei möglicherweise doch nichts Weiteres als verklärende Retrospektiven auf die Altmeister anzutreffen. So gesehen war unsere Bootsreise eine sehr viel authentischere Erfahrung, denn wir sahen uns nie genötigt, verbissen hinter dem Geheimnis des *Blues* herzuhecheln. Wir spielten dann, wenn uns der Sinn danach stand, oder auch wenn uns danach drängte. Auf diese Weise ist es uns gelungen, auf unsere eigenen Wurzeln zu stoßen und dieses Ereignis in Musik auszudrücken. Wenn diese Musik mehr oder weniger wie ein *Blues* geklungen hat - Herz, was willst du dann noch mehr.

Kapitel 5

Weil am Rhein, September 2003
Renatostüble, 22.00 Uhr

Der letzte Akkord hatte den Raum verlassen. Herbert legte die Trommelstöcke und die Mundharmonika zur Seite, Gerd und ich packten unsere Gitarren ein.

Herbert hatte einen neuen Song geschrieben, fokussiert auf seine *Blues-Harp*. Er nannte ihn den *Goose-Blues* und imitierte auf seinem Instrument das Gackern und Zetern unserer Urlaubsbekanntschaft *Mireille*. Noch hatten wir nicht ganz die passenden Riffs dazu gefunden, aber wir würden das wie immer irgendwie hinbekommen.

Die Befreiungsaktion der Gänse in Frankreich hatte auch in den deutschen Zeitungen Aufmerksamkeit erregt, und nachdem die Tierschutzorganisation „Weiße Feder" ein Bekennerschreiben veröffentlicht hatte, sah sie sich wieder einmal mit einer Klage konfrontiert.

Auf der Wunschliste der Gäste des „Renatostüble" hatten heute sechs Titel gestanden, mit dem besonderen Hinweis, den letzten Titel auf der Liste als vorletztes Stück des Abends, also vor *„Sister Morphine"* zu spielen. Es war ebenfalls ein Song von den *Rolling Stones*, und zwar *„Wild Horses"*. Wir hatten ihn gespielt und dabei gemerkt, dass wir an ihm für unsere spezielle Instrumentierung noch arbeiten mussten.

Seit knapp einer Woche hatten wir unsere CD, eingespielt in Freiburg im Studio von Herrn Weingärtner. Fünfzehn eigene Songs, mit keiner zusätzlichen Instrumentierung, so wie Herbert es sich gewünscht hatte, aber eben mit der Aufnahmequalität eines Studios. Weingärtner hatte uns, was weitere Leistungen seines Labels angeht, alle Möglichkeiten offen gelassen. Die Kosten für das Studio, wir hatten es immerhin sieben Stunden lang belegt, konnten wir uns bequem leisten. Meine Kinder Rebekka und Carlo waren sehr beeindruckt, als ich ihnen je eine CD als Geschenk überreichte. Rebekka hatte zwar ironisch gemeint, „dass die alten Rocker es halt nicht lassen können", aber im Grunde genommen fand sie es gut, ihren alten Herrn auf Tonträger zu hören.

Gerd verließ den Proberaum als erster, gefolgt von Herbert und mir. Wie immer streckte uns Renato den erhobenen Daumen entgegen, was kein Wunder war, denn das Lokal war gut besucht. Plötzlich staute sich unsere Prozession Richtung *Aquarium*, weil Gerd unvermittelt stehen geblieben war. Ich erhaschte einen Blick über seine Schulter. Unser gewohnter Platz war heute mit zwei zusammengeschobenen Tischen ausgestattet, und drei der sechs Stühle waren besetzt, denn da saßen: Caro, Susie und Fiona.

„Hallo miteinander", staunte Gerd, „das ist nun mal eine Überraschung. Ihr wart das also mit „*Wild Horses*"."

„Es war Fionas Wunsch", grinste Susie, die wohl die ständige Wortführerin der Girlsgang war. „Sie weiß von Herbert, dass ihr diesen Song im Repertoire habt."

„Ach ja, die Fiona und der Herbert, unsere beiden Turteltauben." Gerd gab reihum Küsschen. „Darf man euch denn jetzt offiziell als Paar betrachten? Herbert erzählt ja nie einen Schwank aus seinem Leben, dieser Heimlichtuer."

„Offiziell", ergriff Herbert das Wort, „machen wir es erst nächste Woche, wenn meine Scheidung ausgesprochen worden ist. Und dann ziehen wir auch zusammen, das heißt, dass ich und meine Tochter zu Fiona ziehen werden."

„Das hört sich doch gut an. Und ihr anderen beiden Mädels? Was verschafft uns die Ehre eures Besuches?"

„Zwei Gründe." Die Begrüßungsrunde war abgeschlossen und alle hatten sich gesetzt, und Caro zählte mit dem Daumen den ersten Grund. „Wir wollten euch nochmal hören. Wollten dieses stillschweigende Arrangement zwischen euch, dem Wirt und dem Publikum hautnah erleben. Und ich muss sagen, es ist etwas wirklich Spezielles. Hoffentlich macht euch eure Eitelkeit mal keinen Strich durch die Rechnung."

„Eitelkeit?", Gerd horchte auf. „Eitelkeit? Was für eine Eitelkeit denn?"

„Ach, kommt doch, das sieht doch jedes Weibsbild aus der Entfernung, dass ihr eitel seid wie Gockel", sagte Susie.

„Soso."

„Jaja."

„Na gut", warf ich ein, „das habt ihr ja nun gehabt. Und was ist der zweite Grund, bitte?"

Die drei Frauen sahen sich der Reihe nach an, als würde es ein gewisses Wagnis erfordern, mit der Antwort rauszurücken. „Der zweite Grund ist: ... nein, erst mal eine Runde Schnaps für alle. Renato? Bringst du mal bitte sechs Schnäpse?"

Nun sahen wir Männer uns alle drei an. Was mochte da auf uns zukommen?

„Der zweite Grund ist", sagte Susie, und kippte ihren Schnaps, „dass wir nächstes Jahr eine Hausboottour machen wollen."

„Na und? Das habt ihr doch vor einem Jahr schon gemacht", meinte Gerd lapidar.

„Ja eben", pflichtete ich ihm bei. „Das ist uns nichts Neues."

Herbert hielt sich seltsam bedeckt. Wusste der was? Der wusste was!

„Mit euch", rückte Susie mit der Sprache raus.

„Mit uns?", Gerd und ich unisono.

„Mit euch gemeinsam."

Herbert lächelte dämlich. Der Lackmeier hat´s gewusst, jede Wette.

„Wenn ihr meint", süffisant grinsend, erinnerte sich Gerd daran, von einer gewissen Damen-Clique ähnliche Worte schon einmal gehört zu haben, „auf diese Tour ein paar Männer aufreißen zu können, dann seid ihr bei uns bei der falschen Zielgruppe."

„Du bist eine fiese Möb, Gerd, und ein Schlitzohr, und das weißt du auch." Susie drehte Gerd am Ohr. „Na, was meint ihr?"

Ich sagte: „Herbert scheint ihr ja schon überzeugt zu haben. Aber allein mit einem Mundharmonikaspieler und Flötisten habt ihr noch lange keine *Blues*-Band. Da braucht es noch weitere Musiker. Gerd, ich bin dabei."

„Da nun alle meine Freunde schon fliehen, will ich mit meiner Resonator-Gitarre als Solist bei Renato auch keine Musik machen. Also Hand drauf", tönte er und legte seine Hand in die Mitte des Tisches, und fünf weitere Hände legten sich obendrauf.

****

Anmerkung des Autors

In dem vorliegenden Buch sind die Stationen unserer Hausboottouren aus den Jahren 2002 und 2003 tatsächlich so genannt, wie wir sie angesteuert und vorgefunden haben. Alle Ereignisse, die vom einfachen Bootfahren bis zu den Bootsmanövern wie An- und Ablegen oder Schleusenfahrten berichten, haben sich in Wirklichkeit so zugetragen. Ortsbeschreibungen entsprechen den vorgefundenen Gegebenheiten zu jener Zeit.

Das „Renatostüble" in *Weil am Rhein* trägt in Wirklichkeit einen anderen Namen, so wie auch die Vornamen aller Personen geändert wurden.

Die grenzüberschreitend aktiv werdenden Tierschutzorganisationen „Plume Blanche" beziehungsweise „Weiße Feder" existieren nicht unter den verwendeten Namen. Ich habe die Namen speziell zur Verbildlichung der geschilderten Aktion von anderen Begriffsverwendern entlehnt. Man möge mir dies verzeihen.

Peter Siefermann, genannt Pit.